老神介護

劉慈欣

大森 望　古市雅子＝訳

角川文庫
24004

故事
銀行

目次

老神介護

1

神はまた、秋生一家を怒らせた。

ほんとうなら、すばらしい朝のはずだった。西岑村のまわりの田畑や野原には、大人の背丈よりも少し高いところに朝霧が薄くかかっていた。靄は真っ白な画用紙のよう、静かな野原はその紙から抜け落ちた絵のようだった。朝陽の光に照らされ、今年最初の露のしずくはその短い生命がもっとも輝く時にさしかかっていた。……しかし、そんなすばらしい朝も、神さまのせいでめちゃめちゃになってしまった。

きょうの神さまはめずらしく早起きで、自分で台所に行って牛乳を温めた。扶養時代になってから牛乳市場は景気がよく、秋生家は一万元出して乳牛を一頭買い、流行に乗って、牛乳を水で割ったものを販売している。水で割らない牛乳は、この家の神さまの主食のひとつになった。神は牛乳を鍋に入れてガスコンロで温めると、ガスの栓も閉めずに、鍋ごと居間に運んでテレビを見はじめた。やがて、秋生の妻の玉蓮が、牛舎と豚小屋の掃除を終えて戻ってきた。玉蓮は部屋中にたちこめるガスの臭いに気づくと、すぐにタオルで鼻を押さえて台所に行き、プロパンガスの元栓を閉め、窓を開け放って換気扇のスイッチを入れた。

「このくたばり損ない、あたしたち一家をみな殺しにする気かい？」玉蓮は居間に入ると大声で騒ぎ出した。プロパンガスが使えるようになったのは、扶養手当をもらってからのことだ。秋生の父は、プロパンガスなんかより練炭のほうがよっぽどいいと言って反対していたが、これでまたひとつ、父の主張に説得力が加わった。

いつものように、神さまはうつむいて立っていた。雪のように白い、箒みたいな髭が膝下まで伸びている。まちがったことをした子どものように、おどおどした笑みを浮かべて言った。「わしは……わしはたしかに鍋を下ろしたぞ。なのにどうしてガスが止まっていなかったのか……」

「ここは宇宙船とは違うんですよ！」下の階から秋生が叫んだ。「ここのものはぜんぶ、勝手に動いてはくれない。あなたたちのところと違って、なんでもかんでもロボットがやってくれるわけじゃないんです。頭が悪い道具を使って労働しないとメシが食えない！」

「わしらだって労働していたとも。でなければどうしておまえたちが存在する？」神は用心深く答えた。

「ほうら、また出た。もう聞き飽きたよ」玉蓮はタオルを床に投げ捨てた。「やれるもんならやってみなさいよ、もういっぺん、孝行息子や気のきく孫でもつくって、そっちに養ってもらえばいい」

「わかったわかった。さっさと飯にしよう」いつものとおり、秋生が口論を仲裁した。

そのとき、目を覚ました兵兵があくびをしながら降りてきた。「父ちゃん、母ちゃん、神さまがまた夜中に咳(せき)してたよ。うるさくて眠れなかった」

「わがまま言わないの」玉蓮(ユーリエン)がたしなめた。「父ちゃんと母ちゃんなんか、壁一枚しか隔ててないのに我慢してるんだから」

神は思い出したようにまた咳をはじめた。好きなスポーツでもやっているみたいに、一心不乱に咳をしている。

「まったく、うちの先祖がどんな罪を犯したっていうんだい」玉蓮は数秒のあいだ神を見つめ、ぷんぷんした口調でそう言うと、朝食の支度をしに台所へ行った。

神はひとことも発さず黙って食卓につき、家族といっしょに漬物で粥(かゆ)を一杯すすり、マントウを半分食べた。その間、ずっと玉蓮に白い目で見られていたが、それがガス騒ぎのせいなのか、食べ過ぎだと思われているせいなのかはわからなかった。

食べ終わると、神はいつものようにせっせと食器をかたづけ、台所で洗いものをはじめた。玉蓮が向こうの部屋から叫んだ。

「油を使ってないお皿は洗剤使わないでよ！　洗剤だってタダじゃないんだからね。あれっぽっちの扶養手当じゃ、なんにもならない。ふん」

神さまは台所でいちいち「はい」と返事をした。

夫婦は畑仕事に出かけ、兵兵(ピンピン)は学校に行った。そのころになってようやく、秋生(チウション)の父親が起き出してきた。目をこすりながら一階に降りてくると、大きな茶碗(ちゃわん)二杯のお粥をズズとすすり、パイプに火をつけ、それからようやく神の存在を思い出したように、台所に向かって怒鳴った。

「なあ、老いぼれ、洗いものなんか放っといて、一局やろうじゃないか」

神はエプロンで手を拭きながら出てくると、へつらうような笑みを浮かべてぺこぺこした。

秋生の父と囲碁を打つのはつらい仕事だった。勝っても負けても楽しくない。もし神が勝つと、秋生の父は必ず地団駄を踏んで烈火のごとく怒り出す。「この老いぼれが、ちくしょう、なにさまのつもりだ！　おれに勝って、神さまだってことを見せつけたいんだろ？　このクソが！　そりゃ神さまなら、おれに勝つぐらいなんてこたないだろうよ！　おまえな、うちの門をくぐってもう長いこと経つだろ。この家に対する礼儀ってもんをわきまえろ！」もし神が負けると、この老人は同じように地団駄を踏んで怒り出す。「この老いぼれが、ちくしょう、なにさまのつもりだ？　おれさまの腕前は、半径百キロに敵がいねえんだ。おまえに勝つなんざ、蟻を踏みつぶすくらいたやすい。おまえなんかに譲られる覚えはねえぞ！　この野郎……」文明的に言い換えれば、つまり〝侮辱された！〟ということだ。どちらにしろ、結果は同じ。老人は碁盤をつかんでひっくり返し、碁石が宙を舞う。秋生の父はもともとひどいかんしゃく持ちで有名だったが、ようやくそのはけ口を見つけたのである。

しかし、この老人は根に持つタイプではない。神がこっそり碁石を拾ってこっそりもとに戻すと、また腰を下ろして神と碁を打ちはじめる。そしてまた同じことをくりかえす。何局か打って、二人とも疲れてくると、時刻はすでにお昼近くになっていた。

神は立ち上がった。野菜を洗わなければ。神さまは料理が下手なので、玉蓮も神に食事をつくらせようとはしなかったが、野菜は洗っておかなければならない。しばらくして夫婦が畑から戻ってきたときに準備ができていないと、玉蓮(ユーリエン)にまたちくちくと責められる。

神が野菜を洗っているあいだ、秋生(チウション)の父は隣家に行って世間話に花を咲かせることが多く、神にとってはそれがいちばん心休まるひとときだった。昼の陽光が庭に敷かれたレンガの割れ目に射し込み、神の深い記憶の谷まで照らし出した。この時間、神はよく物思いにふけって仕事を忘れ、村はずれから帰ってきた夫婦の声が聞こえるとはっと我に返り、やりかけの仕事をあわてて終わらせながら、長いため息をつくのだった。

ああ、どうしてこんなことになってしまったのか——。

ため息をついたのは神だけではなかった。そのため息は、秋生の、玉蓮の、秋生の父のため息であり、地球上の七十数億人の人間と二十億柱の神のため息だった。

2

すべては三年前のあの秋の黄昏(たそがれ)からはじまった。

「ねえ見て！　空がおもちゃだらけだよ！」庭にいた兵兵(ピンピン)が大声で叫び、秋生と玉蓮は部屋を飛び出した。見上げると、空はほんとうにおもちゃだらけだった。というか、おもちゃにしか見えないかたちをした無数の物体が空に浮かんでいた。それらの物体は黄昏の空いっぱいに均等に散らばり、すでに地平線の向こうに落ちた夕陽の光を反射して、満月のように輝いている。

それらの光が合わさって、あたりは真昼のように明るかった。その光はとても奇妙で、空のあらゆる方向から地上を照らしているため、どこにも影が落ちていない。まるで世界全体が巨大な手術室の無影灯の下にいるようだった。

最初、人々はそれらの物体がそれほど高い場所ではなく、大気圏内にいると思っていた。かたちがはっきり見分けられたからだ。その後、そんなふうに見えたのは、たんにサイズがあまりにもばかでかかったせいだと判明した。実際は、高度三万キロメートル以上の地球周回軌道上にあったのである。宇宙からやってきた船は全部で二万千五百十三隻。均等な間隔をとって軌道上に停泊し、地球をとりまく殻になっていた。人類という観測者には理解しがたいほど複雑なフォーメーションをとり、すべての宇宙船が同時にそれぞれの持ち場に出現した。そのおかげで、宇宙船の万有引力が地球の海に致命的な潮汐現象をもたらすことはなかった。その事実を知って、人類は少し安心した。どうやらこの宇宙人は、地球に悪意を持っていないらしい。

その後の数日間、人類文明は宇宙船とコミュニケーションを試みたが、すべて失敗した。宇宙船は、地球が送信した質問に対し、完全に沈黙を保っていた。それと同時に、地球は夜のない世界となった。万を超える巨大な宇宙船群が反射する太陽光で、地球の夜側は昼間のように明るくなった。一方、太陽に面した昼側では、大地は宇宙船の巨大な船体によって周期的に陽射しをさえぎられた。空に現れたこの恐ろしい現象に、人類の精神は極限まで追いつめられた。そのせいで、地球で発生していたもうひとつの奇怪な出来事はあまり大きな話題にならなかった。ましてや、それが宇宙船群と関係があるとは、だれひとり思いもしなかった。

世界のさまざまな都市で、年老いた浮浪者がどこからともなく次々に現れていた。彼らには共通した特徴があった。みんな年をとっていて、長く白い髭と白い髪を生やし、白いガウンを着ている。最初の数日間、その白い髭と白い髪、白いガウンがまだ汚れていない時点では、遠目には雪だるまのように見えた。浮浪者たちはあらゆる人種の特徴を混ぜ合わせたような容貌(ようぼう)だった。彼らは全員、自分の国籍や身分を証明できるものをなにひとつ持たず、経歴もはっきり言えず、たどたどしい言葉でおだやかに物乞(ものご)いをするだけだった。そして全員が同じ台詞(せりふ)を言った。

「わしらは神じゃ。この世界を創造した労に報いると思って、食べものを少し分けてくれんかのう――」

ひとりもしくは数人の浮浪者がそう言ったのなら、収容施設や老人ホームに連れていって、さまざまな妄想を抱えた、帰る家のない高齢者たちといっしょに暮らしてもらえばいい。しかし、数百万のおじいさんおばあさんが街をさまよい、同じ台詞を言ったとなると、話が変わってくる。こうした高齢浮浪者は半月も経たないうちに三千万人以上に増え、ニューヨーク、北京、ロンドン、モスクワの街角は、どこもかしこも、よろよろ歩く老人に埋めつくされた。彼らは群れをなして交通を渋滞させ、その数はもともとの住民より多いように見えた。そして、もっとも恐ろしいことに、そろってこう言うのだ。

「わしらは神じゃ。この世界を創造した労に報いると思って、食べものを少し分けてくれんかのう――」

ここにいたってようやく、人々の関心は、軌道上にいる宇宙船群から、地球上にいる招かれざる客の大群へと移った。このところ、各大陸の上空で、原因不明の大規模な流れ星が何度も確認されていた。華々しい流星群が観測されると、その後、当該地域の浮浪者の数が急増した。注意深く調査した結果、人々はようやく、信じられない真相にたどりついた。

浮浪者は空から降ってくる。彼らは宇宙船から飛来したのだ。彼らは、高板飛び込みの選手のように、大気層めがけてひとりずつ飛び降りる。再突入膜と呼ばれる耐熱スーツを着用し、このスーツが大気との摩擦で燃えることにより、正確に調節された減速推力が働く仕組みだった。長い落下の過程において、この推力が生む過重力は4Gを超えないため、老人たちも耐えることができた。老いた浮浪者が着地するさい、落下速度はかぎりなくゼロに近づき、ベンチから飛び降りる程度の衝撃で済んだ。しかしそれでも、多くの老人が着地のときに足をくじいた。地面に触れると同時に、着ていた再突入膜はきれいに蒸発し、あとかたもなくなった。

流れ星は次々に落ちてきた。地球に降り立つ老いた浮浪者の人数は増える一方で、その数は一億になんなんとしていた。

各国政府は、彼らの中から、ひとりもしくは数人の代表を探そうとしたが、彼らは声を揃えて、すべての〝神〟は絶対的に平等で、だれもが全員を代表できると言った。そこで、タイムズスクエアで適当に見つけてきた、英語がわりと上手な浮浪者が、国連緊急特別総会の議場に招かれた。かなり早い時期に地球に降り立ったと見えて、ガウンは汚れていくつも穴が開き、埃(ほこり)だらけの白い髭はモップのようだった。頭の上に神聖な光の輪はなく、そのかわり、忠実についてきた数匹の蝿がぶんぶんまわりを飛びまわっていた。先の割れた竹の杖をついてよろよろ円卓に近づいた神は、各国首脳が見守るなか、ゆっくり着席した。それから、顔を上げて国連事務総長を見ると、彼ら特有の子どものような笑顔を見せた。

「じつはその……朝食がまだなんだが……」

朝食が運ばれてきた。全世界の人々がテレビを通して、老人が何度も喉につまらせながら朝食を貪るのを見た。パン、ソーセージ、そして大きな皿いっぱいのサラダは、風にさらわれたように一瞬で食べ尽くされた。神は次に、大きなコップ一杯の牛乳を飲み干した。そして、国連事務総長に向かって無邪気に笑った。

「へへへ。あのう……酒はないかな。ほんのちょっぴりでいいんだが」

一杯のワインが運ばれてきた。少しだけ口に入れると、老人は満足げにうなずいた。

「ゆうべは、地下鉄の送風口のあたたかい縄張りを新入り連中にとられてな。広場で寝るしかなかった。酒を飲んで、ようやく関節が動くようになってきた。へへへ……なあ、あんた、背中をマッサージしてくれんか？　ちょっとでいいんだが」国連事務総長がマッサージをはじめると、老人は首を振りながら長いため息をついた。「いやはや、世話をかけるなあ――」

「あなたがたはどこから来たんですか？」アメリカ大統領がたずねた。

浮浪者はまた首を振った。「決まった住処を持っているのは、文明がまだ幼いころだけだ。惑星は移ろい、恒星もまた移ろう。文明はやがて、生まれた星から移動せねばならん。青年時代には、何度も引っ越しを経験して、やがて気づく。いかなる惑星の環境とくらべても、いちばん安定しているのは密閉された宇宙船環境だと。そこで、宇宙船をわが家とするようになる。惑星は臨時の住処だ。したがって、成人した文明はすべて宇宙船文明だ。宇宙を永遠に流浪しつづける。宇宙船が家だ。どこから来たか？　わしらは宇宙船から来た」そう言うと、汚い指で上のほうを指した。

「ぜんぶで何人いるんですか？」

「二十億だ」

「あなたがたはいったいだれなんですか？」国連事務総長のこの質問は的を射ていた。見るかぎり、彼らの姿は人類とまったく変わらなかった。

「何度も言っている。わしらは神だ」浮浪者は面倒くさそうに手を振っていった。

「詳しく教えてもらえませんか？」

「わしらの文明は——神文明と呼ぼう——地球が生まれるずっと前から存在している。神文明が晩年に入り、衰退しはじめたころ、まだ誕生したばかりだった地球で、最初の生命を育てた。そして、神文明は光速に近い速度で航行して時間を早送りし、地球の生命世界が適当なところまで進化を遂げたとき、ある種属にわしらの遠い先祖の遺伝子を植えつけ、彼らの天敵を滅ぼして、進化へと注意深く導いた。こうして地球にはわしらにそっくりな種属と文明が生まれたのだ」

「とても信じられない。なにか証拠があるのですか？」

「あるとも」

そこから、半年にわたる証明がはじまった。人々は宇宙船から送られてきた最初の地球生命の設計図や、太古の地球の映像を見て衝撃を受けた。浮浪者の指示にしたがって大陸や海底の岩層を深く掘り進むと、大きな機械が発掘され、人類は恐れおののいた。それは、はるか昔から地球の生命世界を監視し操作してきた機械類だった……。

人々はついに、信じないわけにいかなくなった。少なくとも、地球生命にとっては、彼らはたしかに神だった。

3

第三回国連緊急特別総会で、事務総長は全人類を代表し、神に鍵(かぎ)となる質問をした。彼らが地球に来た目的である。

「その問題に答える前に、おまえたちはまず文明について正しく認識しなければならん」神は髭をしごきながら言った。半年前、第一回国連緊急特別総会に出席した、あの神である。「時間が経つにつれて、文明はどう進化していくと思う?」

「地球文明は速いスピードで発展している段階にあります。抗(あらが)えない自然災害や想定外の出来事がなければ、時間とともに発展をつづけていくのではないでしょうか」事務総長が答えた。

「違う。考えてみなさい。ひとはだれでも幼年、青年、中年、老年を経て、最終的に死に向かっていく。恒星もいっしょだ。宇宙のいかなるものも、宇宙自身も、いつかひとしく終わりの日を迎える。文明だけがいつまでもずっと成長をつづけるだろうか？　そんなことはない。文明にも老いる日が来るし、当然、死を迎える日が来る」

「その変化はどのように生じるのでしょうか」

「文明には、それぞれ異なる老いかた、死にかたがある。人間がさまざまな病気にかかったりかからなかったりして最期を迎えるのと同じことだ。神文明にとって、文明が老年期に入った最初のしるしは、個体の長命化だった。当時、神文明の個体の平均寿命はすでに地球年にして四千歳に達していたが、二千歳前後で思想は硬直し、創造性は完全に失われてしまう。そのような個体がほぼすべての権力を握った結果、新しい生命を生み育てることが困難になり、文明は老いていった」

「その後は？」

「文明の老衰の第二のしるしは、機械のゆりかご時代だ」

「え？」

「わしらの機械は、創造者に頼らず、完全に自律して動けるようになった。みずからメンテナンスを行い、アップグレードし、機能を拡張する。このようなスマート機器が、物質だけではなく、精神的にも、必要なものすべてを提供してくれるようになった。わしらは、生きていくのになんの努力も必要なく、完全に機械に依存していた。快適なゆりかごに横たわっているようなものだ。考えてもみなさい。原始の地球の森が、もし仮に、とりきれないほど果実にあふれ、手を伸ばせばすぐ小動物を捕まえられる環境だったら、猿は人類に進化しただろうか？

機械のゆりかごは、いわばそのような豊かな森だった。わしらは少しずつ技術や科学を忘れ、文化は怠惰で空虚なものに変わってしまった。革新を起こす力や進取の気性を失い、文明の老化は加速した。おまえたちが見ているのは、こうして余命いくばくもなくなった時代の神文明だ」

「では、地球に来た目的を教えていただけますか」

「帰る家がなくなった」

「しかし――」事務総長は上のほうを指さした。

「あれは古い船でなあ。船内の人工生態系は、地球を含め、自然に形成されたいかなる生態系よりも堅牢で安定しているが、なにせ宇宙船そのものが古すぎる。おまえたちが想像もつかないくらい古い。部品も老朽化して作動不良を起こし、長い時間をかけて蓄積された量子効果によるソフトウェア・エラーはますますひどくなっている。システムの自己修復機能も障害が増えてきた。宇宙船の生態環境はじょじょに悪化し、生活必需品の配給も日に日に減っている。いまとなっては、どうにか生存を維持するのがせいいっぱい。二万を超える宇宙船都市には、汚れた空気と黒い絶望が充満している」

「救う方法はないのでしょうか？　宇宙船のハードウェアやソフトをアップデートするとか」

神は首を振った。

「神文明はすでに晩年に達している。わしら二十億の神は、その全員が、三千歳を超える年寄りだ。そもそも、わしら以前に、すでに百代を超える神々が快適な機械のゆりかごで暮らしてきた。テクノロジーはとっくに忘れ去られた。いまとなっては、数千万年も航行をつづけてきた船を修理することさえかなわぬ。わしらの技術や学習能力は、おまえたちにも及ばん。電球の回路ひとつ接続できず、二次方程式すら解けない……そしてついに、宇宙船からこう宣告された。自分はもう廃船の瀬戸際にいる。メインエンジンには、宇宙船を亜光速で航行させるだけのパワーがなくなった。神文明は光速の十分の一程度の低速航行しかできない。宇宙船の生態循環システムは崩壊寸前で、もうこれ以上、二十億の神々を養っていくことはできない。あとは自分たちで生きる道を探してくれ、と」

「それまで、こんな日が来るとは考えなかったのですか？」

「もちろん考えたとも。二千年前、宇宙船が最初の警告を発した。そこでわしらは対策を講じ、地球に生命の種を播いて、老後の準備をはじめたのだ」

「ええと、二千年前？」

「そうだ。もちろん、わしらの船内時間での話だ。おまえたちの時間軸で言うと、三十五億年前だな。地球がようやく冷たくなってきたころだ」

「それについて疑問があります。すでに技術力を失っていたということですが、生命の種を播くのに技術は必要なかったのでしょうか？」

「ああ。惑星上で生命進化のプロセスをスタートさせるだけなら、じつはそうたいしたことではない。種さえ播けば、生命は自分で繁殖していくからな。そのためのソフトウェアは、機械のゆりかご時代以前に完成していた。ソフトウェアを立ち上げさえすれば、あとは機械が自動的にすべて実行してくれる。惑星規模の生命世界を創造し、それが進化して文明を生むまでに、もっとも必要なものは時間だ。数十億年という長い歳月を要する。亜光速で航行することによって、わしらはほぼ無限に、もうひとつの世界の時間を早送りすることができた。しかしいまや、神文明の宇宙船エンジンは老朽化し、亜光速まで加速することは不可能だ。でなければ、もっと多くの生命や文明世界を創造し、もっと多くの選択肢を用意することができた。しかし、低速に閉じ込められてしまったいま、それはかなわぬ夢となった」

「ということは、あなたがたは老後を地球で過ごしたい、と」

「おお、そのとおり。おまえたちを創造した者に対する義務だと思って、わしらをここに置いてくれるとありがたい」神は杖をつき、よろよろしながら各国首脳に頭を下げたが、もう少しでそのまま前に倒れてしまいそうだった。

「では、どうやって地球で生活するつもりですか？」

「一カ所に集められて暮らすくらいなら、宇宙で余命を過ごすほうがましだ。おまえたちの社会に溶け込みたい。家庭に溶け込みたいのだ。神文明の幼少期、わしらにも家庭があった。知ってのとおり、幼少期というのはもっとも大切な時期だ。おまえたちはいま、ちょうど文明の幼少期にいる。もしいま、わしらもこの時代に戻って、あたたかな家庭の中で余生を送れるなら、これほどしあわせなことはない」

「とはいえ、あなたがたは二十億います。地球上のすべての家庭につき、ひとりか二人を引き受けなければなりません」事務総長がそう言うと、会場には沈黙が長くつづいた。

「そのとおりだ。世話をかけるなあ……」神は何度も頭を下げながら、こっそり事務総長や各国首脳の表情を盗み見た。「もちろん、埋め合わせはさせてもらう」神が杖を振ると、二人の白髭の神が議場に入ってきた。銀色の金属の箱を二人がかりで重そうに運んでくる。「見なさい。大容量高密度ストレージだ。そこには神文明のあらゆる学術および技術領域の資料がすべて収められている。地球文明は飛躍的に進歩するだろう。気に入ってもらえるはずだ」

事務総長は金属の箱を見つめ、その場にいる各国首脳と同様、飛び上がって喜びたい気持ちを必死に隠して言った。「神々を扶養するのは人類の責任です。世界各国とさらなる協議を重ねなければなりませんが、しかし原則的にはおそらく……」

「世話をかけるなあ。世話をかける……」神は老いた目に涙を浮かべ、また何度も頭を下げた。

事務総長と各国首脳が議場を出ると、国連ビルの外には数万の神々が集まり、見渡すかぎり白い頭で埋めつくされていた。その白い海のあいだに、ざわざわと話し声が響いていた。事務総長がじっと耳をそばだてると、彼らは地球のさまざまな言語で同じひとことをくりかえしていた。

「世話をかけるなあ。世話をかけるなあ……」

4

二十億柱の神々が地球に降ってきた。そのほとんどが再突入膜スーツを着て大気圏に突入し、その間、空を彩る色とりどりの鮮やかな雨を昼間でも見ることができた。着陸した神々は、人類社会の十五億の家庭に分散した。神の科学技術に関する情報を手に入れた結果、人々は未来に対して歴史上まれに見る大きな希望を抱き、人類社会は一夜にして、先祖代々夢見てきた楽園を実現できるという錯覚に陥った。そうした空気のもと、すべての家庭が神の到来を心から歓迎していた。

その日、秋生(チウシヨン)一家は村の人々と一緒に、西岑村の入口で、村に割り当てられた神々を迎えるために早くから待っていた。

「きょうはほんとにいい天気ねえ」玉蓮(ユーリエン)は興奮した口調で言った。

その言葉は、晴天という意味だけではなかった。空を覆っていた宇宙船の群れが一夜にしてすべて消え去り、天がふたたび広さをとり戻していたからだ。人類は、神の宇宙船に乗るチャンスを得られなかった。宇宙船を見学させてほしいという地球人の要望に対し、神は異を唱えなかったが、船のほうが許さなかったのである。宇宙船は、人類が送り出した原始的で貧弱な探査機が接近しても、ドアを閉じたまま、まったく関心を示さなかった。最後の神が地球大気圏に突入すると、二万隻を超える宇宙船は地球周回軌道からいっせいに離脱した。もっとも、太陽系を去ってしまったわけではなく、いまも小惑星帯(アステロイドベルト)にとどまっている。

どうしようもないほど老朽化しているとはいえ、宇宙船の古いプログラムはまだ動いている。その唯一にして究極の使命は、神に奉仕することだ。そのため、船が神から遠く離れることはない。必要なときにすぐ駆けつけられる態勢をとっていたのである。

　二台の大型バスが郷（県の下の行政区画）からやってきた。乗っているのは、西岑村に割り当てられた百六柱の神々だった。秋生と玉蓮は、これから家族になる神とすぐに引き合わされた。夫婦は親しみを込めて神の腕をとり、秋生の父と兵兵はにこにこしながらその後ろについて、午前中のうららかな陽射しのもと、家へと帰った。

「じいちゃん……じゃなくて、神おじいさん」玉蓮は神の肩に顔を近づけると、輝くような笑顔で言った。「あんたたちがくれた技術で、共産主義の理想がすぐにも実現できるそうじゃないか！　必要なものは分配されて、お金もいらない、お店にとりにいけばいいって」

　神は笑いながら白髪の頭でうなずくと、かたい中国語で言った。

「そのとおり。しかし、分配されるものは、文明が基本的に必要とするものだけだ。わしらの技術がおまえたちの生活にもたらすのは、おまえたちには想像もつかないほどの豊かさと快適さだ」

　玉蓮は花が咲いたように笑った。「いえいえ。分配さえしてくれれば、あたしは満足よ！　えへへ」

「うむ！」秋生の父がうしろで何度もうなずいていた。

「おれたちもあなたみたいに不老長寿になれるんでしょうか？」秋生がたずねた。

「わしらは不老長寿ではない。おまえたちより長く生きているだけだ。見てのとおり、いまは老いている。じっさい、三千歳を超えるとな、感覚は死んでいるのと変わらん。個体があまりにも長寿であることは、文明にとって致命的なリスクなのだ」

「そうかい。三千歳まで生きなくても、おれは三百歳でじゅうぶんだ!」秋生の父も、玉蓮と同じようにひとりでに笑顔になり、口もとがゆるみっぱなしだった。「考えてみろ、そしたらおれは若者だ。もしかすると、その気になればまだまだ……わっはっはっは」


その日、村は春節の祝いのようだった。どの家も食卓いっぱいにごちそうを並べて神を迎えた。秋生の家も例外ではない。秋生の父は年代ものの紹興酒ですぐに酔っ払い、神に向かって親指を立てた。

「あんたら、えらいもんだ! この星で生きてるもんをぜんぶつくっちまうなんて、まさに神わざだ!」

神もずいぶん飲んでいたが、頭ははっきりしていた。秋生の父に手を振ると言った。「いや、神わざではない。科学だ。生物化学があるレベルまで発展すれば、機械をつくるように生命をつくることができる」

「そうは言っても、おれたちにとっちゃ、あんたらは天から下界に降りてきた神仙みたいなもんだ」

神は首を振った。「超自然的な存在であれば、まちがいは犯さんだろう。しかしわしらは、創造の過程で何度もまちがいを犯した」

「あたしらをつくったときにまちがいがあったって?」玉蓮は驚いて目を見開いた。彼女にとって、生命の創造とは、八年前に兵兵を産んだことだった。その過程にまちがいなどあるはずがない。

「数多くあったとも。比較的最近の例で言えば、天地創造ソフトウェアの環境分析にエラーがあったため、サイズがばかでかくて適応性に欠ける恐竜のような生物が誕生してしまった。その後、おまえたちを進化させるために、恐竜を絶滅させるしかなかった。もっと最近の例では、古代エーゲ文明が滅亡したあと、天地創造ソフトウェアは地球文明の確立に成功したと考え、人類の進化に対する監視と微調整を怠った。さしずめ、ゼンマイを一回巻いたきり、機械式時計を放置しておくようなものだ。その結果、多くのまちがいが起こった。たとえば、古代ギリシャ文明はもっと独自の発展を遂げさせるべきだった。マケドニア戦争と、それにつづく古代ローマの征服戦争は止めるべきだった。マケドニアもローマもギリシャ文明を受け継ぐものだったが、しかしギリシャ文明が発展する方向がねじ曲げられてしまった……」

秋生一家の人間はだれもこの話を理解できなかったが、かしこまって聞いていた。

「そしてその後、地球には漢王朝と古代ローマ帝国、二つの勢力が出現したが、いま言ったギリシャ文明の場合とは反対に、たがいに隔絶した状態で独自に発展させるのではなく、もっとたがいを接触させるべきだった……」

「漢王朝っていうのは、項羽と劉邦の漢だろ？」秋生の父は、ようやく自分がちょっと知っていることが出てきて、口をはさんだ。「じゃあ、古代ローマってのはなんだ？」

「当時の外人の大国だよ、すごく大きかった」秋生が説明を試みた。

「なんだって？」秋生（チウション）の父が言った。「清朝のときに外国人が来て、おれたちはこてんぱんにやられちまったんだぞ。なのに、漢の時代からもうぶつからせようとしてたのか？」

神は笑って言った。「いやいや、当時、漢王朝の軍事力が古代ローマに劣ることは絶対になかった」

「それだってひどいことになる。二つの強国がぶつかったら、世界大戦だ。しこたま血が流れるぞ！」

神はうなずいて、箸（はし）を伸ばし、紅焼肉（ホンシャオロウ）をとった。「そうなったかもしれんな。東西の二大文明が火花を散らして衝突すれば、人類は大きく前進しただろう……ああ、こういうまちがいがなければ、地球人はすでに火星を植民地とし、宇宙探査船はシリウスの先まで到達していただろうに」

秋生の父は杯を挙げ、尊敬の念を込めて言った。「神はみんなゆりかごで科学を忘れたなんて言ってたが、どうしてなかなか学があるじゃないか」

「ゆりかごで快適に過ごすためにも、哲学や芸術、歴史について知っておく必要がある。しかし、こんなのは一般常識程度で、学があるなどというレベルではない。いまは地球の学者のほうがよっぽど深く考えている」

＊＊＊

人類社会に入ってきて最初の数カ月は、神々にとって蜜月（みつげつ）だった。人類の家庭と打ち解けて暮らし、神文明の幼少期に戻ったかのような気分を味わった。とっくに忘れてしまった家庭の温かみに触れたことは、彼らの長い一生において、これ以上ない結末のはずだった。

　秋生の家の神は、この美しい江南地方の小さな村で静かな田舎暮らしを送っていた。竹林に囲まれた池で釣りをして、村の老人たちとおしゃべりしながら中国将棋を指す、なごやかで楽しい日々だった。最大の娯楽は、黄梅劇と呼ばれる伝統的な地方歌劇で、一座が村に来るとかならず見物に出かけた。中でも神のいちばんのお気に入りは『梁山伯(りょうざんぱく)と祝英台(しゅくえいだい)』（中国の四大民間説話のひとつに数えられる、二人の男女の悲恋の物語）だった。一度では飽き足らず、神は一座の巡業に百里先までついていって、くりかえし観劇した。秋生がこの劇のビデオCDを買ってくると、何度も何度も再生し、ついには劇中歌をそれっぽく歌えるまでになった。

　ある日のこと、玉蓮(ユーリエン)が神の秘密に気づいて、秋生と秋生の父にこっそり伝えた。

「知ってる？　神じいさん、芝居が終わると、いつもポケットから小さな紙切れをとりだして、それを見ながら鼻唄(はなうた)歌ってんのよ。さっきこっそり見たんだけど、写真だった。きれいな女の子の！」

　夕方、神がまた『梁山伯と祝英台』を流し、例の美女の写真を眺めて歌っていると、秋生の父がこっそり近づいて言った。

「神さんよ、それ……昔のいいひとかい？」

　神ははっとしたように写真をすぐポケットにしまうと、子どもみたいな笑顔で言った。「ははは。そうそう、二千年以上前の恋だ」

横で盗み聞きしていた玉蓮が、莫迦にしたように言った。「二千年前の恋だって。いい年して、あきれるわ」

秋生の父は写真を見たかったが、神があんまり大事にしているので無理強いもできず、神の思い出話に耳を傾けた。

「当時はわしもまだ若くてな。彼女は、機械のゆりかごで堕落しなかった少数の神のひとりで、宇宙の果てまで行く壮大な冒険旅行を計画した。ああ、深く考えなくていい。理解するのはむずかしかろう……彼女はそのプロジェクトで、機械のゆりかごにいる神文明を覚醒させようとしたんだ。もちろん、それは美しい理想でしかなかったが。いっしょに行こうと誘われたのに、わしは行かなかった。果てしない茫漠たる宇宙に尻込みしてしまったんだ。二百億光年もの長い旅路になる。彼女はひとりで行った。それから二千年以上経つが、彼女への思いが消えたことはない」

「二百億光年？　片道だけで二百億光年だって？　そりゃ、いくらなんでも遠すぎる。今生の別れじゃないか。神さんよ、あきらめな。そりゃ、二度と会えないよ」

神はうなずくと、長いため息をついた。

「でもよ、彼女だっていまはもう、あんたと同じ年寄りだろう」

神は物思いから覚めたように首を振った。「いや、そうではない。長い旅だ、探査船は光速に近いスピードで航行しているから、彼女はまだ若い。年をとったのはわしだけだ……宇宙か。宇宙がいったいどれほど大きいか、おまえたちはまだ知らん。おまえたちが永遠に変わらないと思っているものも、すべて時空のひと粒の砂にすぎない。……それを知らんのは、ある意味しあわせかもしれんな」

5

神と人類の蜜月はほどなく終わりを迎えた。

最初のうち、地球人たちは、神から得た科学技術に関する大量の研究資料によって、人類の夢が一夜にして現実になると狂喜乱舞した。神に借りたインターフェイス装置を介して膨大なデータを首尾よくストレージからとりだすと、次々と英語に翻訳し、紛争を避けるため、各国に一部ずつコピーを配布した。しかし、それらのテクノロジーを現実にすることは、少なくとも今世紀中には不可能だということがすぐに判明した。タイムトラベラーが現代のテクノロジーに関する資料を古代エジプト人に渡したらどうなるか。それを考えれば、人類が直面した困難な立場も理解できるだろう。

石油資源が枯渇しようとしている現在、エネルギー技術に関心が集中した。しかし、科学者やエンジニアたちはすぐに悟った。神文明のエネルギー技術は、現代の人類にとって、まったく役に立たない。なぜなら、彼らのエネルギーは物質と反物質の対消滅を基盤にしているからだ。もし仮に、関係資料をすべて理解し、（いまの世代ではまず無理だろうが）対消滅エンジンと発電装置を建造できたとしても、なんの意味もない。その燃料となる反物質は、はるか宇宙の彼方まで航行しなければ入手できないからだ。神文明のデータによれば、地球からもっとも近い反物質のありかは、天の川銀河とアンドロメダ星雲のあいだに横たわる宇宙の深淵だった。そこまでは、はるか五十五万光年の距離がある。

しかも、ほぼすべての分野に関係する亜光速恒星間航行テクノロジーは、その理論や技術のほとんどが人類の理解を超えていた。地球人の科学者がその基礎をおおよそ理解することが可能だとしても、それだけのために半世紀は必要だろう。科学者たちは希望に満ちあふれて核融合の制御に関する技術情報を探したが、神から与えられたデータの中に、それに関するものはまったくなかった。その理由も理解できる。エネルギー工学に関する現代の教科書に、木の枝を使って火を熾す方法が書かれていないのと同じことだ。

その他の領域、たとえば情報テクノロジーやバイオサイエンス（人類の長寿を可能にする秘密もそこに含まれる）も同様で、最先端の科学者たちでさえ、データを理解できなかった。神の科学と人類の科学のあいだには、どうしても越えられない深い理論の溝があった。

地球に来た神々も、科学者の助けにはならなかった。国連に招かれた神が述べたとおり、いまの彼らには二次方程式を理解できる者さえ少ない。小惑星帯を漂う宇宙船群も、人類の呼びかけに無反応だった。人類にしてみれば、小学校に入ったばかりの子どもがとつぜん博士課程の研究をしろと言われたようなものだった。しかも、先生はどこにもいない。

その一方、地球はとつぜん、二十億もの余分な人口を抱えることになった。しかも彼らは、なんの価値も創造しない超老人である。その大半は病気持ちで、人類社会にとって未曾有の重荷となっていた。各国政府は神を受け入れた家庭にそれなりの額の扶養手当を支給したが、医療その他の公共サービスも新たな負担に耐えきれず、世界経済は崩壊寸前となっていた。

＊＊＊

神と秋生(チウション)一家の打ち解けた関係も長続きしなかった。神はじょじょに、天から降ってきた厄介者と見なされ、嫌われるようになってきた。嫌う理由は人それぞれだった。

玉蓮(ユーリエン)の理由はもっとも現実的で、問題の本質にもっとも近い。つまり、神が来てから生活が苦しくなったというのがその理由だ。この家で神にいちばんつらくあたっているのが玉蓮だった。悪い人間ではないものの、彼女の口の悪さと刺々(とげとげ)しい態度は、神にとってブラックホールや超新星以上に恐ろしかった。真の共産主義を実現する夢が潰(つい)え去ったあと、玉蓮は神と顔を合わせるたびに愚痴を言うようになった。あんたが来る前、うちはどんなに裕福で豊かな日々を送っていたことか。あのころはよかった。それにくらべていまはどんなに生活が苦しいか。なにもかもあんたのせいだ、こんなくたばり損ないを押しつけられるとは、なんて運が悪いんだ！　などなど、毎日、よるとさわると面と向かって神に悪口を言った。

神は慢性の気管支炎を患っていた。それほど金のかかる病気ではないが、長期的な治療と療養が必要で、医療費を払いつづけなければならない。ついにある日、玉蓮は秋生が神を鎮(まち)の病院へ連れていくのをやめさせて、薬も買わなくなってしまった。この行いはたちまち村の書記の知るところとなり、すぐに書記が家に訪ねてきた。

「おたくの神には、ちゃんと治療を受けさせてやらなきゃいけないよ」書記は玉蓮に言った。

「あの気管支炎は放っておくと肺気腫になるかもしれないと、鎮の病院で聞いたぞ」

「治療したいなら村や政府がやればいいじゃないか。うちにそんな余分な金はありませんよ！」

「玉蓮、神扶養法に、少額の医療費は受け入れ家庭が負担すると決められている。政府から支給される扶養手当に含まれているはずだ」

「あれっぽっちの金がなんになるっていうんだい！」

「そんなこと言うもんじゃない。おたくじゃ、扶養手当をもらってから乳牛を買ったし、プロパンガスも使い出したし、テレビも大きいのに買い替えたじゃないか。それなのに神の治療費がないって？　この家をあんたが仕切ってることは村のみんなが知ってる。わたしがここまで言ってるんだから、そう強情を張るもんじゃない。次に説得に来るのはわたしじゃない、郷や県の神扶養委員会から人が来る。そうなったらただじゃ済まないぞ！」

　玉蓮はどうしようもなく、神の病院通いを再開させるしかなかったが、それ以降、神に対してもっと露骨にいやな顔をするようになった。

　ある日、神が玉蓮に言った。「そんなに焦らんでもいいだろう。地球人は呑み込みがいいから学ぶのも早い。ほんの百年もすれば、神テクノロジーの初級レベルなら、使える技術も出てくる。そうなれば生活もよくなってくる」

「ちぇ、〝ほんの百年〟なんてよく言えたもんだよ」食器洗いをしていた玉蓮が振り返りもせずに言った。

「短い時間だ」

「そりゃ、あんたたちにとっちゃそうだろうよ。あたしらも、おんなじように長生きできるとでも思ってんのかい？　百年も経ったら、あたしの骨さえ見つかりゃしないよ！　でも、ちょうど訊いときたいことがあったのさ。あんたはあとどのくらい生きられるんだい？」

「ああ。もう余命いくばくもない。地球年であと三、四百年も生きられれば御の字だ」

玉蓮は重ねてあった茶碗をぜんぶ床に叩きつけた。「いったいだれがだれの面倒みて、だれがだれを看とるってんだい、ええ？　あたしがさんざん苦労して死ぬまであんたの面倒みてもまだ足りずに、息子も孫も、その先まだ十代以上もずっと面倒みつづけなきゃいけないなんて！　あんたのことをくばたり損ないって呼んでたけど、ほんとうにそうだったとはね！」

＊＊＊

秋生の父に至っては、神のことをペテン師だと思っていた。実際、そう考える人は多かった。神のテクノロジーに関する文献が科学者にも理解できないとしたら、その真偽を確かめるすべもない。人類はほんとうに神にもてあそばれているのかもしれない。秋生の父にとって、そっちの証拠のほうが有力に思えた。

「ペテン師さんよ、だますにしたって、こんなとち狂ったウソを言うやつも珍しいな」彼はある日、神に言った。「わざわざおれが化けの皮を剝ぐまでもない。おれの孫だってだまされねえよ！」

化けの皮とはなんのことかと神はたずねた。

「最初にいちばん簡単なやつを言おう。人間は猿から進化したって科学者も言ってるんだ。そうだろう?」

神はうなずいた。「正確に言えば、類人猿との共通祖先からだが」

「じゃあなんで自分がつくったなんて言うんだ? 人間つくるんだったら、最初からおれたちみたいのをつくりゃいい。なんでわざわざ類人猿をつくってから、また進化させる必要がある? すじが通らねえだろ!」

「人間は赤ん坊として生まれ、成長して成人になる。文明も同じだ。原始的な状態から発展させなければならん。その長い過程は省略できないものだ。じっさい、人類という種の分岐に際しては、いちばん最初に植えつけたのは、もっと原始的なものだった。類人猿はすでにかなり進化が進んだ状態だ」

「そんなわけのわからん話でごまかそうとしても無駄だ。よしわかった。もっとわかりやすいウソを指摘してやろう。これは孫が気づいたことだからな。地球上には三十何億年前から生命があると科学者は言ってる。それはおまえも認めるんだよな?」

神はうなずいた。「その推測は基本的に正しい」

「じゃあおまえは、三十何億歳なのか?」

「おまえたちの時間座標でいうなら、そうだ。しかし神宇宙船の時間座標で言うなら、まだ三千五百歳にしかならない。宇宙船は光速に近いスピードで進むから、時の流れはおまえたちの世界よりも遅くなる。もちろん、何隻かの宇宙船は、不定期に光速から離脱し、減速して地球にやってきて、地球の生命進化に微調整を加えるが、それは短時間で済む。それらの船はすぐまた宇宙空間に戻り、光速に近い速度で航行して、時を超える」

「ウソばっかり言いやがって――」秋生(チウション)の父は軽蔑(けいべつ)したように言った。

「おやじ、それは相対論ってやつだ。科学者も証明してる」秋生が口をはさんだ。

「相対がなんだって？　クソが！　おまえまでデタラメ言いやがって。そんな胡散(うさん)臭い話があってたまるか！　時間はごま油じゃねえんだ、流れるのに速いも遅いもあるもんか！　おれはまだボケちゃいねえぞ！　問題はおまえだ、本を読みすぎて莫迦になっちまったのか！」

「時間が異なる速度で流れることは、すぐに証明できる」神は謎めいた表情でそういうと、ポケットからあの二千年前の恋人の写真を出し、秋生に手渡した。「よく見て、細かい部分も覚えておきなさい」

秋生はその写真をひとめ見てすぐ、自分はまちがいなく細部まで完璧(かんぺき)に記憶できると確信した。忘れようとしても忘れられないだろう。ほかの神々と同様、写真の彼女もさまざまな人種の特徴を兼ね備えていた。肌の色はあたたかいアイボリーで、表情豊かな目が歌を歌うように生き生きと輝いている。秋生は一瞬で魂を奪われた。彼女は神の中の乙女、乙女の中の神だった。その女神の美しさは人類がこれまで見たことがないほどで、さながらもうひとつの太陽だった。とても直視できない。

「なんて顔してんだい、よだれまで垂らして！」玉蓮(ユーリエン)がぼーっと見とれている秋生から写真をとりあげたが、それはあっという間に秋生(チウション)の父に奪われた。

「おれが見てやる」秋生の父はそう言うと、老眼を写真に近づけた。写真に鼻がくっつくほど顔を近づけ、長いあいだぴくりとも動かなかった。まるで写真から栄養を吸収しているかのようだ。

「顔にくっつけすぎだよ」玉蓮(ユーリエン)が軽蔑したように言った。

「うるせえ。手もとに老眼鏡がねえんだよ」秋生の父は写真を見つめたまま言い返した。

玉蓮は蔑(さげす)んだ目つきで数秒にらんでいたが、やがて莫迦にしたように口を歪(ゆが)めると、台所に行った。

神が写真をとり返そうとしたが、秋生の父は未練たっぷりに手を離さず、しばらく持ったままだった。

「細部を覚えていなさい。あしたのこの時間にまた見せるから」と神が言った。

その日一日、秋生親子は言葉数が少なかった。神の乙女のことをずっと考えていたからだ。口に出さずとも、頭の中は見え見えだったので、玉蓮はいつも以上に怒りっぽかった。ようやく、翌日の同じ時刻になった。神は忘れていたようだが、秋生の父に言われてようやく思い出すと、親子が一日思いつづけていた写真をとりだして、まず秋生に渡した。

「よく見なさい。なにか変わったところはないか？」

「なにも変わらない」秋生は全神経を集中して見ていたが、しばらく経って、ようやくひとつ見つけた。「あ、そうだ、きのうより口がちょっと閉じている。ほんのちょっとだけど、確実に開きかたが小さくなってる。口角のここが……」

「この恥知らず。よその女をそんなにじろじろ見て！」玉蓮が写真をとりあげたが、今度は秋生の父に奪われた。

「やっぱりおれが見る——」秋生の父は、きょうはちゃんと用意してあった老眼鏡をかけ、じっくり写真を見た。「そうだそうだ、たしかに口の開きが小さくなってるな。もうひとつ、はっきりわかる場所があるぞ。気づかなかったか？　ここの髪だ、きのうより少しだけ右に流れている！」

神は秋生の父から写真をとり戻すと、目の前に掲げて見せた。「これは写真じゃない。テレビだ」

「これが……テレビ？」

「そうだ、テレビだ。いま受信しているのは、彼女が宇宙の果てに向かう宇宙船から送ってくる生中継の映像だ」

「生中継？　サッカーの試合みたいな？」

「そのとおり」

「じゃあ、じゃあ、この彼女は……生きてるのか！」秋生は目を見開き、口をあんぐり開けて言った。玉蓮さえ、くるみのように目を丸くしている。

「生きている。しかし、地球のサッカー中継とくらべると、長いタイムラグがある。彼女の宇宙船はだいたい八千万光年彼方を航行している。だから、タイムラグは約八千万年だ。わしらがいま見ているのは、八千万年前の彼女だ」

「このちっちゃいのが、そんなに遠くから来た電波を受信してるのか？」

「電波ではない。こういう超長距離宇宙通信に使えるのは、ニュートリノか重力波だけだ。宇宙船なら受信できるので、その信号を増幅して、このテレビに転送している」

「すばらしい。奇跡だ！」秋生（チウション）の父が心からの讃辞を述べたが、テレビのことを言っているのか、それともテレビに映る神の乙女のことを言っているのかわからなかった。どちらにしろ、彼女が〝生きている〟と知って、秋生親子のボルテージは一気に上がった。秋生は両手を伸ばしてその小さなテレビを捧（ささ）げ持とうとしたが、神は渡さなかった。

「テレビの中の彼女はどうしてあんなに動きが遅いんです？」秋生がたずねた。

「時間の流れる速さが異なるからだ。この時空座標から見ると、亜光速で飛ぶ宇宙船の時間はとても遅い」

「じゃあ彼女は……あんたと話ができるってこと？」玉蓮（ユーリエン）がテレビを指して訊いた。

神はうなずいて、小さなディスプレイのうしろにあるボタンを押した。すると、すぐに音が出た。やわらかく美しい女性の声だが、音がずっと変わらず、曲の最後の音符をいつまでも長く伸ばして歌っているかのようだった。神は愛情に満ちた目でディスプレイを見つめながら言った。「ちょうど、〝我愛你（ウォー・アイ・ニー）（愛してる）〟の三文字を発声したところだ。一文字につき一年以上かかって、もう三年半経っている。いまは〝你〟の最後。完全に言い終えるまで、あと三カ月かかるだろう」神はディスプレイからゆっくり視線をはずして、庭の上の青い空を見上げた。「彼女の言葉にはまだつづきがある。残りの人生を費やしてそれを聞くつもりだ」

＊＊＊

兵兵（ピンピン）と神の関係はわりあい長いあいだ良好だった。老いた神たちには子ども心があって、子どもたちと話が合ったし、いっしょに遊ぶこともできた。ところがある日のこと、兵兵は神がしている大きな腕時計がほしいと言って駄々をこねた。しかし神は、どうしても渡そうとしなかった。これは神文明との通信に使う道具で、自分の種属と連絡をとるに欠かせないのだと説明した。

「ふん、ほら見なさい、まだ文明だとか種属だとか言って。あたしたちを家族だと思ったことなんて一度もないんだよ！」玉蓮がぷりぷりした口調で言った。

それ以来、兵兵は神と仲直りせず、ときどきいたずらをして神をからかうようになった。

ただひとり、神に対して尊敬と孝行心を持ちつづけているのが秋生だった。秋生は高校を出ていて、日ごろから読書が好きだった。大学に受かって村を出た数人をべつにすれば、秋生は村でもっとも教養があり、礼儀を知っていた。しかし秋生は、正真正銘の意気地なしで、いつも妻の顔色をうかがい、父親に叱責（しっせき）されて暮らしていた。もし父と妻の指示が一致しないと、うずくまり頭を抱えて泣くだけだった。そんな不甲斐（ふがい）ないありさまでは、家庭内で神の利益を守ることもできなかった。

6

神々と人類の関係は、ついに修復不可能なところまで悪化した。

秋生家と神の関係も、完全に決裂した。発端は即席麵だった。その日の昼前のこと、段ボール箱を抱えて台所から出てきた玉蓮は、きのう箱買いしたばかりのインスタントラーメンがどうしてもう半分しか残っていないのかとたずねた。

「わしが持ち出した。向こう岸に持っていったんだ。あっちの食料がもうすぐ尽きるからな」

神はうつむいたまま小さな声で答えた。

向こう岸というのは、家出した神々が集まっている場所のことだった。最近、村では神々がたびたび虐待されていた。いちばん乱暴な家では、その家の神を罵り、殴り、食事も与えなかった。追いつめられた神は村を流れる川に飛び込んだが、さいわい救助されて一命をとりとめた。

この事件は各所で大騒動を巻き起こした。事件の処理に来たのは郷や県の人間ではなく、もっと上の市公安局の警察官だった。そればかりか、中央電視台や地元テレビ局の取材クルーがこぞって押し寄せ、その家の夫婦が連行される現場を報道した。神扶養法に照らせば、彼らは神虐待罪で、すくなくとも懲役十年の刑に処されるという。唯一この法律だけは万国共通で、量刑も同じだった。

この事件以降、村ではどの家も慎重になり、少なくとも表向きは神にひどい虐待をしなくなった。しかし同時に、村の人々と神々とのあいだの溝は深まった。やがて、たまりかねて家出する神が現れると、続々とそれを真似する神が出た。すでに、西岑村に住んでいる神の三分の一が、割り当てられた家庭を離れていた。家出した神々は川の対岸の野原にテントを立て、貧しい原始的な生活を送っている。

国内でも世界でも、状況はたいして変わらなかった。都市の路上にはさまよう神々の群れがふたたび現れ、その数は急激に増加し、三年前の悪夢がくりかえされた。人間と神が共同生活する世界は、大きな危機に見舞われた。

「そうかい、ずいぶん気前がいいもんだね！　恩知らずのくたばり損ないが！」玉蓮が大声で罵った。

「おい、老いぼれ」秋生の父は机を叩くと立ち上がった。「出ていきやがれ！　向こう岸のやつらが心配なんだろう？　出ていってあいつらと暮らせばいい！」

神はうつむいたまましばらく黙っていたが、やがて立ち上がり、二階の小さな自室へ行って、少ない荷物を無言で小さな風呂敷（ふろしき）にまとめ、あの竹の杖をついてのろのろと家を出ると、川のほうに歩いていった。

秋生は家族と食事をせず、ひとり隅で下を向いてうずくまり、声も出さずにいた。

「莫迦、食べなさいよ。午後は鎮（まち）に飼料を買いに行かなきゃいけないんだから！」玉蓮は秋生を怒鳴りつけ、反応がないのを見ると、そばに行って耳をつねった。

「放せ」秋生（チウション）が言った。大声ではなかったが、玉蓮（ユーリエン）は電気が走ったように手を放した。自分の男がこんなに暗い顔をしているのを見たことがなかった。

「放っておけ、食おうが食うまいが好きにすりゃあいい。あほたれが」秋生の父は、どうでもいいという顔で言った。

「へん、くたばり損ないの神が心配なんだろ？　それならあんたも向こう岸に行ってあいつらと暮らせばいいさ！」玉蓮は秋生の頭に指を突きつけて言った。

すると秋生は立ち上がり、二階の寝室に行くと、さっきの神と同じように少ない荷物をまとめ、出稼ぎに行くとき使っていた旅行かばんに入れると、それを持って階段を降り、足早に歩き出した。

「この莫迦、どこに行くのさ？」玉蓮が叫んだが、秋生はとりあわず、外に向かって歩きつづけた。玉蓮がまた叫んだが、その声は少し怯（おび）えているようだった。「いつ戻るんだい？」

「戻らない」秋生は振り向きもせずに言った。

「なんだって？　戻りなさいよ！　あんた、どっかに頭をぶつけたのかい？　戻りなさいよ！」

秋生の父は息子のあとを追って家を出た。

「どうしたんだ？　嫁や子どもばかりか、父親まで放っていくのか？」

秋生は立ち止まり、振り返らずに言った。「なにが悪い？」

「おい、なんてこと言うんだ？　おれはおまえの親だぞ！　おれが育てたんだ！　母ちゃんが早く死んだあと、おまえと姉二人をおれひとりで育てるのが簡単だったとでも思うか？　ボケちまったのか、おまえは！」

　秋生は振り向いて父親を見すえ、「おれたちの先祖の先祖の先祖をつくった神も、あんたのひとことで家を追い出されたんだ。おれが父さんの老後の面倒をみなくても、たいした罪じゃないだろう」と言うと、かまわず歩き去った。残された秋生の父親と妻は、家の前で目をまるくして立ちつくしていた。


　秋生は古いアーチ式の石橋を渡り、神々のテントに向かって歩いていった。紅葉した秋の落ち葉がいっぱいに散らばる空き地で、数人の神々が鍋でなにか煮ているところだった。彼らの白い髭と鍋から出る湯気が正午の陽射しに照らされて、まるで古代神話のワンシーンを見ているかのようだった。秋生は自分の家の神を見つけると、無邪気に言った。

「神さん、行こう」

「家には帰らない」と言って、神は手を振った。

「おれも帰らない。まず、鎮へ行って、しばらく姉の家に泊まろう。それから都会へ出稼ぎに行く。都会で部屋を借りていっしょに暮らそう。一生、神さんの面倒をみるよ」

「おまえはいい子だ」神は秋生の肩を叩くと言った。「しかし、わしらは行かねばならん」神は腕の時計を指していった。すべての神々の腕時計が赤く光っていることに秋生は気づいた。

「行く？　どこに行くんだ？」

「宇宙船に帰る」

神は空を指して言った。秋生（チウション）が見上げると、蒼穹（そうきゅう）にはすでに二隻の宇宙船が浮かび、銀色の陽光を反射して、空の青の中でひときわ目立っていた。そのうちの一隻は距離が近く、大きなサイズとはっきりした輪郭が見てとれる。もう一隻はその後方の空の深みにいて、ずいぶん小さく見えた。

驚いたことに、大きく見えるほうの宇宙船から、遠くの地面に向かって、細い蜘蛛（くも）の糸のようなものが垂れ下がっていた。宇宙から地球へと伸びるその蜘蛛の糸がゆっくり揺れるのにつれて、陽光の反射が糸のあちこちでまばゆく輝き、まるで晴天の空を切り裂く細長い稲妻のようだった。

「宇宙エレベーターだ。すでにすべての大陸に百基以上できている。あれに乗って船に戻る」

神がそう説明した。秋生はあとから知ったことだが、宇宙船は軌道から地球に向かってエレベーターを下ろすと同時に、外の宇宙の方向にもそれと同じ質量を吊（つる）して釣り合いをとる必要がある。後方に見えた小さいほうの宇宙船はそのための錘（おもり）だった。

空の光に目が慣れてくると、もっと遠くに銀色の星が敷きつめられていることに秋生は気づいた。その星たちは均等な間隔で空に整然と並び、巨大な升目をつくっている。それがなんなのか、秋生は知っていた。神文明の宇宙船二万余隻が小惑星帯から地球に戻ってきたのだ。

7

二万隻あまりの宇宙船が、ふたたび地球の空を埋めつくしてから二カ月。おびただしい数の船がすべての大陸に垂直に下ろした宇宙エレベーターは、一年以上にわたって地球で生活した二十億柱の神々を次々と運んでいった。宇宙船はどれも銀色の球体で、遠くから見ると、蜘蛛の糸についた朝露の透明なしずくのようだった。

西岑村の神が船に帰る日、村の全住民が見送りに出てきた。すべての人々が親しみを込めて神々に接するその光景は、一年前、彼らが村に来た日のことを思い起こさせた。神々が受けてきた排斥や虐待は、まるでなかったことのようだった。

村の入口に大型バスが二台停車した。一年前に神々を乗せてきたあの二台だった。百柱以上の神々は最寄りの宇宙エレベーターまでバスで送られ、そこから軌道上の宇宙船に向かう。ここから見える蜘蛛の糸が陸地に接する場所は、数百キロの彼方にあった。

秋生一家は全員そろって神の見送りにやってきた。道中、だれも口をきかなかったが、村の入口近くまで来ると、神が立ち止まり、杖をついて一家に頭を下げた。

「ここまででいい。この一年、わしを受け入れ、面倒をみてくれたことに感謝する。ほんとうにありがとう。宇宙のどこに行っても、この家のことは忘れんよ」そう言うと、神はあの球形の大きな腕時計を外し、兵兵（ピンピン）に手渡した。「おまえにやるよ」

「え……これからどうやってほかの神さまと連絡するの？」兵兵はたずねた。

「みんな船にいるんだ、これはもう使わない」神は笑って答えた。

「神さんよ」秋生の父が感傷的な顔で言った。「あんたたちの船はボロボロで、長くは住めないんだろ。それに乗ってどこに行くっていうんだ？」

神は髭を撫(な)でながら静かに言った。「行けるところまで行く。宇宙は果てしない、死に場所くらいあるだろう」

玉蓮(ユーリエン)はとつぜん声をあげて泣き出した。

「神さんや、あたしって女は……ほんとに冷たい人間だ。毎日の暮らしで積もった不満をぜんぶ神さんにぶちまけちまった。秋生(チウション)が言うように、良心のかけらもない……」玉蓮は竹かごを神にさしだした。「朝いちばんでゆで卵をつくったんだ。道中、食べておくれ」

神はかごを受けとり、「ありがとう！」と言うと、卵をひとつとって殻をむき、おいしそうに食べはじめた。神は白い髭にところどころ黄身をつけ、口をもごもごさせながら言った。

「じつはな、地球に来たのは生きるためだけじゃない。もう二、三千年も生きているんだ、死んでもどうってことはない。わしらはただ、おまえたちといっしょに過ごしたかったんだ。おまえたちの生きる意欲、創造性や想像力が好きだし、大事に思っている。それらはみな、神文明が早くに失ってしまったものだ。わしらはおまえたちの姿に神文明の幼少期を見た。しかし、おまえたちにこんなに多くの迷惑をかけるとは思いもしなかった。ほんとうにすまなんだなあ」

「じいちゃん、行かないで。これからはいい子にするから！」兵兵(ピンピン)は涙を流して言った。

神はゆっくりと首を振った。「わしらが行くのは、おまえたちに邪険に扱われたからという理由ではない。受け入れてくれただけで満足している。しかし、ひとつだけ、ここにいられない理由がある。それは、おまえたちにとって神が哀れな存在になってしまったということだ。

おまえたちはわしらをかわいそうに思っている。憐れみの対象にしているのだ」

神は卵の殻を捨てると、白髪の頭を上げて空を仰ぎ見た。紺碧の大気圏ごしに、燦爛と輝く星々が見えているかのようだった。

「神文明が人間に同情される？　それがいかに偉大な文明だったか、おまえたちはまったく知らん！　この宇宙でどれほどたくさんの壮麗な叙事詩をつくり、雄大な奇跡を成し遂げてきたことか。

あれは銀河暦一八五七年のこと、天の川銀河の多くの恒星が銀河中心へ向かうそのスピードが加速している事実を、神文明の天文学者たちが発見した。この恒星の雪崩が、銀河中心にある超巨大ブラックホールに呑み込まれれば、そこで生じる放射線が天の川銀河のすべての生命を死滅させるだろう。そこでわしらの祖先は、このブラックホールの周囲に、銀河平面に沿って直径一万光年のリング状の防壁を築き、それによって天の川銀河の生命と文明を生き長らえさせた。すばらしく壮大なプロジェクトだった。千四百万年もかかってようやく完成したのだ……。

その後まもなく、アンドロメダ銀河と大マゼラン雲、二つの銀河文明が連合して、われらが天の川銀河を侵略してきた。神文明の宇宙艦隊は数十万光年を越え、アンドロメダ銀河と天の川銀河の重力均衡点で侵略者を迎え討った。戦争が白熱してくると、双方の膨大な艦隊が接近戦で渾然一体となり、太陽系くらいの直径の渦状星雲となった。

戦争末期には、神文明は残存するすべての戦力と膨大な数の非戦闘宇宙船を高速回転するこの星雲に投入し、星雲の総質量を急激に増加させることで、重力を遠心力よりも大きくした。その結果、宇宙戦艦と宇宙船からなるこの星雲は自身の質量で重力崩壊を起こし、ひとつの恒星となった。この恒星は重元素の比率が高く、誕生と同時に超新星爆発を起こして、アンドロメダ銀河と天の川銀河のあいだの暗黒の宙域をまばゆく照らした。わしらの偉大な祖先はこのような気概を持ち犠牲を払って侵入者を滅ぼし、平和な生命の楽園として天の川銀河を守った……。

いまは文明も老いたが、それはわしらのせいではない。どんなに努力しても、老いを避けることはできない。文明はいつかは老いる。だれにでも老いはやってくる。おまえたちも同じだ。わしらが同情されるいわれはまったくない」

「あなたたちにくらべたら、人類などちっぽけな存在です」秋生(チウション)は畏敬(いけい)の念を込めて言った。

「そうともかぎらない。地球文明はまだ幼い。おまえたちが早く成長してくれるのを待っている。地球文明がその創造者の栄光を継承してくれる日を」神は杖を投げ捨てると、両手をそれぞれ秋生と兵兵(ピンピン)の肩にかけた。「最後に、おまえたちに伝えておきたいことがある」

「理解できるかはわかりませんが、おっしゃってください」秋生は丁寧にうなずいて言った。

「まず、ここから飛び立つことだ！」神は大空に向かって両手を伸ばした。ゆったりしたガウンの大きな袖(そで)が船の帆のように風をはらんだ。

「飛び立つ？　どこへですか？」秋生はとまどった口調でたずねた。

「最初は太陽系のほかの惑星へ。やがてはほかの恒星へ。理由は訊くな。ただ最大限の力を尽くして、外に向かって飛び立つのだ。遠ければ遠いほどいい。それにはたくさんの金がかかるし、たくさんの犠牲も出るだろう。しかし、かならず飛び立たねばならん。いかなる文明であっても、生まれた世界から動かずにいるのはみずから死を選ぶのと同じこと。新しい世界、新しい故郷を宇宙に探し、おまえたちの子孫を春の雨のように銀河に降らせるのだ！」

「わかりました」秋生はうなずいた。彼もまた、父親や息子、妻と同じように、神の話をほんとうには理解できていなかったが。

「それならよい」神は安心したように長いため息をついた。「次に、秘密をひとつ打ち明けよう。おまえたちにとっては、とてつもなく大きな秘密だ」

神は、青く深い瞳で秋生家の家族をひとりひとり見た。その目には寒風が吹いているようで、秋生はぞっとした。神は言った。

「おまえたちには、兄弟がいる」

秋生家の面々はとまどった顔で神を見た。秋生が最初に神の言葉の意味を察した。

「つまり、ほかにも地球を創造したということですか？」

神はゆっくりうなずいた。

「そうだ。ほかにも地球を——つまり、人類文明を創造した。おまえたち以外に、いま、このような文明が三つ存在する。距離はそう遠くない。三つとも、二百光年以内にある。おまえたちは第四地球で、もっとも若い」

「そこに行ったことはあるの？」兵兵が訊いた。

「行ったとも」神はうなずいた。「この地球に来る前に、わしらを置いてもらいたいと願って、先にその三つの地球を訪れた。第一地球はまだよかった。テクノロジーに関する情報をだましとってから、わしらを追い出しただけだった。第二地球は、わしらのうち百万を捕虜にして、返してほしければ宇宙船をよこせと迫った。わしらは千隻の船をさしだした。彼らは自分たちに宇宙船が操縦できないことを知ると、神々に操縦方法を教えろと迫った。そして、捕虜にも船が操縦できないとわかると、全員を殺した。第三地球は三百万を捕虜にして、わしらの船を数隻ずつ、第一地球と第二地球にぶつけろと要求した。彼らは兄弟惑星それぞれと長年にわたって戦争状態にあったからだ。反物質駆動の船が一隻でもぶつかれば、惑星上のすべての生命が完全に消滅する。わしらは第三地球の要求をはねつけた。すると彼らも捕虜を殺した……」

「そんな親不孝な子孫なんか、懲らしめてやりゃあいい！」秋生（チウション）の父が激怒して言った。

神は首を振った。

「わしらは自分たちが創造した文明を攻撃することはしない。おまえたちは、四兄弟のうちでいちばん道理をわきまえている。だからおまえたちにこの話をした。おまえたちの三人の兄は侵略欲が強く、愛や道徳がなんなのかを知らない。その凶暴性と残忍さはおまえたちの想像を超えている。じつを言えば、わしらが創造した地球は六つあった。第一地球と同じ星系にひとつ、第三地球と同じ星系にもうひとつ。どちらも同じ星系の兄弟文明に抹殺された。残った三つの地球がたがいに滅ぼし合わずに済んでいるのは、遠く離れた異なる星系にあるからだ。彼らは第四地球の存在を知っているし、太陽系の正確な座標も知っている。だから、兄たちがおまえたちを滅ぼしに来る前に、おまえたちが彼らを滅ぼさなければならない」

「なんて恐ろしい！」玉蓮（ユーリエン）が言った。

「いまはまだ恐ろしくはない。なぜなら三つの兄文明は、おまえたちよりも進んではいるものの、まだ低速航行の段階にあるからだ。彼らの宇宙船の最高速度は光速の十分の一にも満たず、航続距離も三十光年に達していない。これは生死を賭（か）けた競争だ。だれがいちばん先に亜光速航行を実現するか。先にその技術レベルに到達し、時空の檻（おり）を脱出する唯一の手段をいちはやく獲得できたものだけが生き残れる。少しでも遅れれば、死ぬしかない。これが宇宙の生存競争だ。子どもたちよ、時間はない。急げ！」

「その話は、地球のえらい学者や権力者も知ってるんだよな？」秋生の父がおそるおそるたずねた。

「もちろん知っている。しかし、彼らに頼ってはだめだ。文明は個々の成員の努力が合わさって生存する。それにはむろん、おまえたちのようなふつうの人間も含まれる」

「兵兵（ピンピン）、聞いたか、よく勉強しろよ！」秋生が息子に言った。

「おまえたちが亜光速で宇宙を航行し、三つの兄世界という脅威を排除できたとき、すぐに果たさねばならん重要な使命がもうひとつある。生命が生存できるような惑星を探し出し、細菌や海藻のような地球の下等生物をそれらの惑星に運んで植えつけ、そこで進化させることだ」

　秋生が質問しようとすると、神は腰をかがめて杖を拾った。一家は、神といっしょにバスのほうに歩いていった。ほかの神々はもうバスに乗り込んでいた。

「そうだ、秋生(チウション)」神はなにか思い出したように、また立ち止まった。「おまえの本を勝手に何冊か持ち出した」そう言って包みを開いて秋生に見せた。「中学校の数学、理科、化学の教科書だ」

「ああ、持っていってください。でも、どうするんですか?」

神は風呂敷を包み直しながら、「勉強する。二次方程式からな。これからの宇宙の長い夜には、時間をつぶすものが必要だ。もしかしたら、いつかほんとうに宇宙船の反物質エンジンを修理して、ふたたび光速に入れる日が来るかもしれん」

「そうだ、そうすればまた時間を超えて、適当な惑星を見つけ出し、老後を養ってくれる文明を創造できますね!」秋生が興奮した口調で言った。

神は首を振った。

「いや、老後の心配はもういい。死ぬときが来れば死ねばいい。勉強するのは、最後の願いのためだ」そう言うと、神はポケットからあの小型テレビをとりだした。ディスプレイには、三文字の最後の一文字を言い終えようとする二千年前の恋人が映っていた。「もう一度会いたい」

「なかなかいい願いだな。しかし、かなうわけがない」秋生の父が首を振った。「考えてみろ、彼女が飛び立ってもう二千年以上経ってるんだぞ。光速で飛んでるなら、どこまで行ったかわからん。船を修理したって追いつかんだろう。光より速く飛べるものはないって、あんた、自分でそう言っただろう」

神は杖で空を指した。

「この宇宙では、辛抱強く待ってさえいれば、どんな願いもかなう可能性がある。たとえほんのわずかな可能性であろうと、それは存在する。言っただろう、宇宙はビッグバンで生まれた。いま、その膨張速度は重力のせいで遅くなっている。そしていつか宇宙の膨張は止まり、収縮に転じる。もしもわしらの船がほんとうにもう一度光速に近づけたなら、今度は限界をつくらず、どこまでも光速に近づける。そうすれば、無限の時間を超越し、直接、宇宙の終末に行くことができるだろう。そのとき、宇宙は小さく、小さく収縮し、兵兵(ピンピン)のピンポン球よりも小さくなって、小さな点になる。そうすれば、宇宙のすべてがひとつになる。わしと彼女も、ひとつになるのだ」

一粒の涙が神の目からあふれだし、髭の上を転がって、朝の陽射しにきらめいた。

「宇宙よ、おまえは梁と祝の物語の墓だ。そしてわしと彼女は、その墓から飛び立つ二頭の蝶(ちょう)になる……（説話によれば、梁山伯の墓に開いた穴に祝英台が身を投げると、その穴から二頭の蝶が飛び立ったという）」

8

一週間後、宇宙船の最後の一隻が地球の視界から消えた。神々は去った。

西岑村は以前の静けさをとり戻した。夜、秋生一家は庭に座って満天の星を見ていた。すでに秋深く、野原の虫の声は消え、かすかな風が足もとの落ち葉を揺らし、少し肌寒い。

「あんな高く飛んでっちゃって、風が強いだろうねえ。さぞかし寒いだろうねえ——」玉蓮(ユーリエン)がひとりごとのように言った。

「風なんかないよ」と秋生が言った。「宇宙なんだ、空気もない！　寒いのは寒いだろうな。寒くてたまらないだろう。本には絶対零度と書いてあった。ああ、あたり一面真っ暗で、底も端も見えない。夢の中でも見たくないような場所だ！」

玉蓮の目にまた涙がにじんだが、彼女はそれをごまかすように口を開いた。

「神さまが最後に言ってた二つの話。地球に三人の兄さんがいるのはわかったけど、そのあと言ってた、星に細菌を植えつけろとかなんとかいう話。あれ、まだよくわからないんだけど」

「おれにはわかるぞ」

秋生の父が言った。燦々ときらめく星空のもと、生まれてからずっと愚鈍だった頭がついに悟りを開いた。彼は星々を見上げた。頭の上に星をいただいて一生を過ごしてきたが、きょう、ようやくそのほんとうの姿を見たような気分だった。いままで味わったことのない感覚が血液に充満し、なにか大きなものに触れたように感じていた。その大きなものとひとつになることはまだまだ不可能だが、その感覚に彼は驚愕していた。秋生の父は、星海を見上げながら長いため息をついた。

「人類も、そろそろ老後のことを考えておかなきゃいかんということだ」

扶養人類

仕事は仕事だ。それ以上でも以下でもない。これが滑腔の鉄の掟だが、しかし今回にかぎっては、多少のとまどいがあった。

まず、クライアントの依頼方法がおかしい。直接会いたいと言ってきた。この業界ではめったにないことだ。三十年前、滑腔は教官からくりかえし叩き込まれた。クライアントとの関係は、ひたいと後頭部の関係と同じ。けっして接触してはならない。それは当然、双方の利益を考えて定められたルールだった。面会に指定された場所にも驚いた。この街でもっとも豪華な五つ星ホテルの、もっとも豪華なプレジデンシャル・スイート。仕事の依頼にはもっともふさわしくない場所だ。今回の依頼では、加工するのは三ピースだという。だが、それは問題にならない。もっと多くてもいいくらいだ。

ホテルのスタッフがプレジデンシャル・スイートの金色の扉を開いた。部屋に入る前、滑腔はジャケットの内側にさりげなく手を入れ、左脇の下にある、銃を収めたホルスターの留め金をはずした。しかし、実際にはそんな必要はなかった。こんな場所で行動を起こすような人間はいない。

スイートは金色に輝き、外の現実とはまったく関係のない別世界のようだった。大きなシャンデリアはこの世界の太陽で、真紅の絨毯は草原だ。最初はがらんとして見えたが、すぐに人がいることに気づいた。部屋の端にあるフランス窓を囲むように立ち、分厚いカーテンを開けて空を見ている。滑腔は一瞬だけそちらに視線を走らせて人数を把握した。十三人。ここで対面する予定の相手は仕事の依頼人であって、依頼人たちではない。想定外だ。滑腔の教官は、こうも言っていた。依頼人というのは愛人みたいなものだ。何人いてもかまわないが、たがいに会わせてはならない。

彼らがなにを見ているかは察しがついた。兄文明の宇宙船が南半球の上空に来ている。フランス窓からは、それがはっきり見えた。神文明が地球を離れてから、三年の月日が経っていた。あの大規模訪問を経て、地球外文明に対する人類の許容度は大幅に上がった。ましてや、神文明の宇宙船が二万隻以上で空を埋めつくしたのに対し、今回、兄文明の宇宙船はたったの一隻。その形状は神々の宇宙船のように奇怪なデザインではなく、両端が丸くなった柱のようなかたちで、巨大な風邪薬のカプセルが空に浮かんでいるように見えた。

滑腔が部屋に入ると、十三人の依頼人たちは窓際から離れ、ホール中央の大きな円卓にやってきた。彼らの大部分がメディアで見たことのある有名人であることに気づくと、この豪勢なスイートが急にみすぼらしく見えてきた。もっとも目を引くのは朱漢楊（ジューハンヤン）だ。彼の華軟集団が売り出したパソコン用ＯＳ、東方３０００は、陳腐化したWindowsにかわって世界市場を制覇しつつある。その他の面々も、フォーチュン誌グローバル５００ランキングのトップ50に入る企業の経営者ばかりだった。彼らの企業の年間収益を合計すれば、中規模国家のＧＤＰに匹敵するだろう。この集まりは、ちょっとしたフォーチュン・フォーラムみたいなものだ。

同じ金持ちでも、こいつらはギザ兄（にい）とはぜんぜん違う、と滑腔は思った。ギザ兄は一夜にして富豪になった。それに対し、彼らは三代前からつづく王朝を受け継いだ貴族たちだ。本物の貴族ほど長くつづいてはいないかもしれないが、貴族であることにかわりはない。その資産が高貴なオーラとなって彼らを包み、朱漢楊(ジューハンヤン)の長い指に見え隠れするダイヤの指輪のように静かに輝いている。指輪は繊細で精緻(せいち)なデザインで、ときおりやわらかい光を放つ。ギザ兄がつけている、ピカピカ光るクルミ大の派手な指輪が何十個も買える値段だろう。

しかしいま、その十三人の高貴な資産エリートたちはこの部屋に集まり、プロの殺し屋を雇おうとしている。しかも、殺す相手は三人。最初に伝えられた説明によれば、これはまだ手はじめらしい。

滑腔はダイヤの指輪に気をとられていたわけではなく、朱が手にしている三枚の写真を見ていた。今回の仕事で加工するピースだろう。朱は腰を浮かせると、円卓越しに三枚の写真を滑腔の前にさしだした。それをぱっと見て、滑腔はかすかな敗北感を抱いた。教官の教えによれば、プロたるもの、自分の縄張りで加工を依頼される可能性があるピースについて熟知していなければならない。少なくともこの大都市について言えば、滑腔はそれを実行できていたはずだ。ところが、この写真の三人は、三人とも見たことのない顔だった。三枚とも望遠レンズで撮影されたもので、映っているのはぼさぼさの髪に垢(あか)だらけの顔。いま目の前にいる上級国民とはべつの人種のようだった。よく見ると、写真の三人のうち、ひとりは女性だった。まだ若い。他の二人にくらべると清潔で、髪は埃(ほこり)だらけだが、きちんと梳(と)かしている。滑腔はその眼に惹(ひ)きつけられた。滑腔のようなプロからすると、人間の眼は二種類あるように見える。欲に満ちて焦っている眼と、鈍感な眼。しかし、その写真の眼は、めずらしく静かだった。滑腔の心が少し動いたが、その乱れは、風に散るかすかな霧のようにたちまち去っていった。

「この仕事は社会的資産液化委員会が委託するものだ。ここには委員会の常任委員が全員そろっている。わたしは委員会の主席常任委員だ」朱漢楊が言った。

社会的資産液化委員会？　妙な名前だ。トップクラスの富豪によって組織されていることをべつにすれば、その名称がなにを意味するのか考えつかなかった。具体的な補足情報がなければ、たぶん謎は解けないだろう。

「彼らの住所は裏に書いてある。しかし、移動する可能性がある。おおよその地理的範囲が示されているから、捜してくれ。すぐに見つかるはずだ。謝礼はすでに送金してある。確認してくれ」朱漢楊が言うと、滑腔は顔を上げて朱を見た。その目に高貴さはなく、焦りに満ちていた。いささか意外なことに、そこに欲望は影もかたちもなかった。

滑腔は携帯電話をとりだすと口座を確認し、数字のうしろにあるゼロの数を数えて、そっけなく言った。「問題点その一、金額が多すぎる。おれの伝えた額をくれればいい。その二、着手金は半額だ。残りは仕事が終わってから払ってくれ」

「とっておいてくれ」朱漢楊は言った。

滑腔は携帯電話をしばらく操作すると口を開いた。「余分な額は返金した。確認してくれ。おれたちにもルールがある」

「いまこういう仕事をする人は多いけれど、そのプロ意識とプライドを見込んであなたに決めたのよ」許雪萍は言った。この女はひとの心を動かす笑顔をもっている。彼女は遠源グループの総帥だ。遠源は電力市場が完全に開放されてから誕生したアジア最大のエネルギー開発企業だった。

「これは手はじめだ。さっさとやってくれ」海上石油の巨頭、薛桐が言った。

「クイック冷却か、それともスロー冷却か？」滑腔はそうたずねてから、「必要なら説明する」とつけ加えた。

「いや、説明は不要だ」朱漢楊が答えた。「どちらでもいい。まかせる」

「確認方法は？　動画か？　それとも実物の見本か？」

「どちらも必要ない。やってくれればいい。われわれで確認する」

「ほかに注意事項は？」

「以上だ。もう帰っていい」

＊＊＊

滑腔はホテルを出ると、高層ビルの間にのぞく小さな空を見上げた。兄文明の宇宙船がゆっくり移動していた。宇宙船の見た目のサイズはずいぶん大きくなり、移動するスピードもかなり速い。軌道高度が明らかに低くなっている。なめらかな表面には美しい花のような模様が現れ、たえずゆるやかに変化していた。ずっと見ていると眠くなりそうだ。実際は、宇宙船の表面にはなにも描かれていない。花のような模様は、湾曲した全反射鏡面に歪んで映る地球の姿だった。純銀に似て美しいと、滑腔は思った。滑腔は銀が好きだった。金は好きじゃない。銀は静かで、冷たい。

三年前、地球を去るとき、神文明は人類にこう伝えた。神は地球のような文明世界を六つつくった。その六つのうち、地球以外に三つの文明がいまも存在する。どれも地球から二百光年以内にある。全力で科学技術を発展させて、向こうに滅ぼされる前に、三つの兄文明を滅ぼせ。

しかし、伝えるのが遅すぎた。

はるか彼方(かなた)にある三つの地球型文明のひとつ、第一地球が、神の艦隊が去ったあといくらも経たないうちに太陽系に宇宙艦を派遣し、地球周回軌道に入った。第一地球の文明は、太陽系の人類文明の二倍の長さの歴史があり、そのため、この地球の人類は、彼らを兄と呼ばなければならなかった。

滑腔は携帯電話をとりだすと、ふたたび口座の数字を確認した。ギザ兄、おれもあんたと同じくらい金持ちになったよ、と心の中で言った。でも、なにかが足りない。あんたはいつも自分がすべてを手にしている気でいて、それを失わないために全力を尽くした。

……滑腔は首を振った。頭に浮かんだ影を消さなければならない。いまギザ兄を思い出すのは縁起が悪い。

＊＊＊

　ギザ兄という通り名は、彼が肌身離さず持ち歩いていた鋸に由来する。ギザギザのその刃は薄くやわらかいが、ものすごくよく切れた。柄には硬い珊瑚が使われ、美しい浮世絵風の花模様が刻まれていた。ギザ兄はその鋸をベルトのように腰に巻き、ひまさえあればとりだして、鋸の背にバイオリンの弓を滑らせた。弓と背の角度の違いや、鋸の刃自体を曲げることでピッチや音色が変わり、音楽を奏でることができた。その音は暗く不気味で、不安定に揺れ動き、亡霊がすすり泣いているようだった。この鋭利な鋸のもうひとつの使い道について、滑腔はもちろんよく聞かされていたが、実際に自分の目で見たのは一度きりだった。それは、古い倉庫で行われた博打の大勝負だった。半レンガという通り名の船乗りが、負けに負けつづけて身ぐるみ剝がされた。両親の家までとられ、目を真っ赤にした半レンガは、これまでの負けをとり戻すために自分の両腕を賭けて勝負したいと言った。

　ギザ兄は、手の中でサイコロを転がしながらにやっと笑った。

「腕を賭けちゃダメだ。この先まだ長いだろう。手がなかったら、おれたち兄弟、もう遊べなくなるじゃないか。足にしろ」

　そこで半レンガは両足を賭けた。半レンガがまた負けると、ギザ兄はその場であの鋸を使って彼の両足を膝下で切断した。鋸が腱や骨を切っていく音を、滑腔はいまもはっきり覚えている。ギザ兄が片足で首すじを踏みつけていたので、半レンガは悲鳴をあげられなかった。だだっ広く寒々とした倉庫に、鋸が骨や肉を切る楽しげな歌だけが響いた。膝蓋骨を切断するときに鋸が奏でる豊かな音色と、真っ白な骨の粉が真っ赤な血溜まりに浮いている光景は、ある種の妖艶な美をたたえていた。滑腔は当時、その美しさに圧倒された。体の細胞ひとつひとつが鋸と血や肉の歌に加わった。ちきしょう、これが生きてるってことだ！　その日は滑腔の十八歳の誕生日だったが、最高の成人祝いになった。ことが終わると、ギザ兄は大切な鋸をきれいに拭いて腰に巻きつけ、半レンガが運ばれていったあとの地面に残る血の跡を指さして言った。

「半レンガに伝えろ。残りの人生はおれが面倒見るってな」

滑腔はまだ若かったが、幼いころからギザ兄の下について、天下をとろうといっしょに戦ってきた古株のひとりだった。血を見る仕事は毎月のようにあった。ギザ兄が血なまぐさい社会の吹き溜まりで成功を積み上げ、ようやく夜の世界から昼の世界へ出たとき、ずっとしたがってきた子分たちはみんな副社長や副理事長などの役職を与えられたが、滑腔だけはギザ兄のボディガードに甘んじていた。しかし、わかる人間はわかる。滑腔に対するギザ兄の信頼の度合いは尋常ではなかった。ギザ兄はとても用心深い人間だった。それは、ギザ兄の親分の運命が影響している。オヤジもとても用心深い人間だった。ギザ兄の言葉を借りれば、できるなら自分を鉄でくるんでおきたいと思っているくらいだったという。長年にわたって、オヤジはつつがなくやってきた。しかしあるとき、彼はもっとも信頼できるボディガード二人を連れて飛行機に乗った。二人のボディガードに両側をはさまれ、オヤジは真ん中の席に座っていた。珠海空港に着陸すると、フライトアテンダントは、なにか考えごとでもしているかのように着席したままの乗客が三名いることに気づいた。よく見ると、彼らの血が前後十列以上の座席の下に広がっていた。座席の背もたれを貫いて、極細の鋼鉄の針が何本も体に突き刺さっていた。ボディガード二人は心臓にそれぞれ三本、オヤジに至っては十四本の針が刺さり、ていねいに展翅された蝶の標本のようになっていた。十四という数にはきっと理由がある。オヤジがルールにそむいて着服した千四百万を示しているのかもしれないし、だれかが十四年の時を経て復讐したのかもしれない。……オヤジと同様、ギザ兄の長い道程には、暗殺の森や罠の沼がいくつもあった。彼は自分の命を滑腔に預けたようなものだった。

しかしほどなく、滑腔のポストはKに脅かされることになった。Kはロシア人だ。当時、富裕層のあいだで元KGBをボディガードに雇うのが流行していて、映画スターを愛人にするのと同様、周囲にひけらかして自慢することができた。ギザ兄のまわりの人間たちは、舌がまわらずロシア語の名前が発音できなかったから、彼はそのままKGBと呼ばれることになり、やがてKになった。しかし、じつのところ、KはKGBとなんの関係もなかった。もし仮に本物の元KGBだったとしても、ほとんどのスタッフはデスクワーカーだし、百歩譲って諜報合戦の最前線にいたとしても、ボディガードとしては素人だ。Kは元ソビエト共産党中央警備局の警備スタッフで、長く外務大臣を務めたアンドレイ・グロムイコの警護を担当していた。この業界では正真正銘のエリートだ。ギザ兄は副社長クラスの高給でKを雇った。見せびらかすためではまったくなくて、ほんとうに自分の身の安全を考えてのことだった。Kが雇われると、いままでのボディガードとの違いがすぐに明らかになった。それまで大富豪のボディガードと言えば、宴席では雇い主よりも飲み食いし、ビジネスの話にもやたら口をはさみ、ほんとうに危険な状況になると、街なかで派手な立ち回りを披露するか、雇い主より早く消えるか、二つにひとつだった。しかしKは、宴席だろうが交渉の場だろうが、ギザ兄のうしろに静かに控え、たくましい体を分厚い壁のようにして、いつでもあらゆる脅威の前にに立ちふさがれるように準備していた。警護対象が実際に危険な状況に陥ったことは一度もなかったが、Kのプロフェッショナルな態度を目のあたりにして、なにか危険があれば彼は必ず職務をまっとうするだろうとだれもが信じた。ほかのボディガードにくらべれば滑腔の勤務態度はまじめで、悪い癖もなかったが、しかしKの働きぶりを見て、自分とは大きな差があると思わざるを得なかった。Kが昼夜を問わずサングラスをしているのは、格好をつけているわけではなく、自分の視線を隠すためであることにずいぶん経ってから気づいた。

Kは中国語を覚えるのが早かったが、雇い主を含め、周囲の人間とのつきあいがほとんどなかった。ある日とつぜん、滑腔を自分の簡素な部屋に呼び、たがいのグラスにウォッカを注ぐと、Kは片言の中国語で言った。「わたし、あなたに、言葉を、教えたい」

「言葉？」

「外国の、言葉」

それから、滑腔はKに外国語を習いはじめた。数日経ってようやく、自分が教わっているのがロシア語ではなく英語だと気づいた。滑腔は習得が早かった。二人が英語と中国語でコミュニケーションをとれるようになったある日、Kが言った。

「きみはほかの人と違う」

滑腔はうなずいた。「おれもそう感じている」

「三十年この仕事をしてきたから、わたしは大勢の中から才能のある人間を見抜くことができる。才能を持つ人間はとても少ない。だが、きみには才能がある。きみをひとめ見たとき、わたしはさむけを感じた。冷酷になることは簡単だ。しかし冷酷なまま、少しも温かみを持たずにいることはとてもむずかしい。きみはエリートになれる。自分を埋もれさせてはいけない」

「どうすればいい？」

「まずは留学だ」

ギザ兄はKの提案を聞いてすぐに受け入れたばかりか、費用はすべて負担すると言った。Kが来てからずっと、ギザ兄は滑腔の処遇をどうすべきか考えていたのだった。会社にも、滑腔の居場所はなかった。

幼いころ両親を失い、最底辺の裏社会で成長してきた子どもは、ある冬の夜、旅客機に乗って、遠い見知らぬ国へと飛び立った。

＊＊＊

古いフォルクスワーゲン・サンタナを運転して、滑腔は三枚の写真の住所へ下見に出かけた。最初のひとりは春花広場だったが、たいした苦労もなく写真の人間が見つかった。その浮浪者はゴミ箱を漁って(あさ)いるところで、ゴミ袋がパンパンになると、それを持って広場のベンチのほうに歩いていった。大収穫だったようだ。ほとんど手をつけていない弁当――どんぶり飯ではなく、おかずとごはんをきちんと分けてあるタイプ――がひとつ。ひと口だけかじったソーセージ。ほぼ手つかずのパン。半分以上残った瓶入りコーラ。浮浪者は手づかみで食べるものだと滑腔は思っていたが、男は初夏からずっと着つづけているとおぼしき汚れたコートのポケットからアルミのスプーンをとりだした。優雅な夕食を終えると、浮浪者は食べ残しをゴミ箱に戻した。

滑腔は周囲を見渡した。広場のまわりは、街灯が点灯したばかりだった。よく知っている場所のはずだが、どことなく違和感がある。すぐにその理由に思い当たった。あの浮浪者が食べ残しをあっさり捨ててしまえるくらいたっぷりした夕食にありつけたのも道理だ。ここはもともと、この街の浮浪者がおおぜい集まってくる場所だが、いまはだれもいない。ターゲットの男ひとりだけだ。ほかの連中はどこに行ったんだろう？　みんな加工されたのか？

次に滑腔は、二枚めの写真の住所へ向かった。街のはずれにある立体交差の中心にあたる高架の下に、段ボールでつくられた掘っ立て小屋があり、中から黄色い光が洩れている。滑腔はぼろぼろの扉を注意深く少しだけ開き、隙間から中を覗き込んだ。意外にもそこは、色彩にあふれたカラフルな空間だった。段ボールハウスの中には大小さまざまな油絵が掛けてあり、壁をなしている。たちこめる煙草の煙の中に、放浪画家の姿が見えた。冬眠する熊さながら、古ぼけたイーゼルの下に寝転がっている。髪は長く、絵の具でカラフルに染まった、昔の中国服のようにゆったりしたTシャツを着て、ひと箱五角の玉蝶を吸っている。驚きと迷いに満ちた視線は、自分の作品のあいだを行き来して、まるではじめてここを訪れた人のようだった。こんなふうに自分の作品に対するナルシシズムに浸って人生のほとんどの時間を過ごしてきたのだろう。ここまで落ちぶれ、困窮した画家というのは一九九〇年代には数多くいたが、いまでは珍しい。

「かまわん。入れ」画家は絵を見ながら、戸口のほうに一瞥もくれずに言った。その口ぶりは、まるでここが帝王の宮殿であるかのようだった。滑腔が中に入ると、また言った。「わたしの絵が好きか？」

　滑腔はあたりを見まわしたが、ほとんどの絵はただ色をでたらめに塗りたくっているだけだった。絵の具を適当にキャンバスに撒き散らしただけでも、これらの絵よりよっぽど理知的に見えるだろう。しかし、写実的な絵も数点あり、滑腔の視線はその中の一枚に引き寄せられた。ひび割れた黄色い大地がキャンバスいっぱいに描かれ、そのひびから数本の枯れた植物が枝を伸ばしている。何世紀も前からそんなふうに枯れたままで、この世界にははじめから水など存在しないかのように見える。その乾いた大地に、髑髏がひとつ転がっていた。真っ白に乾燥し、表面を覆うように亀裂が入っている。しかし、頭蓋骨の口と片方の眼窩から、みずみずしい緑色の植物が一本ずつ生えていた。その鮮やかな緑は、からからに乾き、死を刻印された周囲と際立ったコントラストをなしていた。植物の片方は、その先に妖艶な小さな花を咲かせている。髑髏のもう片方の眼窩には生きた目が描かれ、澄んだ瞳で空を見つめていたが、その眼は画家の眼と同じように、驚きと迷いに満ちていた。

「これが好きだ」滑腔はその絵を指して言った。

「これは『瘦地』シリーズの第二作だ。買うか？」

「いくらだ?」

「言い値でいい」

滑腔は革の財布を出すと、なかから百元札をすべてとりだし、画家に渡したが、画家はそこから二枚だけ抜いた。

「これでいい。持っていけ」

滑腔は車のエンジンをかけ、三枚めの写真の住所に目をやったが、すぐにエンジンを切った。なぜならその住所は、立体交差のすぐそばにある、この街でいちばん大きいゴミ集積場だったからだ。滑腔は双眼鏡をとりだし、フロントガラス越しに、集積場でゴミを漁る人たちの中からターゲットを探した。

この街にはゴミで生計を立てている人間が三十万人いて、ひとつの社会階層を形成している。彼らのあいだにもはっきりした階級がある。いちばん上の階級は、高級な邸宅が建ち並ぶエリアに入ることができる。そこでは、芸術品のように精巧なデザインのゴミ箱から、一度しか袖(そで)を通していないシャツ、ほとんど使っていないシーツや靴下を毎日のように拾うことができた。富裕層が住む高級住宅地では、そうしたものは使い捨てだった。ゴミ箱の中には、ほとんど傷もないハイブランドの革靴やベルト、三分の一しか吸っていないハバナの葉巻やひと口だけかじった高価なチョコレートなどがしょっちゅう見つかった。……しかし、このエリアでゴミを漁るには、エリアの警備員に賄賂(わいろ)をたっぷりつかませる必要があり、そのため中に入れる人間はごく少数で、いわばゴミ漁りにおける貴族階級だった。

　中間層は、街に数多くあるゴミの中間集積場に集まった。そこは街のゴミが最初に集まる場所で、ゴミの中でいちばん金になるもの——電池、金属、状態のいい紙製品、廃棄された医療機器、期限切れの薬など——は、ほぼすべてここで見つかる。ここも好き勝手に入れるわけではない。それぞれの地域に頭目がいて、縄張りがあり、勝手に入ると、運がよくても殴られて追い出される。運が悪いと殺されることもある。

　中間集積場を経て町の外にある大型集積場や埋め立て場に運ばれるゴミには、もうほとんど〝実〟はないが、そのゴミで生計を立てている人間がいちばん多い。最下層に位置する彼らこそ、滑腔がいま観察している人間たちだった。この最下層のゴミ漁りに残されているのは、リサイクルできないプラスチックゴミか、なんの価値もない紙くず、あるいはキロあたり一分(いちぶ)で豚の餌として農家に売られる生ゴミだった。

　遠くのほうでは大都会の灯り(あか)が巨大な宝石のようにきらきら輝き、その光がここまで届いて、たえず変化するネオンのメッキを悪臭漂うゴミの山にほどこしている。しかし、ここで拾ったものからも、すぐ近くにある大都会のぜいたくな暮らしぶりをうかがうことはできた。彼らが拾う腐った食品の中には、足だけ食べられた小豚の丸焼き、ほとんど箸(はし)をつけていないクエや鶏などが交じっている。最近では、一羽まるごとの烏骨鶏(うこっけい)が増えていた。鳥白玉という料理が流行しているせいだ。豆腐を烏骨鶏の腹に詰めて煮込んだもので、食べる部分はその数切れの豆腐だけ。鶏肉もおいしく食べられるが、ちまきを包んでいる葉と同じく、豆腐を包むためのものだから、そうと知らずに鶏肉を食べると、上品なグルメたちから笑われることになる……。

その日最後のゴミ収集車がやってきた。トラックが荷台を傾け、雪崩のようにゴミを落とす。それと同時にゴミ漁りが何人もわっと群がり、もうもうと舞い上がる埃と塵の中に隠れてしまった。この環境に適応すべく進化したかのように、ゴミの山の悪臭や病原菌や粉塵がまるで気にならないようすだった。しかし、もちろんそれは、彼らが生きているところしか見ていないふつうの人間が抱く印象にすぎない。ふつうの人間は虫やネズミの死骸を目にしないから、それらがどんなふうに死んでいくのか関心を持たないが、それと同じことだった。実際はゴミ漁りたちもこの環境に蝕まれ、命を落とす。虫やネズミの死骸と同じように、彼らの遺体もこのゴミ集積場のあちこちで見つかっている。彼らはここで静かに死に、新しいゴミに埋もれていくのだ。

薄暗い照明のもと、ゴミを漁る人間たちは埃の中にぼんやり浮かぶ影でしかなかったが、滑腔はたちまちターゲットを見つけ出した。すぐ見つかったのは、彼女の鋭い目つきのせいだけでなく、もうひとつ理由があった。春花広場の浮浪者と同じく、きょうはゴミ集積場にいる人間の数がいつもより明らかに少ない。なぜだ？

滑腔は双眼鏡でターゲットを観察した。ぱっと見たところ、彼女もほかの人間と大差ないように見えた。腰にロープを巻き、手には大きな麻袋と、熊手とスコップを先端につけた長い棹を持っている。ほかの人間より痩せているため、押し分けて前に出ることができないらしく、人間の輪の外でゴミを漁っているが、彼女が拾えるものといえばゴミの中のゴミでしかなかった。

滑腔は双眼鏡を下ろしてしばし考え込み、首を振った。世界でもっとも不可解なことが、いま、目の前で起こっている。ひとりは街の浮浪者、ひとりは貧しい放浪画家、そしてもうひとりはゴミを漁って生計を立てている少女。この世でもっとも貧しく弱い人間たちが、どういうわけか、世界の富の頂点にいる大富豪たちに脅威を与えている。それも、プロの殺し屋を雇って殺さなければならないほど大きな脅威を。

暗闇の中、後部座席に置かれた『瘦地』シリーズ第二作から、髑髏に描かれたあの眼がこちらをにらみつけている。滑腔は背中に棘が刺さったかのように落ち着かない気分だった。

そのとき、ゴミ集積場のほうから叫び声が聞こえた。車外は一面、青い光に包まれていた。光の源は東の地平線だった。そこから青い太陽がすごいスピードで昇ってくる。兄文明の宇宙船だった。ふだんはみずから光を発することはなく、夜になると太陽の光を反射して小さな月のように見える。しかしときたま、全世界を照らすような青い光をとつぜん放つことがあり、人々を言い知れぬ恐怖におとしいれた。今回、宇宙船が発している光はいつになく明るい。おそらく、軌道がさらに低くなったのだろう。青い太陽が街の向こうから昇ってくると、高層ビル群の影がまるで巨人の手のように長く伸びてきたが、宇宙船が空高く上昇するにつれ、少しずつもとに戻っていった。

兄文明の宇宙船の光の中、ゴミ集積場のあの少女の姿がはっきり見えた。滑腔はふたたび双眼鏡を覗き、あらためて確認した。まちがいない、彼女がターゲットだ。麻袋を膝にのせて、しゃがみこんでいる。空を見上げた眼には恐怖の色があるが、それよりも写真で見た平穏のほうが強い。滑腔の心はまた少し動かされたが、前回と同じように、すぐに消えていった。そのさざ波が自分の心の奥深くから来ていることはわかっていた。そして、ふたたびそれを失ったことを悔やんでいる。

宇宙船はあっという間に空を横切り、西の地平線の下へと沈んでいった。西の空には奇妙な青い夕焼けが広がっている。そして、すべてはまた夜の闇に呑まれ、遠方の街の明かりがふたたび輝きはじめた。

滑腔の思考はまたあの謎に戻った。世界でもっとも裕福な十三人が、もっとも貧しい三人を殺そうとしている。こんな理屈に合わない話はない。想像力に対する最大の挑戦だ。しかし、いくらも考えないうちに、滑腔は思考に急ブレーキをかけた。無意識にハンドルを叩き、自分を叱りつける。この業界のもっとも基本的なルールに背いていることにふと思い当たったからだ。校長の言葉が脳裡に甦る。それは、この業界の鉄則だった――銃口をだれに向けるか、銃は気にかけない。

＊＊＊

自分が留学していたのがどこの国だったのかさえ、滑腔はいまだに知らない。まして、学校の正確な位置など知る由もなかった。知っているのは、飛行機が降りた最初の場所がモスクワだったことだけだ。そこで迎えの人間と落ち合ったが、その人物の英語にはロシア訛りがまったくなかった。前が見えない黒眼鏡をかけるように言われて盲人を偽装したため、その後の道中はずっと真っ暗なままだった。また飛行機に乗り、三時間少々のフライトのあと、まる一日車に乗って、ようやく学校に着いた。そこがロシア国境の内側だったのかどうか、滑腔にはよくわからない。学校は山奥にあり、高い壁で囲まれていた。学生は卒業するまで校外に出ることを禁止されていた。黒眼鏡をとることを許されると、この学校の建物が大きく分けて二種類あることがわかった。ひとつはグレーで、これといった特徴はない。もうひとつは色とかたちが独特だった。それは、じつは巨大な積み木でできた建物で、さまざまなかたちに組み立てることのできる、射撃シミュレーション用の施設だった。この学校そのものが、精巧に設計された射撃場だった。

入学式は、学生全員が集まる唯一の機会だった。学生数は四百人ちょっと。校長は白髪で、自然と尊敬の気持ちを抱かせるような古典的な学者の雰囲気をまとい、こんなスピーチをした。

「学生のみなさん、これから四年間、あなたがたは、永遠に名前を言えない業界で必要な専門知識と技能を学びます。これは人類でもっとも古い職業のひとつであり、輝かしい未来があります。小さなスケールで言えば、われわれは、最終的な選択をしたクライアントのために、われわれにしかできない問題解決を実行します。しかし、大きなスケールで言えば、われわれの仕事は歴史を変えることもありうるのです。

これまで、さまざまな政治組織が高額の報酬を提示してゲリラ兵の訓練を依頼してきましたが、われわれはすべて断ってきました。ここで育成するのは、独立したプロフェッショナルだけです。そう、独立です。金銭以外のあらゆるものからの独立。今後、みなさんは自分を一丁の銃だと思ってください。みなさんの責任は、銃が持つ機能をまっとうし、その過程において銃が持つ美しさを体現することです。銃口をだれに向けるか、銃は気にかけません。Aが銃を持ち、Bを撃つ。Bはその銃を奪いとってAを撃つ。銃は、AとBを区別しません。どちらの場合にも最高のパフォーマンスを発揮して仕事を遂行します。これがわれわれの基本的な職業倫理です」

入学式で、滑腔はよく使う専門用語をいくつか覚えた。この業界では、基本的な仕事を〝加工〟と呼び、仕事の対象を〝ピース〟、死を〝冷却〟と呼ぶ。

学校には、L、M、S、三つの専攻があった。それぞれ長、中、短の三種類の距離を指す。

Lの専攻はもっとも謎めいている。学費が高く、学生数も少なく、ほかの専攻と交流がない。滑腔の教官もL専攻の学生とは距離を置くようアドバイスした。

「あいつらは業界の貴族だ、歴史を変える可能性がもっとも高い」

L専攻の知識はとても幅広く、奥が深い。学生が使用するスナイパーライフルは数十万ドルもするもので、組み立てると全長二メートル以上になる。L専攻の加工距離は平均千メートルを超え、最長三千メートルに達するという。千五百メートル以上の加工には複雑なプロセスが必要になる。準備段階として、弾道に沿って一定の距離ごとに〝風鈴〟を設置する。これは小型の精巧な測風装置で、計測した値を無線で送り、射撃手のゴーグルのディスプレイに表示することで、それぞれの位置の風速や風向きが正確に把握できる。

　M専攻の加工距離は十メートルから三百メートル。もっとも長い伝統があり、学生数もいちばん多く、通常、標準装備ライフル銃を使用する。M専攻はカバーする範囲がもっとも広く、仕事にあぶれる心配はまずないが、平凡でおもしろみに欠ける。

　滑腔が学んだのはS専攻だ。加工距離は十メートル以下、武器に対する要求も最低限で、通常はピストルを使用するが、ナイフなどの近接格闘兵器を使う場合もある。三つの専攻のうち、まちがいなくSがもっとも危険だが、しかしロマンがある。校長はこの分野の大御所で、みずからS専攻の授業を受け持った。校長が最初に講義したのは、驚いたことに、英文学だった。

「みなさんはまず、S専攻の価値を理解しなければなりません」困惑する学生たちを見渡しながら、校長はおごそかに言った。「L専攻とM専攻においては、加工されるピースと加工者は出会いません。ピースはなにも知らないまま加工され、冷却されます。彼らにとっては幸運ですが、クライアントにとってはそうではありません。多くのクライアントは、いったいだれが、なぜ加工を依頼したのか、冷却される前にピースが知る必要があると考えています。その情報は、わたしたちがピースに伝えなければなりません。このとき、わたしたちは自分自身ではなく、クライアントの化身となります。クライアントが伝えたい最後の情報を、おごそかに、完璧に表現し、冷却される前のピースに最大の驚きと恐怖と苦しみを味わわせる必要があります。そこにS専攻のロマンと美学があるのです。ピースが冷却される前に見せる恐怖と絶望に満ちたまなざしこそ、われわれの仕事における最大の快楽です。しかし、それを味わうためには、それなりの表現力や文学的素養を身につけなければなりません」

　こうして、滑腔は文学を一年学んだ。ホメーロスの叙事詩を読み、シェイクスピアを暗記し、文学史に残る名作や現代の傑作を数多く読んだ。その一年は留学生活でもっとも収穫があった一年だったと滑腔は思った。なぜなら、そのあと学んだことは多少なりとも知っていることだったし、遅かれ早かれ学べることだったが、文学に深く接するのは、これが唯一の機会だったからだ。文学を通じて、滑腔はあらためて人間を発見した。人間とはこんなにも精巧で複雑なものだったのかと驚いた。それまでは、人を殺すことは赤い液体で満たされた不格好な陶器の壺(つぼ)を壊すようなものだとしか思っていなかったが、自分が破壊していたものが並外れて美しく精緻な宝石細工だったのだと気づき、殺戮(さつりく)の快感が増した。

　次の授業は人体解剖学だった。他の二つの専攻とくらべてS専攻がすぐれているもうひとつの特徴は、加工されたピースが冷却されるまでの時間だった。専門用語では、この時間の違いによって、クイック冷却またはスロー冷却と呼ぶ。多くのクライアントはスロー冷却を要求し、その過程を録画したものを秘蔵して、鑑賞することを好んだ。もちろん、その需要に応(こた)えるには高い技術と豊富な経験が要求される。人体解剖学は当然、必要不可欠な知識だった。

　それが終わって、ほんとうの専門科目がようやくはじまった。

＊＊＊

集積場に集まっていたゴミ漁りの数がじょじょに減り、ターゲットを含めた数人が残るだけになった。滑腔はその時点で、今晩、このピースを加工することに決めた。下調べの段階で加工を実行するのは業界の慣例に反しているが、例外もある。絶好のタイミングは、いともたやすく失われてしまう。

滑腔は陸橋のたもとから車を出し、ガタゴト車体を揺らして集積場脇の砂利道に乗り入れた。彼らが集積場をあとにするとき、かならずこの道を通ることは確認済みだった。あたりは暗く、夜風になびく背の高い雑草の影がかろうじて見える程度だった。加工にはうってつけの場所だ。滑腔はここでピースを待つことにした。

滑腔はピストルをとりだし、ダッシュボードの上にそっと置いた。武骨な外見の7・62㎜口径リボルバーだが、大黒星（54式拳銃の裏社会での通称）の弾が使えた。彼はこの銃を大鼻子(ビッグノーズ)と名づけていた。雲南省シーサンパンナの闇市で買った、ブランド名のない三千元の密造銃だった。見た目は悪いが、材料はいいものを使っていて、すべてのパーツの仕上げが高品質だった。最大の欠点は腔旋(ライフリング)がほどこされていないこと。砲身の壁はなめらかなままだった。ブランドものの高価な銃に手が届かないというわけではない。ボディガードをはじめたとき、ギザ兄から装弾数三十二発のイスラエル製UZIサブマシンガンを支給された。その後、誕生日プレゼントに77式拳(けん)銃(じゅう)をもらったが、滑腔が好んで使うのはあくまでもビッグノーズで、高価な二丁の銃はトランクの底に押し込み、携行することはなかった。単純に、ビッグノーズのほうが好みだった。銃は街灯りを浴びて冷たく光っている。滑腔の思考は学校で過ごした歳月に戻っていった。

専門課程の授業がはじまった最初の日、校長は学生それぞれに自分の武器を見せるように言った。ずらっと並んだ高価な拳銃のあいだに自分のビッグノーズを置くのはどうにもばつが悪かったが、校長はそれを手にとって眺めながら、心のこもった賛辞を贈った。

「いいものですね」

「ライフリングがないぞ。サイレンサーもつけられない」ある学生が鼻で笑った。

「S専攻においては、正確性と射程は最低限でかまいません。ライフリングはなくてもいい。サイレンサーは、そうですね、小さな枕でもあてがったらどうでしょうか。みなさん、技術ばかりにとらわれて芸術を忘れてはいけません。使う人が使えば、この銃はほかのみなさんの高価なおもちゃでは不可能な芸術性を発揮できる」

校長は正しかった。ライフリングがないせいで、ビッグノーズが発射した弾丸は飛びながら縦に回転することがあり、そのさい、ふつうの銃弾ではありえない、ぞっとするようなうなりをあげる。ピースの体に命中してからも回転しつづけ、鋭利な刃物のように触れるものすべてを切り刻む。

「これからあなたを滑腔と呼びましょう」校長は銃を返しながら言った（ライフリングがなく、砲身の内側が滑らかなピストルを滑腔銃と呼ぶ）。「使いこなせるようになりなさい。どうやら、ナイフ投げを学んだほうがよさそうですね」

滑腔はすぐにそのアドバイスの意味を理解した。ナイフ投げの達人は、ナイフの刃のほうを持って投げる。そうすることで、回転によって、より大きな殺傷力を得られるからだ。しかし、目標に到達したとき、ナイフの先端が前に来ている必要がある。校長は、ナイフ投げのようにビッグノーズを扱えと言っているのだ！　そうすれば、回転する弾丸がピースの体をえぐる傷にさまざまな芸術的変化をもたらすことができる。二年におよぶ厳しい訓練のあいだに、三万発近い弾を消費し、滑腔は学校でもっとも優秀な教官でさえできない技を身につけた。

滑腔の留学経験はビッグノーズと密接な関係がある。四年生のとき、同じ専攻の女子学生としばらくつきあっていた。彼女は髪が赤いことからファイアと呼ばれていた。国籍は知らないが、たぶん西ヨーロッパだろうと、滑腔は見当をつけていた。この学校の学生は男子が大半を占め、数少ない女子学生はほぼ全員が射撃の天才だった。しかし、ファイアはその例外で、射撃の腕前は最低だった。ナイフもろくに使えず、入学するまでどうやって生計をたててきたのか不思議になるくらいだった。しかしある日、絞殺の第一回の授業で、彼女は指にはめた優美なリングから肉眼では見えないほど細い糸を引き出し、慣れた手つきで教材のヤギの首に巻きつけると、鋭いナイフで切るようにすっぱりと切断した。ファイアによれば、糸の素材はきわめて強度の高いナノマテリアルで、いずれ宇宙エレベーターを建設するときにはこの素材が使われるだろうとのことだった。

ファイアは滑腔に対し、本物の愛情など持っていなかった。そんなものはここには存在しない。彼女は他専攻の黒氷狼（ブラックアイス・ウルフ）と呼ばれる北欧出身の男子学生とも同時に関係を持ち、単調な学生生活の退屈しのぎのためか、闘蟋（とうしつ）で戦わせる二匹のコオロギのように滑腔と彼をくりかえし挑発して、二人に流血の決闘をさせようとしていた。その作戦はほどなく図に当たり、二人はロシアンルーレットで決闘することになった。深夜、クラス全員で射撃場の巨大な積み木をローマのコロッセオのようなかたちに組み立て、決闘はその中央で行われた。使われる銃はビッグノーズだった。ファイアが審判となり、優雅な手つきでビッグノーズの空の弾倉に弾丸を一発装填（そうてん）すると、銃把を握り、つる草のように優美な腕の上に弾倉をすべらせて、十数回くるくる回転させた。男性二人がひとしきり譲り合ったあと、ファイアが微笑みを浮かべて滑腔にビッグノーズをさしだした。滑腔がゆっくり銃を手にとり、冷たい銃口をこめかみにあてがった。それまで感じたことのない虚（むな）しさや孤独が押し寄せてくる。実体のない寒風が世界のすべてに吹きつけ、漆黒の宇宙で、ただひとつ自分の心臓だけが熱かった。覚悟を決め、引き金をひと息に五回たてつづけに引いた。ハンマーはファイアリング・ピンを五回叩き、弾倉はカチカチカチカチカチと五回まわったが、銃声は響かなかった。弾倉が回転する乾いた金属音が、ブラックアイス・ウルフを弔う鐘の音となった。クラス全員が歓声をあげ、ファイアは涙を流して歓（よろこ）び、わたしはあなたのものよと滑腔に向かって叫んだ。そのあいだじゅう、もっともリラックスして笑っていたのは、ブラックアイス・ウルフだった。彼は滑腔に向かってうなずくと、心から言った。

「サミュエル・コルト（原注　リボルバーの発明者）以来、もっともすばらしい博打だったよ、アジア人」そして、ファイアに向かって、「ハニー、気にするな、人生なんて、どうせただのギャンブルさ」と言うやいなや、ビッグノーズを摑（つか）んでこめかみにあてた。こもった銃声が響き、血の花と砕けた骨のかけらがエレガントに飛び散った。

その後まもなく、滑腔は卒業した。来たときと同じ眼鏡をかけてこの名前のない学校をあとにすると、育った土地に戻った。それ以降、学校について耳にすることは二度となかった。そんな学校は最初から存在しなかったかのようだった。

外の世界に戻って、滑腔はようやく、世界に起きた一大事件を聞いた。神文明が地球を訪れ、彼らが育てた人類に扶養されることとなったが、地球での生活が気に入らず、一年ちょっとで帰ってしまったという。二万隻の宇宙船はすでに茫漠たる宇宙の彼方に消えたあとだった。

飛行機を降りると、滑腔は加工を一件引き受けた。

ギザ兄が滑腔を手厚く迎え、豪華な祝宴を開いた。滑腔はつもる話がたくさんあるから、ギザ兄と単独で話をしたいと求めた。二人きりになると、滑腔はギザ兄に言った。

「おれはあなたのもとで育ちました。心の中では、あなたのことを兄貴ではなく父親だと思っています。おれは学んできたこの道で生きていくべきですか？　教えてください。それにしたがいます」

ギザ兄は滑腔の肩に親しげに手を置いて言った。

「おまえが好きならこの道を行けばいい。好きなんだろう。まっとうな道だろうがヤクザな道だろうが、どっちも道だ。気概があるやつはどっちに行ったってひとかどの男になれる」

「わかりました。ではそうします」

滑腔はそう言うと、銃をとりだし、ギザ兄の腹に向けて一発撃った。飛び出した弾丸は狙いどおりの角度でギザ兄の腹を大きく切り裂き、背中から抜けて床にめり込んだ。ギザ兄は煙草の煙越しに滑腔を見た。その目には驚きが一瞬走り、それにつづいて、すべてを悟ったあとの無感覚が浮かび上がった。滑腔に目を向け、笑ってうなずいた。

「もうひとかどの男になったな、こいつ」ギザ兄は血を吐き、ゆっくりと床に倒れた。

滑腔が受けた契約条件は一時間のスロー冷却だったが、撮影はしなかった。クライアントは彼を信頼してくれている。滑腔はグラスに酒を注ぎ、血溜まりの中にいるギザ兄を冷静に眺めていた。ギザ兄は腹からあふれた腸をかき集め、麻雀牌（マージャンパイ）をそろえるように自分の腹に詰め込んだ。つるつるした腸はすぐにまたあふれだし、ギザ兄はまたそれをかき集めて腹腔に詰め込み……その作業が十二回を数えたところで、ギザ兄は死んだ。銃声が響いてからちょうど一時間たっていた。

滑腔がギザ兄を父親だと思っていると言ったのは本心だった。五歳のある雨の日、博打に負けた父が母に家じゅうの通帳をぜんぶよこせと迫ったが、母は言うことを聞かず、父に殴り殺された。滑腔は父を止めようとしたために殴られ、鼻と腕の骨を折った。そして父は雨の中に消えた。滑腔は父をあちこち捜したが、行方は知れなかった。もし見つけたら、スロー冷却で加工するだろう。

あとになって、滑腔はKの消息を聞かされた。Kは、いままでに受けとった報酬すべてをギザ兄の家族に渡して、ロシアに帰国した。出発前に、Kは言ったそうだ。滑腔を留学に送り出した日にはもう、滑腔がギザ兄を殺すことはわかっていた、と。ギザ兄はナイフの刃の上を歩くような人生を送ってきたにもかかわらず、ほんとうの殺し屋がどういうものかわかっていなかった。

＊＊＊

集積場のゴミ漁りたちは少しずつ数が減り、最終的にターゲットひとりが残って、ゴミを掘り返していた。体が華奢(きやしや)で力のない彼女は、ゴミが運ばれてきたとき、いつも場所とりで負けてしまうから、労働時間を増やすことでその分を補っているらしい。だったら、なにもここで待つ必要はない。滑腔はビッグノーズをジャケットのポケットにしまうと、車を降り、ゴミの中にいるターゲットに向かってまっすぐ歩いていった。足元のゴミはやわらかく、まだ少しあたたかくて、巨大な獣の上を歩いているような気がした。ターゲットまであと四、五メートルというところで、滑腔は銃を握る手をポケットから出した。

そのとき、ひとすじの青い光が東から射してきた。兄文明の宇宙船が地球を一周し、なおも輝きながら、また南半球に戻ってきたのだった。とつぜん昇った青い太陽が二人の視線を同時に惹きつけた。二人は青い太陽をしばらく見つめ、それからたがいを見た。二人の視線が交わったとき、滑腔はプロの殺し屋がぜったいにしてはならないことをした。手にした銃がもう少しで滑り落ちるところだった。驚きのあまり、一瞬、銃を握っていることを忘れてしまったのである。彼は声にならない声をあげた。

果儿(フルーツ)——

彼女がフルーツでないことはわかっていた。十四年前、フルーツは滑腔の目の前で苦しみながら死んだ。しかしフルーツは彼の心の中でずっと生きつづけ、成長してきた。夢の中で大きくなり、少女から女性に変わったフルーツを、滑腔は夢の中で何度も見ていた。その外見は、まさに目の前のこの女そっくりだった。

　ギザ兄は昔、ぜったいに口外できないビジネスに手を染めていた。人買いから身体障害者の子どもを買いとり、町で物乞いをさせていたのだ。当時はまだ人々の同情心も涸れ果ててはいなかったので、子どもたちの稼ぎはかなりのものだった。ギザ兄はこうして資金を貯めていった。

　あるとき、滑腔はギザ兄に同行して、人買いのところへ新しい子どもたちを買いにいった。古い倉庫には五人の子どもがいた。四人は生まれつき身体欠損があったが、ひとりだけ、健康体の少女がいた。少女はまだ六歳で、とてもかわいらしく、フルーツと呼ばれていた。水を湛えたような大きな眼をして、ほかの子どもたちとは際立ったコントラストをなしていた。いまも思い出すたびに胸が痛くなる。その大きな目で少女は好奇心いっぱいにあちこちを眺め、どんな運命が自分を待ち受けているかまるで知らないようだった。

「こいつらだ」人買いは障害のある四人の子どもたちを指していった。

「五人と言っただろう」ギザ兄は言った。

「トランクが蒸し暑くて、移動中にひとり死んだんだ」

「じゃあ、これは？」ギザ兄はフルーツを指して言った。

「これはあんたに売るやつじゃない」

「もらってくぞ。この値でいいだろう」ギザ兄は交渉は受けつけないといった口調で言った。

「しかしな……こいつの体はどこも欠けてない。どうやって稼がせる？」

「頭がかたいな。そんなの、こうすりゃいいだろう」

ギザ兄は言うと、腰から鋸をはずして、フルーツのやわらかなふくらはぎを切った。ふくらはぎを横切るように長い傷口がぱっくり開き、フルーツの叫び声といっしょに血が噴き出した。

「なんか巻いて、止血しろ。薬は塗るなよ。傷口が化膿（かのう）して閉じないほうがいい」ギザ兄は滑腔に言った。

滑腔はフルーツの傷口に包帯を巻いた。何層も巻いたガーゼから血が滲（にじ）み、フルーツの顔は真っ青になっていた。滑腔はギザ兄の言いつけに背いて、フルーツに抗生剤を飲ませたが、やはり傷口は炎症を起こした。

二日後、ギザ兄はフルーツを物乞いに行かせた。フルーツのかわいらしい顔立ちとはかなげな雰囲気、足の傷は、たちまちギザ兄の予想を超える効果を発揮した。初日に三千元以上稼ぎ、その後の一週間、収入が一日二千元を下まわることはなかった。いちばん多いときは、外国人の夫婦が一度に四百ドル渡したこともある。しかしフルーツは、毎日、傷んだ弁当ひとつしかもらえなかった。ギザ兄が食事代を惜しんだわけではない。ギザ兄は、子どもが腹をすかせているようすを求めていたのだ。滑腔はギザ兄の目を盗んでこっそり食べものを渡すしかなかった。

ある夜、フルーツを迎えに行くと、少女は滑腔の耳に顔を近づけてささやいた。

「お兄ちゃん、足いたくなくなったよ」
うれしそうな顔だった。滑腔の目に涙があふれた。母が無惨な死を遂げたとき以外で彼が涙を流したのは、記憶にあるかぎり、このときただ一度きりだった。フルーツの足が痛くなくなったのは、神経がすべて壊死したからだった。足全体が黒くなり、すでに二日も高熱がつづいていた。滑腔はギザ兄の命令に背き、フルーツを抱いて、無断で病院へ連れていった。もう手遅れだ、と医師は言った。この子は敗血症を起こしている。二日めの深夜、フルーツは高熱に苦しみながらこときれた。

それ以降、滑腔の血は冷え切り、Ｋが言ったとおり、あたたかさをとり戻すことは二度となかった。殺人は趣味のひとつとなり、麻薬以上の中毒になった。人という精巧な器を打ち砕くことに滑腔は熱中した。人体に盛られた赤い液体が流れ出し、外気温と同じ温度に冷える。それこそが真実の姿であり、赤い液体が熱を持っている状態のほうがまやかしなのだ。

完全に無意識に、滑腔はフルーツのふくらはぎのあの長い傷を最高レベルの解像度で記憶していた。ギザ兄の腹の傷口は、フルーツの傷の正確なコピーだった。

＊＊＊

ゴミ漁りの女は立ち上がると、彼女には大きすぎる麻袋を背負い、のろのろ歩き出した。もちろん、滑腔が来たからその場を離れたわけではない。滑腔が手にしているものがなんなのか、彼女は気づいていなかった。立派な服を着たその紳士と自分に関係があるとは思いもしなかった。ただ、帰る頃合いになったから歩き出しただけだった。兄文明の宇宙船は西の空に沈み、滑腔はゴミの中で微動だにせず、女の姿が短い青い黄昏に消えるのを見送っていた。

滑腔は銃をホルスターに戻すと、携帯電話で朱漢楊に連絡した。

「あんたたちに会いたい。訊きたいことがある」

「明日九時、いつもの場所で」朱漢楊は簡潔に答えた。連絡が来ると、とっくに予想していたようだった。

滑腔がプレジデンシャル・スイートに入ると、社会的資産液化委員会の常任委員十三人が顔をそろえ、厳粛な面持ちで滑腔を見ていた。

「質問はなんだ」朱漢楊が言った。

「どうしてこの三人を殺すんだ？」滑腔はたずねた。

「きみは業界のルールを破っている」朱漢楊は顔色ひとつ変えずそう言いながら、凝ったデザインのシガーカッターで葉巻の先を切り落とした。

「そうだ。代価は自分で払う。しかし、理由をはっきりさせてもらわないと、この仕事は進められない」

朱漢楊は長いマッチで円を描くようにして葉巻に火をつけ、ゆっくりうなずいた。

「わたしが思い違いをしていたのかな。きみは、富裕層をターゲットにした仕事しか受けないということらしい。となると、本物のプロではなく、上層階級に対するつまらない報復に血道をあげる、ただの凶悪犯ということになる。三年間に四十一人を手にかけた殺人鬼。いまこの瞬間も警察が全力で捜査している。そうなれば、きみの評判は地に落ちるだろう」

「いますぐ警察に通報してくれてもかまわない」滑腔は静かに言った。

「あなたの個人的な経歴に関係しているのかしら？」許雪萍がたずねた。

彼女の洞察力に感服せざるを得なかった。滑腔はなにも言わず、ただ黙っていた。

「あの女？」

滑腔は黙ったままだった。会話の内容はすでに許容範囲を超えている。

「しかたない」朱漢楊はゆっくりと白い煙を吐き出した。「これは非常に重要な任務だ。時間がなくて、きみ以上にふさわしい人材は見つからなかったから、条件を呑むしかないな。理由を教えよう。夢にも思わないような理由だ。われわれはこの社会でもっとも裕福な人間だ。にもかかわらず、社会でもっとも貧しく弱い人間を殺さなければならない。きみはわれわれのことを憎しみに満ちた狂った悪魔だと思っているだろう。理由を説明する前に、まずこのイメージを正さなければならない」

「おれは、白か黒かには興味がない」

「しかし、そうではないことを事実が証明している。さあ、来たまえ」朱漢楊はひと口しか吸っていない葉巻を消すと、立ち上がって歩き出した。

＊＊＊

滑腔は社会的資産液化委員会の常任委員たちとともにホテルを出た。

そのとき、空には異変が起きていた。大通りを行き交う人々が足を止め、緊張した面持ちで空を見上げている。兄文明の宇宙船が低軌道を周回しているところだった。朝陽に照らされ、宇宙船は晴れ渡った空にいつにもましてはっきりと浮かんでいた。宇宙船のうしろには、船体から分離した銀色の星々が等間隔に連なり、空を横切る長い線となって地平線までつづいている。背後の星々の数が増えるにつれて、宇宙船のサイズは明らかに縮小している。銀色の星々が描く線の端は、折れた棒のようにぎざぎざになっていた。兄文明の巨大宇宙船が、じつは数千隻の小型船からなる集合体だということは、滑腔もニュースを見て知っていた。いま、その集合体がばらばらに分離して、艦隊に変わりつつあるらしい。

「みなさん！　聞いてください」朱漢楊（ジューハンヤン）は常任委員たちに向かって手を振り、大声で言った。「見てのとおり、状況は変化しています。残された時間は多くない。早く仕事を進めましょう。各チームはそれぞれ管轄の液化エリアできのうの仕事をつづけてください」

そう言うと、朱漢楊は許雪萍（シューシュエピン）と同じ車に乗り込み、滑腔にも乗れと指示した。ホテルの外で待っていたのは、彼ら資産家がいつも使っている豪華な黒塗りの高級車ではなく、いすゞのトラックだった。滑腔のもの問いたげな視線に気づいて、許雪萍が言った。

「できるだけ多く運ぶためよ」

トラックの後部を見ると、エレガントで高級そうな、まったく同じ型の黒いアタッシェケースがきちんと積み重ねられていた。見たところ、ぜんぶで百個以上はありそうだ。

ドライバーはいない。朱漢楊がみずから運転して、車を出した。ほどなく並木道に入ると、朱漢楊はトラックのスピードを落とし、ひとりの歩行者のすぐ横を並走させた。相手は浮浪者だった。この時代の浮浪者は、ぼろぼろの服を着ているわけではないが、それでもやはり、ひとめでそれとわかる。浮浪者は腰にレジ袋を下げ、歩くたびにシャカシャカ音がした。

滑腔は悟った。浮浪者やゴミ漁りがごっそり減った不可解な出来事の真相がもうすぐ明らかになる。とはいえ、朱漢楊と許雪萍がこんなところで殺人を犯すとは思えない。たぶん、うまくまるめこんでトラックに乗せ、べつのところに連れて行ってから殺すのだろう。だとしても、彼らの社会的地位を考えると、なにもみずから手を汚す必要はないはずだ。おれに手本を見せようと言うのか？　滑腔は干渉するつもりはなかったが、手伝うつもりもなかった。契約に記された業務しか行わない。

浮浪者は、許雪萍に呼び止められるまで、すぐ横をゆっくり進んでいるこのトラックに自分と関わりがあるとはまったく思っていなかった。

「こんにちは！」許雪萍が車の窓を開けて言うと、浮浪者は立ち止まり、彼女を見た。その表情は、この階層の人間特有の無感動が厚い壁をつくっていた。「住むところはありますか？」

許雪萍が笑みを浮かべてたずねた。

「夏はどこにだって住める」浮浪者は言った。

「冬は？」

「土管さ。公衆トイレもあったかいところがある」

「どのくらいこんな生活をしているの？」

「どうだったかなあ。土地収用の保証金を使い果たしてから街に来て、そのあとはずっとこんな暮らしだ」

「街で3DKの部屋に住みたくない？」

浮浪者はうつろな表情のまま、資産家の女性を見返した。意味がわからないようだった。

「字は読める？」許雪萍が訊くと、浮浪者はうなずいた。「あれを見て」

許雪萍は前方にある大きな看板を指さした。看板の写真には、青々とした芝生の上に建つ乳白色のマンション群が写っていた。まるで桃源郷のようだった。

「分譲マンションの広告よ」浮浪者は看板を眺め、自分となんの関係があるのだろうという顔でまた許雪萍を見返した。「さあ、うしろからアタッシェケースをひとつ持って来て」

浮浪者はトラックのうしろにまわって、言われたとおり、アタッシェケースをひとつとってきた。許雪萍はそれを指さした。

「そこに百万元入ってる。五十万使えばあんな家が買えるから、残りは生活費にして。使いきれなかったら、わたしたちがしてるみたいに、貧しい人たちにプレゼントしてもいい」

浮浪者はケースを持ったまま、あいかわらずうつろな表情で、目ばかりきょろきょろさせていた。からかわれているかもしれない可能性に、まるで無関心だった。

「開けてみて」

浮浪者は真っ黒に汚れた手でぎこちなくアタッシェケースのラッチをまさぐった。少し開いたと思ったら、パタンと閉めてしまった。その顔は、ようやく分厚い壁のような無表情が打ち砕かれ、幽霊でも見たかのような驚きと恐怖に変わっていた。

「身分証はあるかい？」朱漢楊（ジューハンヤン）がたずねた。

浮浪者は機械的にうなずくと、まるで爆弾であるかのように、アタッシェケースをできるだけ遠くに置いた。

「銀行に預けるといい。そのほうが便利だから」

「あんたたち……おれになにをやらせたいんだ？」浮浪者はたずねた。

「ひとつだけお願いしたいの。宇宙人が来て、なにか訊かれたら、自分にはこれだけお金があるって答えて。頼みたいことはそれだけ。かならずそうするって約束してもらえる？」

浮浪者はうなずいた。

許雪萍は車を降りると、浮浪者に向かって深く頭を下げた。「どうもありがとう」

「ありがとう」朱漢楊も車内から言った。

滑腔がいちばん驚いたのは、彼らの感謝が心からのものに見えたことだった。

金持ちになったばかりの男を残して走り出したトラックは、次の角まで来ると、すぐに停車した。見ると、出稼ぎの内装工が三人、道端にしゃがみこんで仕事を待っていた。持っている工具は小さなコテだけ。歩道に置かれた厚紙に、『壁塗ります』と書いてある。三人は、トラックがとまったのを見て、すぐに駆け寄ってきた。

「社長、仕事ありますか？」

朱漢楊は首を振った。「ないね。景気はどうだ?」

「さっぱりだよ。いまはみんな、電気を通すとあったかくなる新しい塗料を吹きつけるもんで、壁を塗る家なんてなくなっちまった」

「出身はどこだ?」

「河南省」

「三人とも同じ村か? 貧しい村なのか? 何世帯いる?」

「山奥ですよ。五十世帯くらい。貧乏に決まってる。雨が降らない土地でね。信じてもらえないだろうが、畑の水はやかんに汲んで、苗一本一本にかけるんだ」

「畑仕事なんかもう忘れろ。……銀行口座はあるか?」

三人とも首を振った。

「だったら現金しかないな。重いから大変だろうが……うしろからアタッシェケースを十個ばかり持ってきてくれ」

「十個ですね」朱漢楊の言葉の意味をたいして気にかけないまま、左官たちはケースを運んできて、路上に置いた。

「十個以上だ。いくつでもいい、適当に持ってきてくれ」

ほどなく十五個のケースが路上に積み上げられた。朱漢楊はそれを指して言った。「ケースひとつに百万元入っている。全部で千五百万だ。家に帰って、村のみんなで分けてくれ」

左官のひとりが朱漢楊を見て笑った。おもしろい冗談だと言いたいようだった。もうひとりがしゃがみこんでケースを開けると、三人いっしょに中を覗き、さっきの浮浪者と同じ表情になった。

「重たいから、車を雇って河南省まで帰るといい。もしだれか運転できるなら、車を一台買ったほうが早いかもしれないわね」許雪萍が言った。

三人の左官は目の前にいる二人を茫然と見つめた。このひとたちは天使なのか悪魔なのか。自然と、ひとりがさっきの浮浪者と同じ質問をした。

「おれたちになにをやらせたいんだ？」

答えも同じだった。

「頼みはひとつだけだ。宇宙人が来て、もしなにか訊いたら、自分たちにはこれだけ資産があると答えること。このひとつだけだ。かならずやれるかい？」

貧しい三人はそろってうなずいた。

「ありがとう」「どうもありがとう」二人の大富豪は心を込めたお辞儀をしてそれぞれ感謝の言葉を述べた。アタッシェケースのそばに茫然と佇む三人を残し、トラックはまた走り出した。

「彼らが金を独り占めするんじゃないかと思っているんだろう」朱漢楊は運転しながら滑腔に言った。「最初はそうかもしれない。でもすぐに、余ったお金をまわりの貧しい人に分けるようになる。われわれのように」

滑腔は黙ったままだった。いましがた目撃した、常軌を逸した奇怪な出来事に対しては、沈黙が最良の選択だという気がした。世界は根本から変わろうとしているのかもしれない。いま、理性でわかるのはそれだけだった。

「とめて！」許雪萍（シューシュエピン）はそう叫び、ゴミ箱から空き缶やコーラの瓶を漁っている、汚らしい服の子どもに声をかけた。「坊や、こっちに来て！」男の子は、拾い集めた缶や瓶を入れた麻袋をだいじそうにかついで走ってきた。「うしろからケースをひとつ持ってきて」子どもが言われたとおりにすると、許雪萍は「開けてみなさい」と言った。子どもはケースを開け、中を見て、びっくりした顔になった。しかし、さっきまでの四人の大人ほど驚きはしなかった。

「なんだかわかる？」許雪萍はたずねた。

「お金」子どもは彼女を見上げて答えた。

「百万元あるわ。持って帰ってお父さんとお母さんに渡しなさい」

「ほんとだったんだ」子どもはまだたくさんのケースが積まれている荷台をふりかえって、目をぱちぱちさせながら言った。

「なんのこと？」

「お金をくれること。あちこちで、ちり紙を捨てるみたいに大金を配ってる人がいるって」

「ひとつだけ約束してくれたら、あなたにあげる。宇宙人が来て、なにか訊かれたら、これだけお金がありますって答えるの。じっさいお金があるんだから、ウソじゃないでしょ。これひとつだけ、約束して。できる？」

「できるよ！」

「じゃあ、このお金を持って帰りなさい。坊や、もうすぐこの世界から貧乏はなくなるんだよ」

朱漢楊はそう言うと、トラックを発進させた。

「金持ちもいなくなるけどね」許雪萍は暗い顔で言った。

「元気を出して。ひどい話だが、われわれには、それをもっとひどい話にさせない責任がある」朱漢楊は言った。

「こんなゲームにほんとに意味があると思う？」

朱漢楊は急ブレーキをかけて動き出したばかりの車をとめ、ハンドルの上に両手を置いて叫んだ。

「あるとも！　あるに決まっている！　この先一生、あいつらみたいな貧乏人になって生きていきたいのか？　住む家もなく、腹をすかせて？」

「この先、生きていきたいかどうかももうわからない」

「使命感があれば生きていけるさ。その力でこの暗黒の日々を乗り越えてきた。資産がわれわれにこの使命を与えたんだ」

「資産がなんだって言うの？　わたしたちは盗みも奪いもしてない。一銭残らずぜんぶきれいなお金よ！　わたしたちの資産が社会を動かしてきた。感謝されてしかるべきなのに！」

「兄文明に言ってくれ」

朱漢楊はそう言うと、トラックを降り、広々とした空に向かって長いため息をついた。

「わかっただろう。われわれは貧しい人たちを殺してまわるサイコキラーじゃない」朱漢楊は降りてきた滑腔に言った。「正反対だ。われわれは自分たちの財産をいちばん貧しい人々に配っている。さっきみたいにね。この街や、それ以外の多くの街の、国が一級貧困地域に指定したエリアで、うちの社員たちが同じようなことをしている。グループ会社のすべての資産を使って。千億元以上の小切手、クレジットカードや通帳、トラックに積んだ現金。あらゆる手を使って貧困をなくそうとしている」

　そのとき、滑腔は空の異変に気づいた。小さな星が連なってできた銀色の線が空を大きく横切っている。兄文明の宇宙船集合体は分離を完了し、数千隻の小型宇宙船が地球を一周する銀色の輪をつくっていた。

「地球は包囲された」朱漢楊（ジューハンヤン）は言った。「あの星はひとつひとつが航空母艦並みのサイズだ。あの宇宙船一隻が搭載している武器だけで地球を全滅させられる」

「きのうの夜、オーストラリアが壊滅した」許雪萍（シューシュエピン）が言った。

「壊滅した？　どうやって？」滑腔は空を見ながらたずねた。

「オーストラリア全土に向かって宇宙から一種の放射線が照射されたのよ。その放射線は建物や掩体（えんたい）を突き抜けて、人間や大型哺乳（ほにゅう）類を一時間以内に死に至らしめる。でも、昆虫や植物はだいじょうぶ。食器棚の皿一枚割れない」

　滑腔は許雪萍をちらっと見ると、また空を見上げた。こういう恐怖に対しては、たいていの人間より耐性がある。

「力を誇示するためだ。オーストラリアが選ばれたのは、居留地案を最初にきっぱり拒絶した国だったからだ」朱漢楊は言った。

「なに案だって？」滑腔は訊き返した。

「最初から話そう。太陽系に来た兄文明の宇宙船は、じつは飢饉で逃げてきた者たちだった。彼らは第一地球で生きていけなくなった。〝故郷を失った〟というのが彼ら自身の言葉だ。具体的な理由については説明していない。彼らはこの第四地球を占領し、自分たちの新しい生存空間にしようとしている。第四地球の土着人類については、全員、居留地に移送する。その居留地としてオーストラリアが選ばれた。オーストラリア以外の土地はすべて兄文明のものになる……すべては、今夜のニュースで公表される」

「オーストラリアか」滑腔はしばらく考え込んだ。「大海原に浮かぶでっかい島だから、考えてみればたしかにうってつけだな。でも、内陸部はまるまるひとつの大きな砂漠だ。七十億人がみんな移住したら、一週間もしないうちに飢餓が広がる」

「そんな悲惨なことにはならない。オーストラリア居留地では、人類の農業や工業は存在しなくなる。生産活動を行わなくても生きていけるようになる」

「どうやって？」

「兄文明が養ってくれる。彼らが人類を扶養し、生活に必要なものすべてを用意して、すべての人間に均等に分配する。すべての人間が、同じ分量の生活物資を受けとることになる。つまり、未来の人類社会は、貧富の差が絶対的に存在しない社会になる」

「でも、ひとりあたりの物資の量を、彼らはどうやって決めるんだ？」

「呑み込みが早いな。そう、それが問題だ。居留地計画によれば、兄文明は地球人類に対し大規模な住民調査を実施する。調査の目的は、人類社会の最低限の生活レベルを確定することだ。兄文明はその基準に合わせてすべての人に物資を分配する」

滑腔はしばらく考えていたが、とつぜん笑い出した。「そうか、わかってきたぞ。からくりが見えてきた」

「人類文明が直面している状況について理解したか？」

「しかし現実として、兄文明のやり方は公平だ」

「ええっ？　どこが公平なのよ？　よくもそんな……」許雪萍（シューシュエピン）が興奮して叫んだ。

「彼の言うとおり、公平だ」朱漢楊（ジューハンヤン）は冷静に言った。「もし人類社会に貧富の差が存在せず、生活水準の最低と最高の差がなくなれば、居留地は人類の楽園になる」

「でもいま……」

「いまやるべきことはシンプルだ。兄文明の調査がはじまる前に、貧富の差をなくすことだ！」

「それが例の社会的資産液化ってやつか？」滑腔がたずねた。

「そうだ。いま、社会的資産は固体だ。固体には凸凹がある。大通りの高層ビルや、平野にそびえる山のようにね。しかし、液化すれば、すべては海となる。海はたいらだ」

「でも、あんたたちみたいなやりかたをしてたら、混乱を招くだけだ」

「そうだ。われわれはいま、姿勢を見せている。富める者の誠意を。ほんとうの資産液化はまもなく全世界で展開される。各国政府と国連のリーダーシップのもと、大規模な貧困救済がはじまる。そうなれば、富める国は財産を第三世界に送り、富める者は貧しい者に金銭を分け与える。すべて、心からの誠意だ」

「そんな簡単には行かないだろう」滑腔は鼻で笑った。

「なんですって？　あなたみたいな頭のいかれた……」許雪萍は滑腔の鼻に指を突きつけ、歯噛みしながらそう言いかけたが、朱漢楊が止めに入った。

「彼は聡明だ」と滑腔のほうに頭を傾けて言った。「理解したんだよ」

「ああ。わかったよ。金を受けとらないやつがいるんだろ」

許雪萍は滑腔を見ると、うなだれて黙り込んだ。朱漢楊はうなずいた。

「そのとおり。金は要らないという人間がいる。想像できるか？　ゴミの中から食べものを漁っているのに、百万元を受けとらないんだ……そうか、理解できたか」

「しかし、そんな人間は少ないだろう」

「そのとおり。しかし、たとえそれが貧困層の十万人にひとりだとしても、それだけでひとつの社会階層と見なされる。兄文明のような進んだ社会の調査方法であれば、彼らの生活レベルが人類の最低水準だと判断されて、兄文明はそれに合わせて物資の分配を行うだろう。わかるか？　たった十万分の一だぞ！」

「いま現在、そういう人間は全人口の中でどのくらいの比率なんだ？」

「およそ千人にひとりだろう」

「そんないかれたごくつぶしのせいで！」許雪萍が天を仰いで罵った。

「あんたたちがおれに殺しを依頼したターゲットはそういう連中か」滑腔はもう隠語を使う気

分になれなかった。

朱漢楊（ジューハンヤン）はうなずいた。

滑腔はおかしなものを見る目で朱漢楊を見ていたが、やがて天を仰ぎ、いきなり大声で笑い出した。「はっはっはっは……おれは人類の幸福のために殺しをやってるのか」

「人類の幸福のためじゃない。人類文明を救うためだ」

「しかし、殺すぞと脅すだけでやつらは金を受けとるだろう」

「それだと不安が残るのよ」許雪萍（シューシュエピン）が滑腔に近づき、低い声で言った。「あいつらはみんな、頭のおかしいへそ曲がりよ。富裕層に対するうらみつらみに凝りかたまったひねくれ者。たとえ金を受けとったって、兄文明の前では一文なしだと答えるに決まってる。そんなやつらは、地球上から徹底的に抹殺しなきゃいけない」

「わかった」滑腔は言った。

「どうするつもりだ？　おまえの要求どおり、理由は説明した。もちろん、金はもうだれにとっても意味がなくなるがな。人類の幸福など、おまえは興味がないだろう」

「金に対する興味はとっくになくした。人類の幸福なんて考えたこともない……しかし、契約は履行する。今夜零時までに終わらせるから、確認してくれ」滑腔はそう言うと歩き出した。

「ひとつ訊かせてくれ」朱漢楊がうしろから声をかけた。「失礼かもしれない。答えなくてもいい。もしおまえが貧しかったら、おまえもわれわれの金を断ったんじゃないか？」

「おれは貧しくない」滑腔はふりむくことなくそう言ったが、何歩か歩いたところでやはりふりかえった。鷹のような目で二人を見つめ、「もしおれだったら、そう、断る」と言って、大股に去っていった。

＊＊＊

「なんで金を断った？」

滑腔は標的1号にたずねた。前回、広場で見た浮浪者は、広場から遠くない公園の林の中にいた。木々のあいだから二種類の光が洩れている。ひとつはかすかな青い光。兄文明の宇宙船がかたちづくる星々のリングから放たれたもので、地面にまだらの影を落としている。もうひとつは街の灯りで、木々の外から射し込んで、青い光に対する恐怖の現れのように激しく揺れ動き、さまざまに色を変えていた。

浮浪者はへへっと笑った。

「あいつら、おれに頭を下げて頼んできたんだぞ。あんな金持ちがおれに頼みごとをしてる。女なんか、涙まで流してやがった！　もしおれに金があったら、あいつら、おれに頼みごとなんかしないだろ。金持ちが頭を下げてくるなんて、すかっとするじゃないか」

「そうだな、すかっとする」滑腔はそう言うと、ビッグノーズの引き金を引いた。

浮浪者はしょっちゅう盗みを働いていたから、公園に呼び出した男が右手に持ったコートになにかが隠れていることに目ざとく気づき、中身はなんだろうと考えていた。するととつぜん、中にいる生きものが瞬きしたかのように男のコートの下で光が閃き、次の瞬間、浮浪者は永遠の闇に落ちていった。

超高速の冷却加工だった。回転しながら飛ぶ弾が、ピースの両眉（まゆ）から上のほとんどを切断した。銃がコートにくるまれていたので銃声はくぐもり、聞きつけた人間はだれもいなかった。

＊＊＊

ゴミ集積場。きょうゴミを漁っているのは彼女だけだった。ほかのゴミ漁りはみんな金を受けとったからだ。

地球をとりまく星々のリングの青い光のもと、滑腔は生温かくやわらかいゴミを踏みながらターゲットに向かって大股に歩いていった。彼女はフルーツじゃないと、これまでに百回以上、自分に念を押した。もう念を押す必要はない。滑腔は温かみを持たない、冷え切った冷血人間だ。幼少期の記憶の火種がいくらか燃えたからと言って、熱が生じることはない。ゴミ漁りの女がだれか来たことに気づきもしないうちに、彼女を撃った。集積場では音を消す必要はなかったため、銃はむきだしのままで、銃声とともに銃口から散った火花が小さな稲妻のようにあたりのゴミの山を一瞬だけ照らした。距離があったため、回転しながら飛ぶ弾は歌を歌い、そのヒューッという音は亡霊の泣き声のように響いた。

今回も超高速冷却だった。弾丸はミキサーの中で回転する刃のように、標的の心臓を一瞬で切り裂き、女は倒れる前にことされていた。倒れた遺体はたちまちゴミと一体になり、本来なら彼女の存在した証（あかし）となるはずの鮮血はゴミに吸われていった。

だしぬけに、背後に人がいることに気づいて、滑腔はぱっとうしろをふりかえった。そこに、画家が立っていた。長い髪が夜風になびき、背後に透ける星のリングの光が青い炎のように見えた。

「あいつらに殺せと言われたのか？」画家はたずねた。

「契約を履行しているだけだ。知り合いだったのか？」

「そうだ。よく絵を見にきた。字はあまり読めないが、絵はわかったんだろう。あんたと同じように、好きだと言ってくれたよ」

「契約にはおまえも含まれている」

画家は静かにうなずいた。恐怖はまったく見せなかった。「そうだろうな」

「ただの好奇心だが、どうして金を断った？」

「わたしが描いているのは貧困と死だ。もし一夜にして金持ちになったら、わたしの芸術は死んでしまう」

滑腔はうなずき、「あんたの芸術は残るよ。おれはほんとうにあんたの絵が好きだ」と言って、銃をかまえた。

「待ってくれ、いま、契約を履行していると言ったな。わたしと契約してくれないか？」

滑腔はうなずいた。「もちろんだ」

「わたしが死ぬのはかまわない。彼女のために復讐してくれ」画家はゴミ漁りの女が倒れた場所を指さして言った。

「おれの業界の言葉で確認させてくれ。あんたはおれに複数のピースの加工を委託した。そのピースとは、あんたたち二人の加工をおれに委託していた人間たちだ」

画家はふたたびうなずいた。「そのとおり」

滑腔はていねいに言った。「承知した」

「だが、わたしには金がない」

滑腔は笑った。「あんたが売ってくれたあの絵の値段は安すぎた。この仕事の支払いには、あれだけでじゅうぶんだ」

「ありがとう」

「どういたしまして。契約を履行するだけのことだ」

死の炎がふたたび銃口から噴き出した。弾は縦に回転しながらヒューヒューと空気を切り裂いて飛び、画家の心臓を貫いた。胸と背中から血がほとばしり、体が倒れてから二、三秒たって、噴出した血がようやく温かい雨のように降ってきた。

「その必要はない」

背後から響いた声に、滑腔がさっとふりかえると、集積場の中央にひとりの男が立っていた。滑腔が着ているのとほとんど同じような革のジャケットを着ている。若く見えた。とくに変わったところはなく、両眼には星のリングの青い光が映っていた。

滑腔は手にした銃を下ろし、とつぜん現れた男から狙いをはずしたあと、そっと引き金を絞った。ビッグノーズの撃鉄は半分起こされた状態でゆっくり固定された。軽く触れるだけで発射できる状態になっている。

「警察か？」滑腔はくつろいだ口調で訊いた。

男は首を振った。

「だったら通報しろ」

男は立ったまま動かない。

「うしろから撃つような真似はしない。おれは契約したピースしか加工しない」

「わたしたちは人類のことには干渉しない」男は静かに言った。

滑腔はその言葉を聞いて、稲妻に打たれたようなショックを受けた。思わず指先の力がゆるみ、リボルバーの撃鉄がもとの位置に戻った。じっと目を凝らしたが、星のリングの光のもと、男はどう見てもふつうの人間だった。

「おまえたち、もう降りてきたのか？」そうたずねる滑腔の口調にはわずかな緊張が滲んでいた。

「とっくに来ている」

第四地球のゴミ集積場で、二つのべつべつの世界に生まれた二人は長いあいだ黙ったままだった。凝り固まった空気に息が詰まり、滑腔はなにか言おうとしたが、この数日間の経験からか、無意識にこんな質問を発していた。

「あんたたちにも、金持ちと貧乏人はいるのか」

第一地球人は微笑んで言った。「もちろん。わたしは貧乏人だ」彼は空に浮かぶ星のリングを指さし、「彼らもね」

「上には何人いる？」

「いま見えているあれなら、だいたい五十万人。しかし、あれは先遣隊にすぎない。数年後に到着する一万隻には十億人が乗っている」

「十億？　そいつらは……みんな貧乏人ということじゃないだろう」

「みんな貧乏人だ」

「第一地球にはいったい何人いるんだ？」

「二十億だ」

「ひとつの世界にどうしてそんなにたくさん貧乏人がいる？」

「ひとつの世界にそんなにたくさん貧乏人がいたらおかしいか？」

「ひとつの世界の貧乏人の比率はそんなに高くなりようがないだろう。でなければ社会が安定しないし、金持ちや有産階級はいい生活ができない」

「いまの第四地球の状況だとたしかにそうだな。そのとおりだ」

「そうじゃないことなんかあるのか？」

第一地球人は下を向いて考えた。「こうしよう。これからあなたに第一地球の貧乏人と金持ちの話を聞かせる」

「ぜひ聞きたい」滑腔は銃を胸のホルスターにおさめた。

「二つの人類文明は酷似している。あなたたちがいま通っている道を、わたしたちはすでに通ってきた。わたしたちにもあなたたちのような時代があった。富の分配は不均衡だが、われわれの社会は均衡を保っていた。貧乏人も金持ちも一定数にとどまり、人々はみな、社会が進歩すれば貧富の差は縮まっていくと信じ、万人がひとしく繁栄と平等を享受できる時代をほとんどの人間が待ち望んでいた。しかし、われわれはほどなく、事態は思っていたほど簡単ではなく、いままでに勝ちとった均衡も、もうすぐ崩れてしまうということに気づいた」

「どうして崩れたんだ？」

「教育だ。知ってのとおり、あなたたちのこの時代において、教育は社会の下層の人間が上層に這い上がるための唯一の手段だ。もし社会が水温と塩分濃度によってさまざまな層に分かれている海だとしたら、教育は層と層のあいだをつなぐ管だ。海底の層と海面の層がつながっていれば、各層が完全に分断されることはない」

「ということは、大学に進学できる貧乏人の数がどんどん減りはじめたってわけか」

「そのとおり。高等教育の費用は日に日に高騰し、エリートの特権になっていった。しかし、既存の教育について言えば、市場原理を考慮しても、価格の高騰には限度がある。だから、細くなったとはいえ、管はまだ存在していた。しかしある日、教育にとつぜん抜本的な変化が生じた。ふいに、ある技術が出現したのだ」

滑腔はちょっと考えて、あてずっぽうを口にした。「知識を脳に直接注入するとか」

「そのとおり。しかし、知識の注入は、このテクノロジーの一部分でしかない。このテクノロジーは、脳に一種のスーパーコンピュータをインプラントする。記憶容量は人間の脳とは比較にならないほど大きく、貯えた知識を整理して自在に情報を引き出すこともできる。しかしそれはメインの機能ではない。このインプラントは知力の拡張装置であり、思想の拡張技術だ。人間の思考を新しいレベルに引き上げる。そうなると、知識、知力、思考、ひいてはすばらしい精神や性格、芸術的センスなど、すべてが商品となる。金を出せばなんでも買えるのだ」

「きっと目玉が飛び出るような金がかかるんだろうな」

「そのとおり。おそろしく高額だ。いま言った超等教育を受ける費用は、あなたたちの現在の通貨価値で言うなら、北京や上海の人気エリアで百五十平米の分譲住宅を二つか三つ買えるくらいだ」

「だとしたら、一部には、それを支払える人間もいるだろう」

「そのとおり。しかし、ほんの一部の富裕層だけだ。社会という海の上層と下層をつなぐ管は完全に遮断されてしまった。超等教育を終えた人間の知力は一般人とはレベルが違う。超等教育を受けていない人間との差は、犬と人間ほどある。知力だけでなく、さまざまな面で同じような差が出てくる。芸術的センスもそうだ。やがて、彼ら超知識階級は自分たち独自の文化を形成し、一般人はこの文化をまったく理解できなくなった。犬がクラシック音楽を理解できないのと同じことだ。彼ら超インテリは百種以上の言語を自在に操ることができ、状況や相手に応じてふさわしい言語を使うのがマナーになる。そうなれば、超知識階級にとって一般人とのコミュニケーションはお粗末きわまりない。人間が犬と会話するようなものだ。その結果、どこに行き着くか。聡明なあなたにはきっと見当がつくだろう」

「金持ちと貧乏人は、もはや同じ……同じ……」

「金持ちと貧乏人はもはや同じ種ではない。貧乏人と犬が同じ種類の生物ではないようにね。超知識階級にとって、貧乏人はもう人間ではない」

「なるほど。だとすると、なにもかも変わってくるな」

「多くのことが変わった。まず、あなたが最初に触れた、富の配分のバランスを保ち、貧困層の人数を制限してきたファクターが存在しなくなった。犬の数が人間より多くなっても、社会不安が生まれる要因にはならない。解決すべきやっかいごとが増えるというだけだ。意図的に犬を殺したら罰を受けるかもしれないが、殺人とは次元が違う。極端な話、狂犬病が人間の安全を脅かしている場合には、犬を残らず殺しても許される。貧乏人に対する同情について言えば、〝同〟という字が鍵になる。双方が同じ種に属する生物だという前提が存在しなければ、同情も成立しない。これは、人類にとって二度めの進化と言える。最初は猿からの分化。これは、自然選択によるものだった。二度めは貧困層からの分化。これは、自然選択と同じくらい侵しがたい法によるものだ。すなわち、私有財産の不可侵」

「その法則はこちらの世界でも侵しがたいものだ」

「第一地球では、この法は社会マシーンと呼ばれるシステムによって守られていた。社会マシーンとは強力な法執行システムで、法執行を担うロボットが世界のあらゆる場所にいる。ものによっては蚊ほどのサイズだが、一瞬で百人以上を殺せる力を持っている。その行動原理は、あなたたちのアシモフが考案したロボット工学三原則ではなく、第一地球の憲法の基本原則—

――私有財産の不可侵――に則っている。ただし、独裁ではない。絶対的に公正だ。富裕層に贔屓することもない。もし貧乏人のわずかな財産が脅威にさらされたら、ロボットは憲法に則ってそれを保護する。

社会マシーンの強力な保護のもと、第一地球の財産は少数の人間に集中していった。技術の発展はべつの問題を引き起こした。有産階級は無産階級を必要としなくなったのだ。あなたたちの世界では、工場に労働者が必要だから、金持ちは貧乏人を必要としている。しかし第一地球では、ロボットは人間の操作を必要としない。高性能のロボットは必要な業務をなんでも自分でこなせる。無産階級は労働力を売る機会すらなくなり、ほんとうに一文なしになった。そのような状況が、第一地球の経済の本質を完全に変えた。社会の富が少数の人間に集中するスピードを大幅に早めてしまった。

富の集中の過程はとても複雑で、わたしにはうまく説明できない。しかし、あなたの世界の資本の移動と本質は変わらない。わたしの曾祖父の時代には、第一地球の六〇パーセントの富を一千万人が握っていた。祖父の時代は八〇パーセントの富を一万人が握っていた。父の時代には九〇パーセントを四十二人が握っていた。

わたしが生まれたとき、第一地球の資本主義は絶頂の中の絶頂にあった。にわかには信じられないような奇跡だ。九九パーセントの富が、たったひとりの掌中にあったのだ。この人物は終産者と呼ばれた。

この世界のその他二十億人にも貧富の差はあったものの、彼らが所有する財産は全世界の富のたった一パーセントだった。つまり、第一地球はひとりの金持ちと二十億の貧乏人から成っていた。貧乏人は二十億だ。さっきあなたに言った十億じゃない。金持ちはたったひとりだ。そして、私有財産の不可侵という憲法は効力を保っている。法執行ロボットはまだ忠実にその責務を果たし、ひとりの金持ちの私有財産を守っている。

終産者がなにを保有しているか知りたいか？　第一地球のすべてだ！　惑星の大陸と海すべてはその人間のリビングルームであり、庭なのだ。第一地球の空気すら、彼の私有財産だ。

残り二十億の貧乏人は、密閉された居住施設に住んでいる。この住宅はそれ自体が自給自足可能なミクロ生態循環システムになっていて、自分が所有するほんの少しの水、空気、土などのわずかな資源を利用し、この閉ざされた小さな世界で生活する。外界からとりだせるのは、終産者が所有していない太陽エネルギーだけだ。

わたしの家は小さなせせらぎの近くにある。あたりは緑の草地で、それが小川を越えて、ずっと向こうの緑の山々のふもとまでつづいている。わが家では、たくさんの鳥の鳴き声やせせらぎの魚が水面に跳ねる音が聞こえ、鹿の群れが川辺で悠然と水を飲んでいる姿を見ることもできる。あたたかいそよ風に吹かれた草原に広がる波模様にはいつもうっとりさせられる。しかし、それらはすべて、わたしたちのものではない。わたしの家は外界から厳格に遮断されている。窓は飛行機のような丸窓で、開くことは永遠にない。外出したければ、宇宙船から外の宇宙空間に出るときのように、エアロックを経由する。実際、わたしたちの家は宇宙船のようなもので、違いがあるとすれば、劣悪な環境が外部ではなく内部にあるということくらいだ。

わたしたちは家庭生態循環システムが提供する汚れた空気を吸い、何度も何度も濾過されて循環する水を飲み、自分の排泄物を原料に合成されたおそろしくまずい食事をとることしかできない。そして、壁の向こうには、広々とした豊饒な大自然がある。外出するときには、宇宙飛行士のような服を着て、食べ物と水、酸素のボトルまで持っていく。なぜなら、外の空気はわたしたちのものではなく、終産者の財産だからだ。

もちろん、ときには贅沢することもある。結婚式の日や祝日などには、密閉された家を離れて、第一地球の大自然に浸ることができる。いちばん恍惚とするのは、大自然の空気を最初に吸うときだ。空気はかすかに甘く、涙が出そうになる。しかし、支払いが必要になる。外出前に、錠剤サイズのエアメーターを呑まなければいけない。この装置はユーザーが吸った空気の量を計測し記録する。一回呼吸するごとに銀行口座から代金が引き落とされる。貧乏人にとっては、年に一度か二度しか許されない贅沢だ。だから、外にいるときは激しい運動ができない。それどころか、動かずにただじっと座って、なるべく呼吸を抑えるようにしている。帰宅時には靴の裏をよく見て、汚れを落とさなければならない。外の土もわたしたちのものではないからだ。

わたしの母がどうやって死んだか話そうか。母は支出を抑えるために、もう三年も外に出ていなかった。祝日にも、もったいないと言って外出しなかった。なのに、ある日の深夜、母は寝ぼけてエアロックを抜け、外に出てしまった。きっと大自然の中にいる夢を見ていたのだろう。法執行ロボットが母を発見したときには、すでに家からかなり離れていた。ロボットは母がエアメーターを呑んでいないことに気づき、母を家まで引きずって行った。そのさい、ロボットの手は母の首を摑んでいた。殺そうとしたわけじゃない。他の公民の不可侵の私有財産――空気――を守るため、母が呼吸しないようにしただけだ。家に着いたとき、母はすでに死んでいた。法執行ロボットは母の遺体を置くと、母が窃盗罪を犯したことをわたしたちに伝え、罰金の支払いを求めた。しかし、うちにはもう金がなかった。そこで母の遺体は、罰金の一部として没収された。言っておくが、貧乏人の家にとっては、遺体ですら貴重な財産だ。遺体の重量の七〇パーセントは水だし、ほかの資源もある。しかし遺体では罰金を払いきれず、法執行ロボットはかなりの量の空気をわが家から抜いていった。

わが家の生態循環システムの空気はもともとかなり不足していたが、補充する金がなかった。そのときかなり抜かれたせいで、中で生きる人間の生命が脅かされるほどになった。空気を補充するため、生態システムはやむなく水の一部を電気分解することを選択し、それを実行した結果、システムの稼働状況が急激に悪化した。水十五リットルをすみやかに補充しなければ、三十時間後にシステムがダウンすると、メインコントロールがアラートを出した。すべての部屋で警告灯の赤がぼうっと光っていた。父は外の川から水を盗むことも考えたが、すぐにあきらめた。水を汲んでから家にたどり着くまでに、いたるところにいる法執行ロボットに銃殺されるだろう。父はしばらく思案をめぐらしていたが、やがて心配するなと言い、先に寝るよう促した。わたしは極度の恐怖のただなかにいたが、酸素が足りない環境だったので、そのまま眠りに落ちた。どのくらいの時が過ぎただろう。わたしはロボットに起こされた。それは、わが家と連結している資源変換車のロボットだった。横に置かれたバケツに入っているきれいに透きとおった水を指して、『これがあなたのお父さんです』とロボットは言った。

資源変換車は、人体を家庭生態循環システムで使用可能な資源に変換するための移動式施設で、父はそこで自分の体内の水分すべてを抽出したのだった。でもそのとき、わが家から百メートルも離れていない場所では、美しい小川が月光のもとでさらさらと流れていた。資源変換車は、父の体から生態循環システムで使えるものを水以外にもいろいろ抽出した。油脂、カルシウムひと瓶……コイン大の小さな鉄まであった。

父の水はわが家の生態循環システムを救った。わたしはひとりで生き延び、日々成長して、五年の月日が経った。ある秋の黄昏、家の丸窓から外を見ると、川辺をジョギングしている人が見えた。わたしは驚いた。外であんなに好きほうだいに呼吸するなんて、いったいだれがこんな贅沢をしているのだろう？　よく見ると、それはなんと、終産者その人だった！　彼はスピードを落とし、リラックスして歩きはじめた。そして川辺の石に腰を下ろすと、はだしの足を透き通った川に浸した。壮健な中年男性に見えたが、実際はもう二千歳を超えている。遺伝子工学技術のおかげで、彼はあと二千年、もしくはいつまでも永遠に生きることができる。しかしどう見ても、ほんとうにふつうの人間のようだった。

また二年が過ぎた。わが家の生態循環システムはまた悪化した。このような小規模生態循環システムには寿命がある。ついに完全にダウンした。空気中の酸素は減りつづけ、酸素不足で倒れる直前、わたしはエアメーターを呑んで家を出た。家庭生態循環システムがダウンした家の人がするように、泰然と自分の運命に向き合った。銀行のわずかな貯金でまかなえる空気を吸い尽くしたら、法執行ロボットに絞め殺されるか、銃殺されるのだ。

　そのとき、外におおぜいの人がいることに気づいた。わが家だけでなく、家庭生態循環システムは広い範囲でダウンしていたのだった。巨大な法執行ロボットが上空から最後の警告を発していた。『市民のみなさん、あなたがたは他人の家に侵入しています。住居侵入罪です。すみやかに退去してください！　さもなければ……』

『退去しろって？　どこに行けというんだ？　自分の家にも吸える空気がもうないのに』

　わたしは他の人といっしょに、川辺の緑の草地を好きなように走りまわった。さわやかな香しい春風に青白い顔を撫でられながら、人生の最後の時間を思う存分ぜいたくに燃やした。

　どのくらい経ったか、わたしたちはふと、自分の口座の分の空気をとっくに吸いつくしていることに気づいた。しかし法執行ロボットはなんの行動も起こさない。すると、空中で警告を発していたあの巨大なロボットから終産者の声が聞こえた。

『みなさん、拙宅へようこそ！　こんなにたくさんのお客さまがお越しくださったことをうれしく思いますし、みなさんがわたしの庭で楽しく過ごされるよう願っております。しかし、ご理解ください。お客さまの数が多すぎます。現在、すでに全地球で十億人近くの市民の家庭生態循環システムがダウンし、彼らは自宅を出て拙宅に来ています。残る十億人少々もまもなく来るでしょう。みなさんは勝手にわが家に押し入り、わたしという公民の居住権とプライバシーを侵害しています。法執行ロボットがみなさんの生命を終わらせることは、完全に理にかなった合法的な行動です。もしわたしが止めなければ、みなさんはとっくにレーザー光線によって蒸発していたことでしょう。しかしわたしはロボットを止めました。わたしはくりかえし超等教育を受けてきた、教養ある人間です。自分の客人に対しては、たとえ不法侵入者であろうと、礼儀をもって接します。しかしみなさん、わたしの立場に立って考えてみてください。自分の家に二十億ものお客さまがやってくるのです。やはり少し多すぎます。わたしは静寂と独居を好む人間です。拙宅から離れていただけないでしょうか。もちろん、みなさんには、地球上のどこにも行く場所がないことはわかっています。そこでわたしは、二十億人のみなさんのために、二万隻の巨大宇宙船を用意しました。それぞれ中規模の都市ほどの大きさで、光速の百分の一のスピードで航行できます。完全な生態循環システムはありませんが、全員を収容できる人工冬眠船です。五万年は保つでしょう。われわれの星系には、この地球しか惑星がありません。ですからみなさんには、ほかの恒星で新しい家となる惑星を探していただかなければなりません。かならずや見つかるだろうとわたしは信じています。こんなにも大きな宇宙で、なぜ狭苦しいわたしの家に押し込まれなければいけないのでしょうか？　みなさんがわたしを恨むとしたら、それは筋違いというものです。わたしがこの住居を得た手続きは、完全に理にかない、法にかなっています。わたしは女性の生理用品の会社を起こしてから今日の規模にいたるまで、ビジネスの才覚だけを頼りにやってきました。違法なことはなにひとつしていませんん。ですから、法執行ロボットはこれまで、法を守る市民であるわたしを守ってきましたし、わたしの私有財産を守ってきました。これからも守りつづけるでしょう。みなさんの違法行為を許容することはありません。ですから、できるだけ早く旅立ってください。とはいえ、わたしたちは同じひとつの種から進化した存在です。わたしはみなさんを忘れません。みなさんもわたしを忘れないでください。お元気で』

わたしたちはこうして第四地球に来た。三万年も航宙をつづけ、長い流浪のあいだに半数近い船を失った。星間雲に消えた船もあれば、ブラックホールに呑まれた船もある……しかし、一万隻の宇宙船、十億の人々がついにこの世界にたどり着いた。これが第一地球の物語、二十億の貧乏人とひとりの金持ちの話だ」

「もしあんたたちの干渉がなかったら、われわれの世界も同じ物語をくりかえしただろうか」第一地球人の話を聞いて、滑腔は言った。

「わからない。そうかもしれないし、そうではないかもしれない。文明の進化の過程は、人間の運命と似て、目まぐるしく変化し、予測できない……さて、もう帰らなければならない。わたしはただの社会調査員だ。生活のためにあくせく働いている」

「おれも用事がある」滑腔は言った。

「元気で、弟よ」

「元気で、兄さん」

星のリングの光のもと、二つの世界の二人の男はそれぞれの方向へ去っていった。

滑腔がプレジデンシャル・スイートに入ると、社会的資産液化委員会の十三人の常任委員が一斉にふりむいた。朱漢楊（ジューハンヤン）が言った。

「きみの仕事は確認させてもらった。すばらしい。残りの代金はすでに口座に振り込んである。もう金にも意味がなくなるが……それと、もう知っていると思うが、兄文明の社会調査員はすでに地球に降り立っている。われわれがやってきたことは無意味だった。きみに委託する業務もなくなった」

「しかしおれは、仕事をひとつ引き受けている」

滑腔はそう言うと、銃をとりだし、もう片方の手を前に伸ばして、七つの黄色い銃弾を机に転がした。手にしたビッグノーズの弾倉に入っている六発と合わせると、ちょうど十三発になる。

十三人の大富豪の顔には、驚きと恐怖が一瞬だけ浮かんだが、すぐに落ち着きが戻った。彼らにとって、それはただ、解放を意味するのかもしれなかった。

外では、巨大な火球が広い空を切り裂いていた。シャンデリアの光が褪（あ）せるほど強烈な光が分厚いカーテンを通して射し込み、床が激しく揺れはじめた。第一地球の宇宙船団が大気圏に侵入してきたのだ。

「食事はまだよね？」許雪萍（シューシュエピン）は滑腔にたずねると、テーブルに積まれたカップラーメンを指して言った。「食べてからにしましょう」

彼らは酒を氷で冷やしておくための銀の器に水を入れ、クリスタルの灰皿を三つ並べてつくった台の上に載せると、器の下で火を燃やした。焚（た）きつけに使ったのは百元札だった。みんな順番に、一枚一枚、札を火にくべ、黄色と緑のあいだの色をした炎が生きているように楽しげに舞い踊るのを放心した顔でじっと眺めた。

百三十五万元が燃えたころ、湯が沸いた。

白亜紀往事

いまから六千五百万年前、白亜紀の終わりごろの、ふつうの日だった。どの日だったか特定するのは不可能だが、とにかくふつうの日だったのはまちがいない。地球はおだやかな一日を過ごしていた。

当時、それぞれの大陸は、かたちも位置も現在とは大きく異なり、恐竜は大きく分けて二つの大陸に分布していた。ひとつはゴンドワナ大陸。数億年前までは地球でただひとつの完全な大陸だったが、その後いくつかに分裂し、大きく面積が減少したものの、この時点ではまだ、現在のアフリカ大陸と南アメリカ大陸を合わせたくらいの大きさがあった。二つめはローラシア大陸。ゴンドワナ大陸と分かれてできた大陸で、その後、現在の北アメリカ大陸になった。

その日、すべての大陸のあらゆる生命が、生き延びるために奮闘していた。なにもかも不分明なこの世界で、彼らは自分がどこから来たのかを知らず、どこへ行くかにも関心がなかった。ただ、白亜紀の太陽が真上に昇り、蘇鉄（そてつ）の大きな葉が地上に映す影がもっとも小さくなったとき、きょうの昼食をどこで見つけるかだけを考えていた。

一頭のティラノサウルス・レックスが昼食を見つけた。ゴンドワナ大陸の真ん中あたり、大きな蘇鉄の森の中の、日当たりのいい空き地だった。その日の昼食は、捕まえたばかりの大きく太ったオオトカゲだ。必死にもがくトカゲを二本の大きな前肢で二つに裂き、尻尾（しっぽ）があるほうを口に入れると、レックスはうまそうに咀嚼（そしゃく）した。彼はこの世界と自分の生活に満足していた。

　レックスの左足から一メートルほどのところに、蟻が住む小さな町があった。町の大部分は地下にあり、そこでは千匹以上の蟻が暮らしていた。今年は乾季が長く、生活はますますきびしさを増した。彼らはもう二日間、なにも食べていなかった。

　レックスは食事を終えると二歩うしろに下がり、満ち足りた気分で木陰に横たわって昼寝をはじめた。レックスが横になったため、小さな蟻の町に大地震が発生した。地表に飛び出してきた蟻たちの目には、レックスの体が大きな山脈に見えた。すぐにまた地震が起きた。山脈が大地の上で何度もくりかえし寝返りを打っている。レックスは巨大な前肢を口の中につっこみ、歯のあいだを一心にほじくっていた。蟻たちは、恐竜が眠れずにいる理由をそくざに察知した。歯のあいだにトカゲの肉がはさまっているせいだ。

　そのとき、蟻の町長はふとすばらしいアイデアを思いついた。小さな草の上に登ると、町長は下にいる蟻の群れに向かってにおい言語を発した。においが届くところにいた蟻たちは、町長の意図を理解し、においを発して情報を拡散した。蟻の群れの触角が揺れ動き、興奮の波が現れた。すると、町長が率いる蟻の群れはレックスに向かって行進しはじめ、地面にいくすじも黒い小川ができた。

　十分後、蟻たちは町長のあとについて恐竜の巨大な足を登りはじめた。レックスは前肢を登ってきた蟻の群れを見て、反対の前肢で払い落とそうとした。持ち上げられた足が黒雲のように正午の太陽をさえぎり、蟻の群れがいる前肢の平原はたちまち暗くなった。蟻たちは恐れおののきながら空中のもう一方の巨大な前肢を見て、あわてて触毛を動かした。町長が前肢を上げて恐竜の口を指すと、ほかの蟻も町長にならって恐竜の口を指し示した。恐竜はしばらくぽかんとしていたが、やがて蟻の意図を理解したらしい。どうしたものかと迷いながら、恐竜が上げた足をゆっくり下ろすと、平原にはふたたび太陽が現れた。レックスは口を大きく開け、前肢の指一本を歯に押しつけて、平原と歯をつなぐ架け橋をつくった。蟻たちはしばらく躊躇していたが、町長が最初に恐竜の指に向かって歩き出し、群れはそれにしたがった。

　蟻の群れはほどなく指の先端にたどりいた。なめらかな円錐形の指先に立ち、彼らは畏敬の念をもって恐竜の口の中を眺めた。そこはまるで、雷雨が来る前の闇夜の世界のようだった。血なまぐさい湿った強風が奥から吹きつけ、底知れぬ暗闇からゴロゴロと雷鳴が轟く。蟻の目はすぐに暗闇に慣れ、もっと奥のほうに、さらに暗くて広い場所があるのがおぼろげに見えた。その場所の境界は、たえずかたちを変えている、しばらく経ってから、ようやくそれが恐竜の喉笛だとわかった。ゴロゴロという雷鳴はそこから聞こえてくる。その雷鳴は、巨大な黒い穴の奥に潜む、とてつもなく大きな胃が蠕動する音だった。蟻たちは恐怖に視線をそらしたまま、レックスの指先から次々に歯へとよじのぼり、白くなめらかな絶壁の向こう側に降り立った。大きな歯の隙間に陣どった蟻たちは、力強いあごを使って、そこにはさまっているピンク色のトカゲ肉にかじりついた。そのときにはもう、レックスは指を上の歯に押し当てていた。次々に登ってきた蟻たちは、上の歯の隙間に入って肉を食らいはじめた。レックスの上の歯と下の歯で、鏡に映したように同じ光景がくりひろげられている。十数箇所におよぶ恐竜の歯の隙間で、千匹以上の蟻がせわしなく働いていた。ほどなく、歯の隙間にはさまっていたトカゲ肉はきれいに消え失せた。

歯の不快感がなくなったことは感じていたものの、恐竜はまだ感謝を伝えられるほど進化していなかったので、ただ心地よくため息をついた。束の間、上下の歯のあいだを台風が吹き抜け、すべての蟻たちを吹き飛ばし、彼らは黒い塵のように空中を舞った。もっとも、蟻たちは体がとても軽いため、なんのダメージもなく、レックスから一メートルほど離れた場所に降り立った。たらふく食べた蟻たちは満足して町の入口に戻り、歯の不快感が消えたレックスは、また寝返りを打って涼しい木陰に戻ると、気持ちよく眠りについた。

＊＊＊

地球は静かに自転していた。太陽は音もなく西に移動し、蘇鉄の影は少しずつ長く伸びていった。森の蝶や虫は静かに飛び、彼方では古代の海がゴンドワナ大陸の海岸に波しぶきを打ち寄せていた……。

この静かなひととき、地球の歴史がべつの方向に逸れたことに気づく者はだれもいなかった。

1　情報化時代

時間は飛ぶように過ぎ、五万年が経った。

恐竜と蟻の共生関係はずっとつづいていた。二つの種属はともに白亜紀文明を築き上げ、石器時代、青銅器時代、鉄器時代、蒸気機関時代、電気時代、原子力時代を経て、いまは情報化時代に入っていた。

恐竜は各大陸に巨大都市を建設した。都市には高さ一万メートルを超える高層ビルが建ち並び、その屋上からは、飛行機の窓からの眺めのように、雲海が広がっているのが見えた。巨大なビル群は雲を貫いてそびえ立ち、雲が多い日は、万里の先まで晴れ渡った上層階のオフィスにいる恐竜が一階の警備員に電話で天気を問い合わせ、退勤時に傘が必要かどうかたしかめるのがつねだった。ちなみに彼らの傘は、わたしたちの世界におけるサーカスのテントのように大きい。彼らの車はわたしたちの一軒家くらいのサイズで、運転すると地面が小刻みに揺れた。彼らの飛行機はわたしたちの大型客船並みに大きく、雷雲のように空を横切り、地面に大きな影を落とした。恐竜は宇宙にも進出し、地球外の探査に赴いた。静止軌道上に数多く打ち上げられた彼らの衛星や宇宙船は途方もなく巨大で、地上からそのかたちがはっきり見分けられるほどだった。恐竜の世界は巨大で複雑なコンピュータネットワークで相互接続されていたが、彼らのコンピュータのキーボードはひとつのキーがわたしたちのコンピュータ・ディスプレイくらい大きく、彼らのディスプレイはわたしたちの家の壁のように巨大だった。

同時に、蟻の世界も高度情報化時代に入っていた。蟻の世界のエネルギー事情は恐竜の世界のそれとはまったく異なる。彼らは石油や石炭を使わず、風力エネルギーと太陽エネルギーを利用した。蟻の都市にはおびただしい数の風力発電機があり、その外見や大きさは、わたししたちの世界で子どもが遊ぶ風車に似ている。都市の建築物の外壁には光沢のある黒い素材が使われていたが、それらは太陽電池だった。蟻の世界でもうひとつ重要な技術は、バイオエンジニアリングによって製造される動力筋肉だ。見たところ太いケーブルのようなこの筋肉は、栄養液を注入するとさまざまな比率で伸縮し、動力を生み出す。蟻の車や飛行機はこの動力筋肉をエンジンに採用している。蟻の世界にもコンピュータがある。米粒サイズの丸い粒で、恐竜のコンピュータと違ってどんな集積回路もなく、すべての計算は複雑な有機化学反応によって行われる。蟻のコンピュータにディスプレイはなく、計算結果をにおい物質で化学的に出力する。非常に複雑で繊細なそのにおいを識別できるのは蟻だけで、彼らはその情報を数値や言語、画像に翻訳することができた。こうした粒状の化学コンピュータは、やはり広大なネットワークを構築しているが、コンピュータ同士を接続するのは光ファイバーでも電磁波でもなく、におい物質だった。コンピュータは他のコンピュータとにおい言語で情報をやりとりする。この時代の蟻社会の構造は、わたしたちがこんにち目にする蟻の群れとは大きく異なり、むしろ人類社会によく似ていた。バイオエンジニアリングで産卵するため、子孫を残すさいに女王蟻が果たすべき役割はほとんどなく、蟻社会における女王蟻の地位や重要性は、わたしたちの世界の女王蟻とくらべてはるかに低かった。

　蟻と恐竜、二つの世界は相互依存関係にあった。体が大きくて不器用な恐竜は、蟻の繊細な技術に依存し、恐竜世界のすべての工場で膨大な数の蟻が働いていた。彼らの主な仕事は、恐竜の労働者にはつくれない微小部品の製造や、精密機器の操作と修理だった。恐竜社会で蟻が重要な役割を果たしているもうひとつの分野が医学だ。恐竜の手術はすべて、蟻の医師が患者の巨大な体内に入って行う。蟻の医学界は、極小のレーザーメスや、恐竜の血管内を航行して血栓をとりのぞくミクロ潜航艇をはじめ、多くの精密な医療機器を開発している。

やがて、ゴンドワナ大陸の蟻帝国が全大陸に散らばる未開のコロニーを統一し、地球の蟻世界すべてを統べる蟻連邦が誕生した。

蟻世界とは反対に、もともと統一されていた恐竜帝国は分裂した。ローラシア大陸が独立して、巨大な恐竜国家、ローラシア共和国を建国した。その後、数千年にわたる拡張を経て、ゴンドワナ帝国は現在のインド、南極、オーストラリアを占領し、ローラシア共和国はアジアとヨーロッパに版図を広げた。ゴンドワナ帝国には覇王竜（ティラノサウルス・レックス）が多く、ローラシア共和国の主な恐竜は暴竜（ティラノサウルス）だった（現在の分類では、前者は種、後者は属または科の名称）。領土拡張をつづける長い歴史の中で、両国のあいだには何度も戦争が起きたが、この二百年、核時代の到来にともない、戦争は絶えていた。これはひとえに、核の抑止力が働いた結果だった。二つの大国は大量の熱核兵器をストックしており、ひとたび戦争がはじまれば、核爆弾が地球を生命のない熔鉱炉（ようこうろ）に変えてしまう。共倒れになって滅亡する恐怖から、白亜紀の地球はナイフの刃の上を歩くような平和を維持していた。

時が流れ、恐竜社会は急激に膨張し、個体数が飛躍的に増加して、大陸は窮屈になった。環境汚染と核戦争という二大脅威が日に日に迫り、蟻と恐竜、二つの世界にふたたび亀裂（きれつ）が入って、白亜紀文明はいま、不吉な暗雲に覆われていた。

閉幕したばかりの恐竜・蟻サミットで、蟻世界は恐竜世界に対し、すべての核兵器を廃棄して、環境保護と個体数抑制を進める措置を断行するよう求めた。この要求が拒絶されると、白亜紀世界のすべての蟻がストライキに突入した。

2　蟻のストライキ

ゴンドワナ帝国の首都、雲の上まで高くそびえ立つ皇宮の広大な青の広間では、ダダス皇帝が大きなソファに寝転がり、前肢で左目を覆い、声をあげて苦しんでいた。皇帝を囲んで立つ恐竜は、内務大臣ババト、防衛大臣ロロガ元帥、科学大臣ニニカン博士、厚生大臣ヴィヴィック医師である。

ヴィヴィック医師がかがみこんで皇帝の顔を間近に見ながら言った。

「陛下、左目が炎症を起こしており、緊急手術が必要です。しかし現在、眼科のオペができる蟻の医師が見つからず、抗生物質でようすを見るしかありません。ただ、このままでは失明の危険があります」

「くそっ！」皇帝は歯ぎしりしながら医師にたずねた。「全国の病院、どこにも蟻の医者はいないのか？」

ヴィヴィック医師はうなずいた。

「おりません。手術が必要な大量の患者が手術を受けられず、すでに社会で小さなパニックが起こっています」

「しかし、大きなパニックはそのせいではあるまい」皇帝はそう言うと、内務大臣の方を見た。

ババトは身をかがめて言った。

「もちろんです、陛下。現在、全国の工場の三分の二が操業を停止し、停電している都市もいくつかあります。ローラシア共和国の状況も似たりよったりのようです」

「恐竜が操作できる機械や生産ラインも止まってるのか？」

「そのようです。自動車などの製造業は微小部品がなければ成り立ちません。恐竜が製造できる大きな部品も、使用に堪える完成品に組み立てることができなくなり、操業が止まっております。化学工業や電力設備などの重工業は、最初はストライキの影響がそれほど大きくなかったのですが、設備の故障などが増えるにつれ、修理が間に合わず、稼働できなくなる工場が増えております」

皇帝は地団駄を踏んだ。

「莫迦(ばか)め！　恐竜・蟻サミットが終わりしだい、産業労働者の恐竜に緊急訓練を施すように命じたはずだぞ。蟻が従事していたデリケートな作業をじょじょに肩がわりできるように」

「陛下、それは不可能でございます」

「偉大なるゴンドワナ帝国に不可能などあるか！　帝国の長い歴史において、ゴンドワナの恐竜はこれより深刻な危機を何度も経験してきた。孤軍奮闘した激戦もあれば、大陸を覆い尽くす山火事を消し止めたこともある。大陸プレートの運動によってマグマが流れる大地をわれらは幾度となく生き延びてきたのだ……」

「陛下、しかし今回は違います……」

「なにが違う？　けんめいに努力しさえすれば、恐竜も器用な手が持てる！　こんなことで、あの小さな虫けらどもの脅迫に屈してたまるものか！」

「それがどんなに困難なことか、これをごらんください……」内務大臣はそう言うと、二本の赤い電線をソファの上に置いた。「陛下、機械修理のもっとも基本的な作業をお試しになってください。二本の電源ケーブルをつなぐことができますか？」

　ダダス皇帝の指は長さが五十センチもあり、コップよりも太かった。彼にとって、直径三センチの電源ケーブルは、わたしたちにとっての髪の毛よりも細い。しゃがみ込み、悪戦苦闘の挙げ句、ソファの上に二本のケーブルをぴったりくっつけて並べることはできたが、摑もうとすると、小さな砲弾のような鉤爪の先がつるつるすべり、つまみ上げてもすぐに落ちてしまう。ゴムの被覆を剝いで中の電線をつなぐどころではない。皇帝はため息をつくと、腹立ちまぎれにケーブルを前肢で払い落とした。

「この線をつなぐ技術を習得したとしても、修理作業は行えません。われわれの太い指は精密機器の中に入らないのです。あんなせまいところに潜り込めるのは蟻だけです」

「おお……」科学大臣のニニカンは嘆息し、感慨深げに言った。「八百年前、先皇は恐竜世界が蟻の細かい技術に頼っているリスクに気づき、多大な努力を重ねて技術や設備を研究し、依存から脱却しようとされました。しかし、愚昧のそしりを顧みず申し上げますれば、陛下の御在位を含めたこの二世紀、その努力はほぼ棚上げにされ、われらは蟻が用意したあたたかなベッドに心地よく横たわり、安きに居りて危うきを思う心構えを忘れ、太平の眠りを貪っていたのです」

「そんなベッドになど寝てはおらん！」皇帝は両手をあげて激怒した。「実際、先皇が憂慮したリスクに、余は何度もうなされた」皇帝は太い指をニニカンの胸に突き立てた。「覚えておけ、蟻技術への依存から脱却すべく先皇が行ってきた努力は失敗に終わったのだ。ローラシア共和国も同じだ！」

「おっしゃるとおりです、陛下」内務大臣はうなずくと、床の電源ケーブルを指して、科学大臣に向かって言った。「博士も知らぬわけはあるまい。恐竜がスムーズにケーブルをつなぐためには、直径が十センチから十五センチは必要だ！　だからと言って、小枝のように太い電線が巻かれた携帯電話やパソコンが想像できるか？　同じく、恐竜が操作や修理を行うなら、機械設備のすくなくとも半数は、現在の百倍以上の大きさにならざるを得ない。しかし、もしそうなれば、必要な資材やエネルギーのコストが数百倍にも跳ね上がり、恐竜世界の経済ではまったく支えきれない！」

科学大臣はうなずいた。

「そのとおりです。さらに深刻なのは、部品によっては大型化が不可能なことです。たとえば、光や電波を用いた通信設備です。光を含む電磁波の波長を変調して処理する部品は原理的に小さくならざるを得ません。微小部品のないコンピュータやインターネットが想像できるでしょうか？　分子生物学や遺伝子工学の研究や開発についても同様です」

「蟻がいなくては医療も成り立ちません」厚生大臣のヴィヴィック医師が言った。「蟻のいない外科手術など考えられません」

「恐竜と蟻の同盟は、進化における当然の選択でした」と、科学大臣が話をまとめた。「その意義はきわめて大きく、この同盟がなければ、地球に文明が生まれることはありませんでした。蟻がこの同盟を壊すことを許してはなりません」

「じゃあどうしろというんだ？」皇帝は両手を開いて意見を求めた。

ずっと黙っていた防衛大臣のロロガ元帥が言った。

「陛下、蟻連邦にはたしかに有利な点がありますが、われわれにも自分たちの力があります。蟻世界の都市は子どもが遊ぶおもちゃの積み木よりも小さく、われわれが小便をひっかけるだけで押し流せるのですぞ！　帝国はこの力を利用すべきです」

皇帝はうなずき、元帥に向かって言った。

「わかった。参謀本部に戦略を立てるよう命じろ。蟻の都市をいくつか破壊し、警告を与えてやれ！」

「元帥」内務大臣はその場を去ろうとするロロガ防衛大臣を引き止めていった。「ローラシアとの調整が鍵だぞ」

「そのとおり！」皇帝がうなずいて言った。「彼らと同時に行動しなければならない。ドドミが善玉ぶって、蟻連邦とローラシアの距離を縮めることがないよう気をつけろ」

3　最後の戦争

「三都市が破壊されたのち、わが蟻連邦は、さらなる損失を避けるため、ストライキを一時的に中止し、恐竜世界の仕事を再開した。事実ははっきりしている。蟻が恐竜を消滅させるか、地球文明とともに破滅するかだ！」蟻連邦のカチカ最高執政官は議会の壇上で演説した。

「最高執政官の意見に賛成です」蟻のビルビ元老院議員が自分の席から触角を揺らして言った。「現状に鑑みると、地球の生物圏には二つの運命しかありません。恐竜の大工業が生んだ環境汚染の毒がまわって死ぬか、ゴンドワナとローラシア、二つの恐竜大国間の核戦争で完全に滅亡するか！」

彼らの発言はほかの議員から大きな反響があった。「そうだ、最後の選択をする時が来た！」「恐竜を滅ぼせ、文明を救え！」「行動だ！　行動しよう!!」……

「静粛に！」蟻連邦の主席科学者、ジョーヤ博士が触角を揺らして騒ぎを静めた。「蟻と恐竜の共存関係はもう二千年以上にわたってつづいてきました。竜蟻同盟は地球文明の基盤であり、当然、蟻文明の基盤でもあります。もし恐竜文明が消滅し、この同盟がとつぜんなくなったら、蟻文明はほんとうに単独で存続できるでしょうか？　ご承知のとおり、竜蟻同盟において、恐竜が蟻から得るものはきわめて具体的で、はっきりしています。一方、蟻が恐竜から得るものは、基本的な生活物資をべつにすれば、あとは無形のもの――すなわち、思想と科学的知識です。蟻文明において、後者が重要であることははっきりしています。蟻はすばらしいエンジニアになれても、科学者にはなれないのです！　蟻の脳の生理的構造ゆえに、われわれは恐竜が持つ二つのもの――好奇心と想像力――を永遠に持てないからです」

ビルビ元老院議員が納得できないというように首を振った。

「好奇心と想像力？　おやおや、博士、あなたはそれが利点だとお思いか？　まさにその二つのせいで、恐竜は情緒不安定で気が変わりやすく、神経質で、一日じゅう白昼夢を見て時間を浪費しているではないか」

「しかし元老院議員、その情緒不安定と白昼夢がインスピレーションと創造性を生み出し、宇宙のもっとも深遠な法則を探る科学理論の研究を可能にしているのです。彼らの科学理論こそ、技術の進歩の基盤です」

「わかったわかった――」カチカはうるさそうにジョーヤ博士の話をさえぎった。「いまはそんなくだらぬ哲学的な議論にかまけているときではない。博士、蟻世界が直面している問題はひとつだけだ。恐竜を滅ぼすか、彼らとともに滅びるか」

ジョーヤ博士には返す言葉がなかった。

カチカはローリエに向かってうなずいた。

防衛大臣のローリエ元帥が登壇した。「みなさんのお目にかけたいものがあります。これはわれわれが恐竜に頼らず行ってきた技術的発明のささいな一例です」

元帥の指示のもと、二匹の蟻が小さな紙切れのような白いものを二枚運んできた。

「これは、蟻のもっとも伝統的な武器——雷粒の最新型です」とローリエが説明した。「この紙のような雷粒は、連邦の軍事技術者が最終戦争のために開発したものです」

ローリエ元帥が触角を振ると、今度は四匹の蟻が小さな導線を二本持ってきた。それは恐竜の機械にもっともよく使われているタイプで、一本は赤、もう一本は緑色だった。蟻たちはその二本の導線を台の上に置くと、二枚の白い紙切れのようなものをそれぞれ導線の中央に巻きつけた。どちらも、白いテープを巻いたようにぴったり張りついている。すると、不思議なことが起こった。二枚の白いテープはとつぜん色を変え、それぞれ巻きついている導線と同じ色になったのである。片方は赤、片方は緑。あっという間に導線と一体化し、もうまったく見分けがつかない。

「これが連邦の最新兵器、変色ペレットだ」カチカ最高執政官が言った。「いったん設置したら、恐竜には絶対に見つからない！」

およそ二分後、ペレットが爆発した。パンパンと音が響き、二本の導線は真っ二つに切断された。

「時が来たら、一億匹の蟻の大軍を出動させる。その一部はいま恐竜世界で働いている蟻で、残りは恐竜世界に潜入している蟻だ。この大軍が恐竜の機械の内部にある導線に二億の変色雷粒を仕掛ける！　われわれはこれを断線作戦と命名した」

「おお、なんと壮大な計画でしょう！」ビルビ元老院議員が誉め讃えると、ほかの議員も心から賛同の声をあげた。

「同時に実行するもうひとつの作戦も壮大だ！」カチカ執政官がつづけた。「二千万の蟻からなるもうひとつの大軍が五百万の恐竜の頭部に潜入し、脳の血管に雷粒を仕掛ける。この五百万は、いま地球上にいる数十億の恐竜のエリート層だ。国家の指導者たち、科学者、重要な職務に就く技術スタッフなどが含まれる。彼らがいなくなれば、恐竜世界は頭脳を失ったも同然。そこでこちらは断脳作戦と命名した。両作戦のもっともすばらしい点は、恐竜世界のあらゆる場所に同時に攻撃を仕掛けるところにある！

機械に仕掛けた二億枚の雷粒と、恐竜の脳内に仕掛けた五百万の雷粒は、同じ時刻に爆発する！　誤差は一秒もない！　恐竜世界は、どの分野においても、救援も代替も見つけられない。恐竜社会全体が、海の真ん中で底が抜けた船のように、あっという間に沈んでいくだろう！

そのとき、われわれは地球の真の統治者になる」

「尊敬するカチカ執政官、その偉大なる時はいつでしょうか？」なんとか興奮を抑えようとしながら、ビルビがたずねた。

「すべての雷粒が爆発する時刻は、一カ月後の真夜中に設定されている」

蟻たちは歓声をあげた。

ジョーヤ博士は必死に触角を揺らし、蟻たちに静粛を促した。それでも歓声はやまない。大声で怒鳴るとようやく静かになり、博士に視線が集まった。

「もういい！　みんな、気でも狂ったのですか!?」ジョーヤ博士は大声で叫んだ。「恐竜世界は非常に複雑な超大型システムです。このシステムが一瞬にして崩壊したら、想像もつかないような結果になるでしょう」

「博士、どんな結果になるのか教えてくれ。恐竜世界の破滅と、蟻連邦の地球における最終的な勝利のほかに」

「言ったとおりです、予測はできません！」

「ほら、また出た。頭でっかちのジョーヤ博士、あなたの話にみんなもううんざりですよ」ビルビが言うと、ほかの議員たちも、熱狂に水を差した主席科学者に対する不満を口々に洩らした。

ローリエ元帥が歩み寄り、前肢でジョーヤ博士の肩を叩いた。元帥は沈着冷静なタイプで、さっきも歓声をあげなかった少数の蟻のうちの一匹だった。

「博士の心配はよくわかります。実際、わたしも心配していました。恐竜の核兵器の暴走が、もっとも憂慮される可能性のひとつでしょう。しかし、問題ありません。恐竜大国の核兵器システムはすべて恐竜がコントロールしていますが、少数の蟻が、恐竜のきびしい監視のもと、日々のメンテナンスを行っています。蟻の特殊部隊にとって、内部に侵入するのは困難ではありません。核兵器システムに仕掛ける雷粒の数を、ほかのシステムの二倍にします。その時が来たら、核兵器システムも他のシステムと同様、完全に麻痺します。大きな災難にはならないでしょう」

ジョーヤ博士はため息をついた。「元帥、事態はもっと複雑です。われわれはほんとうに恐竜世界を理解しているのでしょうか？　それが問題です」

これを聞いてすべての蟻が啞然とした。カチカ最高執政官がジョーヤ博士に向かって言った。「博士、蟻は恐竜世界のあらゆる場所にいる。それも、一万年以上前からずっと！　どうしてそんな愚かな疑問を口にできる？」

ジョーヤはゆっくり触角を揺らした。

「結局のところ、蟻と恐竜は大きな差異を有する二つの種属であり、まったく異なる二つの世界で生きているのです。直感でわかります。恐竜世界には、蟻がまったく知らない巨大な秘密がかならずや存在するでしょう」

「具体的なことを言えないなら、言わないのと同じことだ」ビルビ議員は、まったく納得するようすがなかった。

「そこで、情報収集システムの構築をお願いしたい」ジョーヤ博士が言った。「具体的な計画はこうです。恐竜の脳内に雷粒をひとつ設置するたびに、内耳に盗聴器を仕掛けます。わたしが一部門を率いて、盗聴器が送ってくる情報の監視と分析を行い、これまで蟻世界が知らなかった情報をできるかぎり迅速に発見します」

4　雷　粒

通信ビルは巨石市情報ネットワークの中核をなし、首都および全国の情報処理を担っている。ゴンドワナ帝国にはこのようなネットワークセンターが百カ所以上存在し、帝国の巨大な情報網の要となっている。

蟻の小分隊は、すでに情報ネットワークセンターのサーバ内部に入り込んでいた。百匹を超える蟻で構成されたこの部隊は、いまから五時間前、給水管を伝って通信ビルに到達すると、床のごくわずかな隙間からサーバ室に入り、通風孔からサーバ内部に侵入した。恐竜の巨大な建築物や機器に、蟻の侵入を阻めるものはなかった。恐竜の足音を聞きつけると、蟻たちは、彼らの町のサッカーフィールドよりも広いマザーボードの下に急いで身を隠した。サーバラックの扉が開く音が響き、大きな拡大鏡が空を覆うのがマザーボードの小さな穴ごしに見えた。拡大鏡には恐竜エンジニアの巨大な眼が歪んで映っていた。蟻の兵士たちは全員ふるえあがったが、結局、恐竜が彼らを発見することはなく、蟻たちが設置したばかりの数十個の変色雷粒にも気づかなかった。それらはとても小さく薄く、導線の色と完全にひとつになってまったく見分けがつかない。さまざまな色や太さの十数本の導線すべてに薄い雷粒が貼られていた。基板にもいくつか貼られた。基板用の雷粒はさらに高度な変色機能をもち、基板の色に正確に対応して、一枚の中でも場所によってさまざまに色を変えることができるため、導線の雷粒以上に見つけにくい。これらの基板専用変色雷粒は、設定した時刻になると、爆発するのではなく、強酸を数滴流すことでエッチング処理された回路を切断する。

ラックの扉が閉まると、サーバ内の世界はすぐに夜になった。電源ランプが緑の月のように宙に輝き、ゴーッという冷却ファンの音と、ハードディスクがブーンとうなる小さな音が、かえってこの世界の静けさを際立たせていた。

しばらくすると、情報ネットワークセンターのサーバすべてに蟻の小分隊が雷粒の設置を完了した。

広大な外の世界では、すべての大陸で、一億を超える蟻たちが、恐竜世界の無数の大きな機械類に対して同じ作業を行っていた。

＊＊＊

その日の夜、ゴンドワナ恐竜帝国の皇帝ダダスは悪夢を見た。無数の蟻が黒い絨毯（じゅうたん）のように連なって鼻から体内に入り込み、また長い列をなして口から出てくる。出てきた蟻たちはみんな口になにかくわえている。それは彼らが嚙（か）みちぎった内臓の一部だった。蟻たちは運んできた内臓のかけらを外に捨てると、また鼻の穴から体内に入り、大きな輪の列をつくって何度も何度もループしつづけている……。

ダダス皇帝の夢に根拠がないわけではなかった。そのとき、二匹の蟻が実際に皇帝の鼻の穴から体内に入り込んでいたのである。蟻は昼間のうちにベッドルームに侵入し、枕の下に潜んでチャンスを待っていた。鼻呼吸の強風が吹きすさぶなか、二匹の蟻は、恐竜を刺激してくしゃみを起こさせないように細心の注意を払いながら、入り組んだ鼻毛の林のあいだを抜けて慣れたようすで進んでいった。二匹はほどなく鼻腔（びこう）を通過すると、度重なる手術で何度も往復したおなじみのルートをたどり、眼球のうしろまで到達し、半透明の視覚神経に沿って、脳に向かって歩を進めた。ときおり薄い隔膜に行く手をふさがれたが、嚙みちぎって小さな穴をつくって通り抜けた。その穴はごく小さく、恐竜はなにも感じなかった。二匹の蟻はついに大脳に到達した。大脳は一個の神秘的な生命体のように、脳脊髄液の中に静かに浮かんでいる。注意深く探すと、大脳に血液を送る主要経路となっている動脈がすぐに見つかった。一匹が極小のヘッドランプをつけると、主要な大脳動脈の場所もすぐにわかった。もう一匹が、黄色い血管の半分透きとおった外壁に雷粒を貼りつけた。作業を終えた二匹は大脳から撤退し、曲がりくねったルートに沿って頭の中の湿った薄暗い空間を下り、耳部にたどりついた。鼓膜の前まで来ると、ひとすじの光が半透明の鼓膜ごしに射し込んでいた。外界の小さな音が外耳道で拡大され、鼓膜でゴーゴーと鳴り響いている。蟻は鼓膜の下に盗聴器を設置した。

ダダス皇帝の悪夢はつづいていた。内臓はすでにからっぽだが、体内に侵入してくる蟻はさらに増え、皇帝の体を蟻の巣に変えようとしている……冷や汗をかいて皇帝が目覚めたとき、二匹の蟻はすでに任務を終え、音もなく鼻から這い出てベッドの下に潜り、床を通ってベッドルームから撤退していた。

ダダス皇帝は重い体で寝返りをうち、ふたたび悪夢の中に戻っていった。

5　海神と明月

蟻連邦の最高司令部ではカチカ最高執政官と防衛大臣兼連邦軍総司令官ローリエ元帥が恐竜世界を壊滅させるための巨大作戦を指揮していた。二つの大きなディスプレイには断線作戦と断脳作戦の進行状況が映し出されている。

「すべて順調のようですね」ローリエがカチカに言った。

　そのとき、ジョーヤ主席科学者が駆け込んできた。カチカは博士に向かって言った。

「おお、ジョーヤ博士。一週間ぶりだな！　ずっと盗聴器の情報を分析していたのか？　そのようすでは、さぞや驚くべき秘密が明らかになったのだろうな」

　ジョーヤが触角をうなずかせた。

「そのとおりです。いますぐにお二人にお伝えしなければなりません」

「こちらも忙しい。手短にな」

「この録音を聞いてください。きのう開かれた、ゴンドワナ帝国とローラシア共和国の首脳会談を盗聴したものです。ダダスとドドミが対話しています」

「その会談にどんな秘密があると？」カチカが面倒くさそうに言った。「核兵器縮減問題をめぐって両国が決裂したのはもうわかっている。ゴンドワナとローラシアは一触即発の状態だ。われわれの行動が正しかったことが証明された。恐竜世界が核戦争をはじめる前に、やつらを滅ぼさねばならん」

「それはメディアに発表された公式会談の内容です」ジョーヤ博士が言った。「お聞かせしたいのは、秘密裏に行われた会談の一部です。その中に、われわれがこれまで知らなかった情報があります」

　博士が機器を操作すると、録音データの再生がはじまった。

ドドミ　ダダス帝、あなたは本気で、蟻が容易に屈すると思っているのか。彼らが恐竜世界の仕事に戻ったのはただの時間稼ぎ。蟻連邦が恐竜世界に対し重大な陰謀を企んでいることは、ほぼ確実だ。

ダダス　ドドミ総統、わたしがそんなこともわからぬほど愚かだとお思いか？　しかし、ローラシアの〈明月〉がカウントダウンをつづけていることにくらべたら、蟻の脅威どころか、貴国の核の脅威ですら、とるに足りないものに思える。

ドドミ　おっしゃるとおり、〈明月〉と〈海神〉は、地球文明にとって、蟻の脅威や核戦争のリスク以上に大きな危険だ。この問題について先に話し合おう。〈明月〉についてわれわれを責めるのは筋違いだ。先にカウントダウンをはじめたのは〈海神〉のほうだからな！

「止めろ、止めてくれ」カチカが触角を振って言った。「博士、彼らはなにを言っている？」

ジョーヤは再生を止めた。「この会話には二つの重要な謎が含まれています。彼らの言う〈明月〉と〈海神〉とはなにか？　そして、カウントダウンとはなんなのか？」

「博士、恐竜の指導者たちはよく妙な暗号を使うじゃないか。なにをそう疑っている？」

「彼らの会話から、それはとても危険なもので、地球全体にとって脅威となるものだということがわかります」

「論理的に考えてそれはありえないな、博士。地球にとって脅威となるものなら、巨大な設備のはずだ。そんなものが存在するとしたら、蟻連邦が知らないはずがない」

「執政官、おっしゃることには同意します。蟻に見つからずに存在する巨大施設など、地球上にありえません。しかし、蟻によるメンテナンスなしに運用できる、単純で規模の小さな施設なら、われわれが知らないこともありえます。たとえば、大陸間弾道ミサイルであれば、蟻が関与しなくても、いつでも発射可能な状態を保ちながら長期間スタンバイさせることが可能です。もしかしたら、〈明月〉と〈海月〉もそういう種類のものかもしれません」

「だとすれば心配ない。そのような小さな設備では、地球に脅威など与えられないだろう。もっとも熱量の高い熱核爆弾でさえ、地球全体を破壊するには何万発も必要だ」

ジョーヤは数秒のあいだ沈黙し、カチカに近寄った。触角が触れ合い、目と目がぶつかりそうな距離だった。

「問題はそこです、最高執政官。核弾頭ミサイルはほんとうに地球上でもっとも威力のある兵器でしょうか？」

「博士、そんなことは常識だろう！」

ジョーヤは首をすくめて、触角でうなずいた。

「そうです。常識です。しかしこれこそが、蟻の思考における致命的な欠陥です。われわれの思考は常識に縛られる。しかし恐竜は、つねに未知の領域を見つめています」

「そんなものは現実とは関係ない、純粋科学の話だ」

「でしたら、現実と関係する、ある事件をご紹介しましょう。三年前、夜空にとつぜん現れたあの新太陽をご記憶ですか？」

カチカとローリエはもちろん覚えていた。前代未聞のこの出来事は、彼らの脳裡（のうり）に強烈な印象を刻んでいる。あれは、とても寒い冬の夜のことだった。南半球の上空にとつぜん新しい太陽が現れ、世界は一瞬で昼間のように明るくなった。その光はとてつもなく強烈で、直視するとしばらく目が見えなくなるほどだった。その新しい太陽はおよそ二十秒のあいだ輝き、すぐに消えた。放射線の熱によって厳冬の夜は夏のように蒸し暑くなり、溶けた雪による大洪水にいくつもの街が呑（の）み込まれた。この事件は当時、蟻たちを恐怖のどん底に陥れた。蟻たちは恐竜の科学者にどういうことなのかたずねたが、いったいなにが起きたのか彼らにも説明できず、好奇心に乏しい蟻たちはすぐにそのことを忘れてしまった。

「当時、蟻の天文学者が観測によって確認した唯一の事実は、新太陽が、太陽系の中に出現したということでした。地球との距離は一天文単位です」

カチカ最高執政官は、やはり不機嫌そうに言った。「博士、その話もやはり、現実とは関係ない。たとえそのようなエネルギーが実在するとしても、恐竜がすでにそれを地球上で手に入れているという証拠はない。実際、そのような可能性はありえない」

「わたしも以前はそう考えていました。しかし……つづきをお聞きください」ジョーヤはそう言って、ふたたび再生ボタンを押した。

ダダス　このゲームは危険すぎる。すでに限界を超えている。ローラシアはただちに〈明月〉

のカウントダウンを停止するか、カウントをリセットすべきだろう。そうすれば、ゴンドワナも同様にする。

ドドミ　ゴンドワナが先に〈海神〉のカウントダウンを停止すべきだ。それならば、ローラシアも同様にしよう。

ダダス　先に〈明月〉のカウントダウンをはじめたのはローラシアではないか！

ドドミ　しかし皇帝、それを言うなら、そもそも三年前の十二月四日に、もしゴンドワナの宇宙船が宇宙であのようなことをしでかさなければ、〈明月〉も〈海神〉もはじめから存在しなかった！　あの悪魔はとっくに彗星(すいせい)軌道に乗って太陽系を出て、地球とはなんの関係もなかったはずだ！

ダダス　あれは科学研究のために……

ドドミ　もうたくさんだ！　あなたはいまもそうやって恥知らずな言い訳をくり返している！　ゴンドワナ帝国は地球文明を破滅の崖(がけ)っぷちまで押しやった。あなたがたのような犯罪者に、要求をつきつける資格はない！

ダダス　どうやらローラシア共和国は先に譲歩するつもりがないようだな。

ドドミ　ゴンドワナ帝国は譲歩するのか？

ダダス　よかろう。われらは地球が破滅しても気にかけない。

ドドミ　そっちが気にかけないなら、われわれも気にかけない。

ダダス　わっはっは。おおいにけっこう。そもそも恐竜は、なにごとも気にかけない種属だからな。


ジョーヤは再生を止めると、カチカとローリエのほうを向いて言った。

「お二人とも、会話に出てきた日付に気づかれたことと思います」

「三年前の十二月四日ですか?」ローリエが言った。「新太陽が現れた日ですね」

「そうです。すべてをつなぎ合わせると、お二人はどのようにお考えでしょうか。わたしは背筋が凍りつくような気持ちです」

「博士がこの謎を解明したいと言うなら、反対はしないぞ」カチカが言った。

ジョーヤはため息をついた。

「口で言うほど簡単ではありません! この謎を解く最善の方法は、恐竜の軍用ネットワークを調べることです。しかし、蟻のコンピュータは、恐竜のものと構造的にまったく異なります。そのため、恐竜コンピュータのハードウェアにはいつでも侵入できますが、いまに至るまで、ソフトウェアに侵入できたためしはありません。だからこそ、盗聴のような原始的な方法で情報を収集するしかなかったのです。この方法では、短時間で秘密を暴くことなど不可能です」

「わかった。博士、調査に必要な資源は提供しよう。しかし、いま行っている恐竜との全面戦争にこの件が影響することはない。いま、余の背筋を凍らせる唯一の可能性は、恐竜帝国がこのまま存在しつづけることだ。博士はずっと幻の中で生きている。連邦がいま行っている偉大な事業に対して、なんの益もない」

ジョーヤはそれ以上なにも言わず、きびすを返して歩み去った。翌日、博士は姿を消した。

6　恐竜世界の破滅

二匹の蟻の兵士が、ゴンドワナ帝国の宮殿をこっそり出て、正門までやってきた。彼らは、宮殿のコンピュータシステムと恐竜の頭に雷粒を設置する作戦を終えて撤収する三千の兵士の最後の二匹だった。扉の下の隙間から這い出ると、大きな階段を降りようとしたが、最初の一段の垂直な崖の上で、こちらに登ってくる蟻の姿を見つけた。

「おや、あれはジョーヤ博士じゃないか？」一匹が驚いたように言った。

「連邦主席科学者の？　そうだ、博士だ！」

「どうしてこんなところにいるんだろう？　どうもようすがおかしいぞ」博士が扉の下の隙間から中に入るのを見届けて、最初の蟻が言った。

「たしかにおかしい。トランシーバーを出せ。早く長官に報告しろ！」

＊＊＊

主要閣僚の参加する会議の最中、ダダス皇帝のもとに秘書がやってきて耳打ちした。

「蟻連邦の主席科学者ジョーヤ博士が緊急の用件で謁見を賜りたいと申しております」

「待たせておけ。会議が終わってからにしろ」ダダスは前肢を振って言った。

秘書は部屋を出ていったが、すぐまた戻ってきた。

「きわめて重大な用件なので、ただちにお目にかかりたいと言って聞きません。内務大臣、科学大臣、帝国軍総司令官にも同席してほしいとのことです」

「莫迦め。なんと無礼な虫けらだ。待たせておけ。それが無理なら追い返せ！」

「しかし……」秘書は列席の大臣を見ながら、皇帝の耳もとに口を寄せて、小声でささやいた。「蟻連邦から亡命してきたと申しております」

内務大臣が口をはさんだ。

「ジョーヤは蟻連邦政府の重要なメンバーです。彼の考えはほかの蟻とは異なります。このような方法をとるということは、なにかほんとうに一刻を争う用件があるのでしょう」

「わかった。ここに連れてこい」ダダスは広い会議テーブルを指して言った。

秘書はただちにジョーヤ博士を運んでくると、会議テーブルの上に下ろした。

「わたしは地球を救うために来ました」ジョーヤはテーブルのなめらかな平原に立ち、山脈のように周囲にそびえる恐竜たちに向かって言った。翻訳機が彼のにおい言語を恐竜語に翻訳し、見えないスピーカーを通して流している。

「ふん、大きく出たな、地球はなんともないぞ」ダダスは冷たく笑うと言った。

「すぐにそうは思えなくなります。まず、質問にお答えいただきたい。〈明月〉と〈海神〉とはなんですか？」

恐竜たちはただちに警戒心をあらわにした。たがいに目配せを交わすばかりで、ジョーヤのまわりの山々は沈黙をつづけた。しばらく経ってから、ダダスがようやく質問に質問で応じた。

「なぜ教えねばならんのだ?」

「陛下、もしそれがわたしの予想しているとおりのものであれば、わたしも恐竜世界の存亡に関わるわがほうの重大な秘密をお教えします。この交換条件には価値があると思っていただけるはずです」

「もし予想しているものでなかったら、そなたはどうする?」ダダスは陰鬱な表情でたずねた。

「その場合、わたしがわがほうの秘密を告げることはありません。そちらの秘密が洩れぬようにわたしを殺しても、あるいは永遠にここから出られないようにしてもけっこうです。いずれにしろ、みなさんに損はないはずです」

ダダスは数秒黙り込み、それからテーブルの左側に座っている科学大臣に向かってうなずいた。

「教えてやれ」

＊＊＊

蟻連邦の最高司令部で、ローリエ元帥は受話器を置くと、けわしい表情でカチカ最高執政官に向かって言った。

「ジョーヤの行方が判明しました。悪い予想が当たったようです。やつは亡命しました」

「雷粒の設置はどうなっている?」

「断線作戦はすでに九二パーセント完了しています。断脳作戦も九〇パーセントまで終わりました」

カチカは世界地図が映るディスプレイの方を向くと、色とりどりに輝く大陸を眺めながら数秒のあいだ黙り込み、それからおもむろに言った。

「地球の歴史の新しい一ページをめくろう。十分後に爆破！」

＊＊＊

ゴンドワナ帝国科学大臣の話を聞き終えると、ジョーヤ博士は衝撃のあまり眩暈に襲われ、声を出すどころか、立っているのもやっとの状態に陥った。

「どうだ、博士？　約束どおり、そちらの秘密を教えてもらおうか？」ダダス皇帝が言った。

ジョーヤは夢から醒めたように口を開いた。

「なんと……なんと恐ろしい！　あなたがたは悪魔だ！　しかし、蟻も悪魔だ……早く、いますぐ蟻連邦の最高執政官に電話してください！」

「まだ秘密を聞いていないぞ……」

「陛下、秘密を話している時間はありません！　蟻連邦はわたしがここにいることをもう知っています。作戦を早める可能性がある。恐竜世界の破滅は目前です。そのすぐあとには地球の破滅が待っている！　信じてください、早く電話を！　早く！」

「いいだろう」

恐竜の皇帝はテーブルの電話機を引き寄せ、太い指で巨大なボタンをひとつずつ押しはじめた。ジョーヤ博士は気が気でないようすでじりじりとそれを見守っている。ダダスが前肢で持つ受話器からかすかに呼び出し音が聞こえてきた。数秒後、呼び出し音が止まり、カチカ最高執政官が米粒のような受話器をとったのがわかった。受話器から声が聞こえた。

「もしもし？　だれだ？」

「カチカ執政官か？」ダダスが受話器に向かって言った。「ダダスだ。いま……」

そのとき、ジョーヤは小さなカチッという音が会議室に響くのを聞いた。まるで無数の時計の秒針が同時に動いたようだった。それがなんなのか、博士にはわかっていた。恐竜たちの頭から響く雷粒の爆発音だ。その瞬間、部屋にいるすべての恐竜が、一時停止ボタンを押されたかのようにいっせいに体を硬直させた。ダダスの持っていた受話器が机の上のジョーヤのそばに落ち、天地を揺るがすような音を響かせた。つづいて、その場にいた恐竜たちがほぼ同時に轟然（ごうぜん）と倒れ、会議テーブルを揺らした。恐竜という山がなくなって、地平線の向こうがからっぽになった。ジョーヤが受話器によじのぼると、カチカの声がまだ聞こえていた。

「もしもし、カチカだが。なんの用だ？　もしもし……」

受話器の中の金属板が振動し、上に立つジョーヤの全身がしびれた。

「執政官！　ジョーヤです！」と大声で叫んだが、先ほどとは違って、におい言語が音に変換されることはなく、電話回線の向こうにいるカチカには届かなかった。宮殿の翻訳システムはすでに雷粒で破壊されていた。ジョーヤは電話に向かって話すのをやめた。もう手遅れだ。

そのとき、会議ホールのすべての照明が消えた。時刻はすでに夕方で、すべてが薄闇の中に埋もれた。ジョーヤがいちばん近い窓に向かって歩いているうちに、都市交通の喧騒がぱったり途絶えた。すべてが死んだように静まり返っている。ジョーヤがテーブルの縁にたどりつき、脚を伝って下に降りはじめたとき、外からさまざまな不協和音が聞こえてきた。最初は恐竜が走りまわる足音と叫び声だったが、それが宮殿の外から聞こえていることはわかっていた。なぜなら、この宮殿の中に、生きている恐竜は一頭もいないからだ。彼らは頭に埋め込まれた雷粒によってみんな死んでしまった。次に、街から警報が聞こえてきた。とぎれとぎれに長くつづいたものの、やがてその音もやんだ。ジョーヤが窓に向かって床を半分ほど進んだとき、かすかな爆発音が聞こえてきた。ようやく窓にたどりついて外を見ると、メガリス市街を眼下に一望できた。夕方の街は薄闇に包まれ、暮れゆく空に細い煙の柱が何本か立ち昇っている。煙の柱はみるみる数を増やした。数本の柱の根もとから火の手が上がり、町のシルエットが炎の中に見え隠れしている。どんどん広がる炎にガラス越しに照らされて、ジョーヤの背後の高い天井に暗い影が躍っていた。

7　究極の抑止

「やったぞ！」ローリエ元帥は、ディスプレイに映る赤く瞬く世界地図を見ながら、興奮した口調で叫んだ。「恐竜世界は完全に機能を停止しました。情報システムはすべて遮断され、あらゆる都市で電力供給がストップしています。雷粒で破壊された車がすべての道をふさぎ、各所で火災が発生しています。断脳作戦によって、指導的地位にある四百万以上の恐竜が死にました。ゴンドワナ帝国とローラシア共和国の政府機構はすでに存在しません。二つの恐竜大国は脳を失ってショック状態にあり、社会全体が大混乱に陥っています」

「まだはじまったばかりだ」カチカ最高執政官が言った。「恐竜の都市すべてが断水している。備蓄食料も消費量の多い住民にたちまち食い尽くされるだろう。それから先がほんとうの地獄だ。膨大な数の恐竜が都市を捨てるだろうが、鉄道網が麻痺し道路もふさがっているいまの状況では、短時間に疎開することは不可能だ。恐竜が一日に必要とする食料は多すぎる。じゅうぶんな食料が行き渡るまでに、少なくとも半数が餓死するだろう。じっさい、都市を放棄した時点で、恐竜のテクノロジー社会は完全に崩壊し、原始的な農業時代に逆戻りすることになる」

「両大国の核兵器システムはどうですか?」だれかがたずねると、ローリエ元帥が答えた。

「われわれの予想どおり、大陸間弾道ミサイルや戦略爆撃機も含め、恐竜の保有するすべての核兵器は、大量の雷粒により鉄屑(てつくず)となりました。想定外の原子力事故や放射能汚染は一件も発生していません」

「ブラボー！　最高の瞬間だ」カチカは愉快そうに言った。「あとは恐竜世界が自滅するのを待つだけだ」

そのとき、伝令から報告が寄せられた。ジョーヤ博士が最高司令部に戻り、カチカとローリエに至急会いたいと言っているという。疲労困憊(こんぱい)したようすの主席科学者が部屋に入ってくると、カチカは怒鳴りつけた。

「博士、肝心なときに蟻連邦の偉大な計画に背を向けるとは。厳罰は覚悟のうえだろうな！」

「わたしがこれから話すことをすべて聞けば、罰を受けるべきはだれなのか、おのずと明らかになるでしょう」ジョーヤは冷たく言った。

「いったいなんのためにゴンドワナの皇帝のもとへ行ったのです？」ローリエがたずねた。

「〈明月〉と〈海神〉がなんなのかわかりました」

この言葉を聞いて、蟻たちは高揚から醒め、ジョーヤ博士に視線を集めた。

ジョーヤはまわりを見渡してから質問した。

「まず、この中に反物質がなんなのかご存じのかたは？」

蟻たちは黙り込んだが、カチカが口を開いた。

「多少は知っているぞ。反物質は、恐竜の物理学者たちが存在するのではないかと推測している物質の一種だ。原子を構成する粒子の電荷がわれわれの世界の物質とは反対になっている。この反物質がわれわれの世界の物質と接触すると、両者の質量がすべてエネルギーに転換される」

ジョーヤは触角でうなずいた。

「核爆弾よりも強力な兵器があることがこれでおわかりでしょう。物質と反物質が対消滅することで生まれるエネルギーは、同じ質量の核爆弾の数千倍にもなります」

「しかし、それが謎の〈明月〉や〈海神〉となんの関係がある？」

「最後まで聞いてください。三年前、南半球の夜にとつぜん現れた新太陽を覚えていますか？　あの閃光は、彗星の軌道に沿って太陽系に侵入した小天体から発せられたものでした。天体の直径は三十キロ足らず。宇宙を漂う小さな石ころにすぎません。しかしそれは、反物質でできていたのです！　その天体が小惑星帯を通過するさいに岩石とぶつかり、対消滅によって巨大なエネルギーが生まれて、あの閃光となったのです。当時、ローラシアとゴンドワナは探査機を打ち上げて、同じ観測結果を得ています。その爆発によって、大小さまざまな多くの反物質のかけらが宇宙に飛び散りました。恐竜の天文学者は、そうしたかけらのいくつかの位置をすぐに特定しました。これはむずかしいことではありません。太陽風に吹かれた小惑星帯の物質が反物質とぶつかって対消滅を起こすと、飛び散ったかけらの表面が特殊な光を発します。このころ、ローラシアとゴンドワナは軍拡競争のピークにありました。そこで、二つの恐竜大国は、常軌を逸したアイデアを同時に思いつきました。反物質のかけらを地球に持ち帰り、核兵器よりもはるかに威力のあるスーパー兵器として保持することで相手を威嚇しよう……」

「待て待て」カチカが博士の話をさえぎった。「話に明らかな矛盾があるぞ。反物質が物質と接触して対消滅するのなら、どんな容器に入れて地球に持ち帰る？」

「恐竜の天文学者は、その反物質天体のかなりの部分が反物質の鉄でできていることをつきとめました」ジョーヤ博士は説明をつづけた。「宇宙で位置が特定されたかけらは、すべてこの〝反鉄〟でした。反鉄は、ふつうの鉄と同じく、磁場の影響を受けます。それが保管問題を解決する糸口になりました。内部が真空の容器をつくり、内壁と接触しないよう、強力な磁力で反鉄を容器の中央に固定する。こうすれば、どんな場所でも、反物質の保管や輸送が可能になります。もちろんこのアイデアは、最初は理論上可能であるというだけのものでした。そんな容器を使って反物質を地球に持ち帰るなど、理性を逸脱しているとしか言いようのない、危険きわまる行動です。しかし、逸脱は恐竜の本性です。世界に覇を唱えたいという欲望がすべてに勝りました。彼らはほんとうにこの計画を実行したのです！

最初に地獄への第一歩を踏み出したのはゴンドワナ帝国でした。彼らが開発した磁場閉じ込め式の容器は、中が空洞になっている球体で、反物質のかけらを採集するさいは球体が二つに分かれ、それぞれ宇宙船のロボットアームに固定されます。宇宙船がゆっくり反物質のかけらに近づくと、ロボットアームは二つの半球を両側から慎重に近づけ、球体の中にかけらを閉じ込めます。それと同時に超電導体がつくる磁場が球体内部で働きはじめ、かけらが球体の中央で安定したことを確認すると、宇宙船は球体を船内に格納し、地球に持ち帰ります。

ゴンドワナの宇宙船は、球体容器を搭載して地球の大気圏に入りました。かけらの重さは四十五トンにもなります。もし大気圏で対消滅が起こり、合計九十トンの正反物質が大気圏内で純エネルギーに転換されれば、その巨大なエネルギーは地球上のすべての生命を消滅させるでしょう。ローラシア共和国の恐竜も、もちろんゴンドワナ帝国と共倒れしたいはずもなく、宇宙船が海面に着水するのをただ固唾（かたず）を呑んで見守るしかありませんでした。

作戦の次の段階は、それ以上の逸脱の産物でした。ゴンドワナ帝国の宇宙船が着水したあと、例の球体容器は大型貨物船に移されました。この貨物船の船名が海神号だったため、以後、この船に乗せられた反物質は〈海神〉と呼ばれるようになったのです。この貨物船はゴンドワナ大陸に戻ることなくローラシア大陸に向かい、ローラシア最大の港に入りました。この航海のあいだじゅう、ローラシア側はこの災厄の船に手を出す勇気がなく、なんの妨害もしなかったため、船は無人の海を行くようにすんなりと港に入りました。海神号が投錨すると、恐竜の乗組員たちは船を港に残したまま、ヘリコプターでゴンドワナに帰りました。ローラシアの恐竜は、海神号を神のようにうやうやしく慎重に扱い、いかなる軽挙妄動も控えました。なぜなら、ゴンドワナ帝国が球体をリモートコントロールしていることを知っていたからです。ゴンドワナ側は、いつでも球体内の磁場を切り、反物質と容器を接触させて対消滅を起こすことができます。もしそんなことが実際に起きれば地球全体が破滅を免れませんが、最初に消滅するのはローラシア大陸です。大陸上のすべては、海岸に出現した死の太陽の烈火のもと、一瞬で灰になるでしょう。ローラシア共和国にとってまさしく終末の日です。こうしてゴンドワナ帝国は地球上の全生命の生殺与奪の権を握り、これ以上なく横暴となって、ローラシアに領土を要求し、核武装の解除を命令しました。

しかし、このような一方的な局面は長くはつづきませんでした。ゴンドワナの海神作戦からわずか一ヵ月後、ローラシアもあとを追うように同じ技術を用いて宇宙から第二の反物質のかけらを地球に持ち帰り、ゴンドワナ帝国と同じことをしました。明月号という貨物船に反物質を乗せ、ゴンドワナ大陸最大の港に運んだのです。

恐竜世界はふたたびバランスをとり戻しました。究極の抑止力による均衡状態です。こうして地球は破滅の縁に立たされることになったのです。

世界的なパニックを避けるため、海神作戦と明月作戦は極秘裡に進められました。恐竜世界であっても、ごく少数の恐竜しか詳細を知りません。この二つの作戦は、費用を惜しまず、パーツ単位で交換可能なモジュール構造を採用した信頼性の高い設備を使用しており、システムの規模も大きくないため、蟻のメンテナンスを必要としません。蟻連邦は、いまに至るまで、それについてなにも知りませんでした」

ジョーヤの話に司令部のすべての蟻は縮み上がり、勝利の高揚感から恐怖の奈落へと一気に突き落とされた。カチカ最高執政官が言った。

「常軌を逸しているどころではない。異常にもほどがある。全世界が滅びることを前提とする究極の抑止力など、いかなる政治的意義も軍事的意義もない。完全な異常者の発想だ！」

「博士、あなたが褒めそやした恐竜の好奇心とイマジネーションと創造力がたどりついたゴールがこれですよ」ローリエ元帥が辛辣（しんらつ）な口調で言った。

「そんな皮肉を言っている場合ではありません。世界が直面している危険に話を戻しましょう」ジョーヤは言った。「恐竜大国の元首が言及していた〝カウントダウン〟の話をしなくてはなりません。敵側からの先制攻撃に対して打つ手がない状況を避けるため、恐竜大国はほぼ同時に〈海神〉と〈明月〉に新しいスタンバイ方法を採用しました。それがカウントダウン・サイクルです。それ以降、リモートステーションは反物質保存容器の起爆信号を送信するのではなく、起爆解除信号を送信することになりました。球体容器はいかなるときもつねに、起爆に向けたカウントダウンをつづけています。本国のリモートステーションから解除信号を受信すると、タイマーがリセットされ、また最初からカウントダウンをはじめ、次の解除信号を待つことになります。解除信号はそれぞれ、ゴンドワナ皇帝とローラシア総統自身が送信します。そうすることで、一方が先に攻撃を受けてトップが機能麻痺に陥れば、解除信号を送信できず、球体容器のカウントダウンはゼロに達して爆発し、反物質が対消滅を起こすことになります。このスタンバイ方法により、先制攻撃は自殺行為となりました。敵の生存がみずからの生存の必要条件であり、同時に、地球が直面する危険はひとつ上のレベルに上がりました。カウントダウン・サイクルは、この究極の相互確証破壊による抑止状態のもっとも常軌を逸した――あるいは、執政官のお言葉を借りると、もっとも異常な――部分です」

蟻連邦最高司令部はふたたび静まり返った。カチカが最初に静寂を破ったが、そのにおい言語は少しふるえていた。

「つまり、〈海神〉と〈明月〉はいまも次の解除信号を待っているということか?」

ジョーヤ博士は触角でうなずいた。「その信号は、もしかしたら永遠に送信されないかもしれませんが」

「つまり、ゴンドワナとローラシアのリモートステーションはわれわれの雷粒ですでに破壊されたと?」ローリエがたずねた。

「そうです。ダダス皇帝が、ゴンドワナのリモートステーションと、彼らが偵察したローラシアのリモートステーションの位置を教えてくれました。こちらに戻ってから断線作戦のデータを調べたところ、二箇所とも、ごく小さな無線送信ステーションで、用途不明のため、通信設備にだけ小さな雷粒を設置されていました。ゴンドワナのステーションには三十五個、ローラシアのステーションには二十六個。合わせて六十一本の導線が切断されました。数は多くありませんが、二つのステーションの送信設備が機能しなくなるにはじゅうぶんでした」

「カウントダウンの時間は？」

「六十六時間。三日ですね（白亜紀末期の地球の自転周期は現在より短かった。実際は約二十三時間半とされている）。ローラシアとゴンドワナのカウントダウンはほぼ同時にはじまります。通常、解除信号はカウントダウン開始から二十二時間後に送信されますが、今回のカウントダウンはすでに開始から二十時間が経過しています。あと二日しかありません」

「もし解除信号の中身がわかれば、こちらで送信設備を設置して、〈海神〉と〈明月〉のカウントダウンを解除しつづけましょう」とローリエ元帥が言った。

「問題は、われわれが解除信号を知らないことです」ジョーヤが言った。「いまとなっては知りようもない！　恐竜は信号の中身を教えてくれませんでした。きわめて複雑な長いパスワードで、毎回更新され、そのアルゴリズムはリモートステーションのコンピュータにしか保存されていないとのことでした。もはや、それを知る恐竜も生きていないでしょう」

「つまり、解除信号を送信できるのはその二つのリモートステーションだけということか」

「そういうことだと思います」

カチカはすばやく思考を巡らせた。

「われわれにできるのは、すぐにそのリモートステーションのコンピュータを復旧させることだけだ」

8　リモートステーション戦役

ゴンドワナ帝国側の解除信号送信用リモートステーションは、メガリス市街から離れた郊外の荒涼たる砂漠にあった。複雑な構造を持つアンテナが屋上に設置された、気象観測所のように目立たない小さな建物だった。ステーションの警備はゆるく、恐竜の一小隊が守っているだけだった。それも、偶然通りかかった自国の恐竜がうっかり入り込んでしまうのを防ぐためで、敵国のスパイや破壊分子に対する防備はまったく存在しなかった。なぜなら、ローラシアのほうがゴンドワナ以上にこの場所の安全を望んでいるからである。

警備の兵士以外に、ステーションの通常業務を行う恐竜は、エンジニア一頭、操作員三頭、メンテナンス係一頭の合計五頭しかいなかった。警備兵と同じように、彼らもこのステーションの存在理由についてはなにも知らなかった。

ステーションの管制室には大きなディスプレイがあり、そこに六十六時間から始まるカウントダウンの数字が表示されている。いままで、この数字が四十四時間を切ったことは一度もない。そのころ（時刻は早朝）になるといつも、もうひとつのディスプレイにダダス皇帝の映像が現れ、短いひとことを伝える。

「命令する。解除信号を送れ」

当直の操作員はすぐに姿勢を正し、「承知しました、陛下！」と答えると、コンソールのマウスを動かし、ディスプレイの送信アイコンをクリックする。すると、ディスプレイにテキストが映し出される。

解除信号が送信されました――解除成功の返信を受信しました――カウントダウンはリセットされます

ディスプレイにはまた新たに66：00の数字が現れ、ふたたびカウントダウンが始まる。

もうひとつのディスプレイから、皇帝は毎回その一部始終を緊張した面持ちで見つめ、カウントダウンがリセットされたことを確認してから、ようやくほっとした表情でその場を離れる。皇帝が信号の送信を見つめる目つきから、それがきわめて重要なものであることは操作員にも伝わっていたが、毎日この信号が地球の死刑を先送りにしているとは知る由もなかった。

その日、いつもと変わらない静かな日常が中断された。送信装置が故障したのである。リモートトステーションに配備されているのは高い信頼性を誇る設備であり、万一のための予備も用意されていたが、そのバックアップ・システムも含めてすべての機器が故障し、機能を停止した。明らかに自然の故障ではなく、偶然が重なった結果でもなかった。エンジニアとメンテナンス係はすぐに故障箇所を調べ、導線が何本か切断されていることに気づいた。蟻でなければ修復できない場所だったため、上司に連絡して蟻の派遣を頼もうとしたが、そこでようやく電話が通じないことに気がついた。ひきつづき点検したところ、断線箇所がもっと多いことが判明した。しかし、このときにはもう、皇帝が送信を命令してくる時刻が迫っていた。しかたなく自分たちで導線をつなごうとしたが、彼らの太い前肢では細いワイヤをつなぐのはむずかしい。五頭の恐竜は焦燥感にかられた。電話はあいかわらず通じないが、通信はすぐに復旧するだろう。カウントダウンが四十四時間になる前に、皇帝はかならずディスプレイに現れる。彼らはかたくそう信じていた。この二年間、恐竜たちの意識の中では、皇帝の送信命令は日の出と同じように絶対のルーティンだったのである。しかしけさ、太陽は昇ったが、皇帝は現れなかった。カウントダウンの数字がはじめて四十四時間を切り、残り時間は着々と同じ速度で減少をつづけていた。

やがて、リモートステーションの恐竜たちは、蟻の助けが望めないことを知った。メガリス市から逃げ出した恐竜たちが近くを通りかかり、あわてふためている彼らの口から首都の状況を聞かされた。蟻が雷粒で恐竜帝国のすべての機械を破壊し、恐竜世界は麻痺状態に陥っているという。送信設備を破壊したのは蟻たちだったのである。

それでも、ステーションで働く恐竜たちは責任感が強く、ひきつづき、切断された導線をなんとかつなごうと試みたが、無理な相談だった。断線箇所のほとんどは恐竜の太い前肢が入らないせまい空間の中だったし、外に出ている導線も、彼らの不器用な指ではとてもつなぐことができなかった。

「ちっ、蟻のクソ野郎め！」恐竜の技師は疲れた目をマッサージしながら罵った。

そのとき、技師ははっと目を見開いた。ほんとうに蟻がいる！　百匹近い蟻の隊列がコンソールの白い台の上を急ぎ足で行進している。隊を率いる蟻が恐竜に向かって叫んだ。

「おい、修理に来たぞ！　線をつなぎに来たんだ！　線を……」

恐竜はにおい言語の翻訳機を起動していなかったので、蟻の声が聞こえなかった。しかし、聞こえたとしても信用しなかっただろう。彼らの心は蟻への憎しみに支配されていた。恐竜は歯噛みしながら、コンソールの蟻の群れを前肢で叩いたり押しつぶしたりした。

「雷粒なんか仕掛けやがって！　機械を壊しやがって……」白い台にはすぐに小さな汚れが出来た。それは潰された蟻の死骸だった。

＊＊＊

「執政官、報告します。リモートステーションの恐竜が修繕部隊を攻撃し、部隊はコンソールの上で全滅しました！」

ステーションから五十メートル離れた小さな雑草の下で、ステーションから逃げのびた蟻がカチカに無線で報告した。蟻連邦最高司令部のほとんどのメンバーが同席していた。

「最高執政官、ステーションの恐竜と連絡をとる必要があります。こちらの真意を説明しなくては！」ジョーヤ博士が言った。

「どうすればいい？　向こうにはわれわれの声が聞こえない。翻訳機を起動しないんだ！」

「電話はどうですか？」だれかが提案した。

「とっくに試した。恐竜の通信システムはすべて破壊され、蟻連邦との電話網も遮断されている。電話は通じない！」

「みなさん、古代の蟻の通信技術をご存じでしょう」ローリエ元帥が言った。「蒸気機関が発明されるまでの長い年月、われわれの先祖は隊列を組んで文字をつくり、恐竜と会話していた」

「ここにはいくつの部隊が集結している？」

「陸軍が十個師団。兵力は約十五万です」

「その数でいくつ文字がつくれる？」

「大きさによります。恐竜がある程度離れた場所から読むことを考えると、多くても十数文字でしょうか」

「わかった」カチカは考えた。「文字はこうしろ。『世界を救う機械の修理に来た』」

＊＊＊

「また蟻が来たぞ！　ずいぶん多いな」

ステーションの門の前で、恐竜の兵士は方陣を組んで近づいてくる蟻たちを見た。方陣は三、四メートル四方の大きさで、地面の凹凸に沿って起伏し、まるで黒い旗が波打っているように見えた。

「攻めてきたのか？」

「そうは見えない。おかしな隊形だ」

蟻の方陣がじょじょに近づいてくると、目ざとい恐竜が驚いたように叫んだ。「おい、文字になってるぞ！」

　べつの恐竜が一文字ずつ読み上げた。「世、界、を、救、う、機、械、の、修、理、に、来、た」

「古代の蟻はこうやって先祖と話をしたらしい。はじめて見た」ある恐竜が感嘆の声をあげた。

「莫迦者！」少尉が触角を揺らして怒鳴りつけた。「あいつらの罠（わな）にはまるな。おい、給湯器の熱湯を全部たらいに入れて持ってこい」

　恐竜の兵士は口々に議論をはじめた。

「妙なことを言ってるな。この機械がどうやって世界を救うんだ？」「だいたい、世界って、だれの世界だ？　おれたちのか？　それともあいつらのか？」「うちの機械が送信する信号は重要なんだな」「そりゃそうさ、皇帝陛下が毎日みずから命令してるんだぞ」

「たわけもの！」少尉が一喝した。「この期に及んでまだ蟻を信じているのか？　うかつに蟻を信用したばかりに帝国は壊滅したのだ！　あいつらは地球でもっとも卑劣で陰険な虫けらどもだ。二度とだまされんぞ！　早く熱湯をかけろ！」

　恐竜の兵士たちがすぐにバケツ五つ分の熱湯を運んできた。五頭の兵士がそれぞれひとつずつ持ち、一列になって蟻の方陣に向かって進むと、蟻に向かっていっせいに熱湯を流した。もうもうと湯気が立ち込めるなか、煮えくりかえった熱湯のしぶきが飛び散り、地面の黒い文字は流され、大部分の蟻がやけどで死んだ。

＊＊＊

「恐竜との会話は不可能だ。残された唯一の選択肢は、リモートステーションを攻撃することしかない。ステーションを占拠し、機器を修理して、われわれで解除信号を送信する」カチカが遠くに上る湯気を見ながら言った。

「恐竜の建物を蟻が攻撃する？」ローリエは見知らぬ相手を見るような目でカチカを見た。

「常軌を逸した作戦です！」

「しかたない。もともと常軌を逸した状況だ。問題の建物は、たいして規模が大きくないうえ、孤立している。向こうもすぐには増援が来ないだろう。わがほうが最大限の力を結集すれば、攻め落とせるかもしれない！」

＊＊＊

「ありゃなんだ？　蟻のスーパー歩行車みたいだぞ！」

歩哨（ほしょう）の叫ぶ声を聞いて少尉が望遠鏡を手にとると、彼方の荒野を黒いものが長い隊列を組んで移動しているのが見えた。目を凝らすと、たしかに歩哨が言うとおりだった。蟻の一般的な乗りものはきわめて小さいが、軍事方面の特殊な必要を満たすため、彼らの体にくらべるとおそろしく巨大な軍用車両が建造されている。それがスーパー歩行車だ。車体のサイズはわたしたちの三輪車くらいだが、蟻の目からみれば、わたしたちの一万トン級の貨物船に匹敵する巨大な乗りものだった。スーパー歩行車にはタイヤがなく、蟻を真似たような六本の機械の脚で歩くため、複雑な地形でも迅速に移動することが可能で、一台に数十万匹の蟻を乗せられる。

「撃て！　あの車を撃て！」

少尉が命令した。恐竜の兵士は唯一持っていた軽機関銃を彼方の歩行車めがけて発砲した。銃弾が一列になって砂地に着弾し、砂煙の柱を作った。最前列を行く車の脚が一本折れ、スーパー歩行車はたちまちバランスを崩して横転したが、残りの五本の脚はなおも動きつづけている。荷台の横のドアが開き、中からサッカーボールほどの大きさの黒い球がたくさん飛び出してきた。それらのボールは、すべて蟻でできていた。黒い球は地面を転がると、コーヒーに溶ける角砂糖のようにすぐに崩れた。さらに二台の歩行車に弾が命中し、動かなくなった。荷台を貫いた弾丸は多くの蟻を殺すことはできず、黒い蟻のボールが次々と地面に転がってくる。

「くそっ、カノン砲があれば！」恐竜の兵士が言った。

「そうだな、手榴弾でもいい」

「火炎放射器が一番だ！」

「もういい、無駄口を叩くな。歩行車が何台あるか数えろ！」少尉は望遠鏡を置くと、前方を指さして言った。

「おい、二、三百台はあるぞ！」

「ゴンドワナ大陸じゅうのスーパー歩行車がぜんぶ集結したみたいだ」

「つまり、一億以上の蟻が集まったってことか！」少尉は言った。「蟻はリモートステーションを奪取するつもりに違いない！」

「少尉、突撃してあの虫けらの車をぶっ壊しましょう！」

「だめだ。機関銃とライフルではたいして殺傷力がない」

「発電用のガソリンがある。突撃して焼いちまいましょう！」

少尉は冷静に首を振った。「それでは一部しか焼くことができない。われわれの任務はステーションを守ることだ。いいか、よく聞け……」

＊＊＊

「執政官、元帥、ご報告します。空軍の偵察によりますと、前線の恐竜たちは塹壕を掘っている模様です。ステーションを中心に同心円状に二つの塹壕を掘り、外側の塹壕には近くの小川から引いた水を流し、内側の塹壕にはガソリンタンクをいくつも運んで中身を流し込んでいるとのことです！」

「ただちに進撃せよ！」

＊＊＊

蟻の群れはステーションに向かって移動しはじめた。まるで大地に落ちた雲の影のように、黒い広がりがあたりを覆い、ステーションの恐竜たちはその光景に恐怖した。

蟻の部隊の先鋒は水が張られた最初の塹壕までたどりついた。最前列の蟻は止まることなく、そのまま水に入っていった。後続の蟻は水中の蟻の体を踏みつけて、もうすこし先まで前進する。こうしてたちまち水面に黒い膜が張り、その膜は水濠の対岸へと急速に広がっていった。恐竜の兵士たちは蟻が体内に入らないように密封型のヘルメットをつけ、水濠の対岸から鍬で蟻に向かって土を撒いたり熱湯をかけたりして攻撃したが、あまり効果はなかった。黒い膜はすぐに水面を覆いつくし、その膜を渡って蟻たちが黒い洪水のように押し寄せてきた。恐竜たちはしかたなく外側の塹壕を放棄して内側の塹壕の中まで撤退し、塹壕のガソリンに火を点けた。激しい炎の輪がステーションをとり囲んだ。

蟻の群れは燃え盛る塹壕にたどりつくと、その手前で次々と積み重なり、蟻の堰堤をつくりはじめた。堰堤はどんどん大きくなって高さ二メートルにも達し、塹壕の外に黒い壁が築かれたように見えた。次に蟻の堰堤は燃えさかる塹壕に向かって移動しはじめた。その表面が炎の中で巨大な黒い蛇のようにのたうっている。業火に焼かれて蟻の堰堤から青い煙が上がり、鼻を刺す焦げ臭いにおいが充満した。焼け焦げた蟻が堰堤の表面からぽろぽろと剝がれ、塹壕に落ちて焼かれ、塹壕の縁から奇妙な緑の炎が上がった。しかし、堰堤の表面は次々に登ってくる新しい蟻と入れ替わるので低くなることはなく、黒い壁は塹壕のそばに立ちつづけている。

そのとき、大量の蟻が後方から堰堤のてっぺんに登ってきて、次々に黒い蟻の球をつくりはじめた。一個師団の兵力が球ひとつを形成している。一時間前にスーパー歩行車から転がり出たボールと同じくらいのサイズだった。黒い蟻のボールは堤のてっぺんから塹壕に向かって次々に転がり落ちた。いくつかは炎に呑み込まれたが、大部分は転がる勢いで塹壕を飛び越え、向こう側にたどりついた。炎の上を跳び越えるときに表面が火に焙られるが、無数の蟻たちはたがいの体をきつく摑んで放さず、蟻の球の外殻が焼け焦げても、内部の蟻は守られた。燃え盛る塹壕の内側にたどりついた蟻の球はたちまち千を数えた。焦げた外殻が割れると、球は次々に崩れて蟻の群れとなり、ステーションの階段を覆いつくした。

ステーションを守備していた恐竜の兵士たちは完全にパニックに陥り、少尉が止めるのも聞かず我先にと飛び出すと、建物の背後にまわって、ステーションを包囲しつつある蟻の群れに唯一まだふさがれていなかった小道を脱兎のごとく走り去った。

蟻の群れはステーションの一階に押し寄せ、階段をよじのぼって管制室に入った。同時に建物の外壁からも蟻が雪崩れ込み、窓を伝って内部に侵入した。その数は、いっとき、建物の下半分が真っ黒になったほどだった。

リモートステーションの管制室に残っている恐竜は、少尉とエンジニアとメンテナンス係、それに操作員三頭を合わせた六頭だけだった。彼らは、蟻の群れがドアや窓などあらゆる隙間から部屋に押し寄せてくるのを恐怖の目で見つめていた。まるで建物全体が蟻の海に沈み、黒い海水が隙間から浸み出してきたかのようだった。窓の外を見ると、蟻の海はほんとうに実在していた。目路のかぎり、大地のすべてが黒い蟻に覆われている。ステーションは蟻の海に浮かぶ孤島だった。

蟻はあっという間に管制室の床の大部分を埋めつくした。残されているのは、コンソールの前の小さなまるいエリアだけ。六頭の恐竜はそのエリアに追いつめられていた。エンジニアが急いで翻訳機をとりだし、電源を入れると、すぐに声が聞こえた。

「わたしは蟻連邦の最高執政官である。くわしい事情を説明している時間はない。ひとつ言えるのは、もし十分以内にここから信号を送信しなければ、地球が滅亡するということだ」

エンジニアがまわりを見渡すと、一面が黒い蟻だった。翻訳機が示す方向を見ると、コンソールの上に三匹の蟻がいた。いま話したのはそのうちの一匹だ。エンジニアはその三匹の蟻に向かって首を振った。

「送信装置は故障している」

「われわれのエンジニアがすでに断線を修復した。機械は機能している。すぐに起動して信号を送信してくれ!」

エンジニアはふたたび首を振った。「電力がない」

「予備の発電機があるんじゃないのか?」

「そうだ。外部電力が切断されてから、ずっとガソリンの発電機で電気を供給していたが、そのガソリンがなくなった。すべて外の塹壕に流して燃やしてしまった……世界はほんとうに十分後に滅亡するのか?」

翻訳機がカチカの返事を伝えた。「信号を送信しなかったら、そうなる」

カチカが窓の外を見ると、火はもう消えていた。しかし、少尉の言ったとおり、塹壕にガソリンはほとんど残っていない。最高執政官はふりかえってローリエ元帥にたずねた。

「カウントダウンの残り時間は？」

ローリエはずっと時計を見ていた。

「あと五分三十秒です、執政官」

「いま電話がありました」ジョーヤ博士が言った。「ローラシアのほうは失敗したそうです。リモートステーションを警備している恐竜が、蟻の侵攻を防ぐためにステーションを爆破しました。〈明月〉の解除信号はもう送信できません。五分後に爆発します」

「〈海神〉もそうなります」ローリエが静かに言った。「執政官、もうおしまいです」

蟻連邦の最高指導者たちがなにを言っているのか、六頭の恐竜には皆目わからなかった。エンジニアが言った。

「近くでガソリンを探してくればいい。ここから五キロ行くと村がある。急げば二十分で戻ってこられる」

カチカは力なく触角に触れると言った。

「万事休すだ。行け。みんな、どこへでも行きたいところに行くがいい」

六頭の恐竜は連なって出ていった。エンジニアがドアを出る前に足を止め、ふりかえって、少尉と同じ質問をした。

「あと数分で、地球はほんとうに滅亡するのか？」

蟻連邦の最高執政官は、微笑に似た表情を浮かべた。

「どんなものも、いつかは滅びる」

「ははは。蟻がそんな哲学的なことを言うのをはじめて聞いたよ」エンジニアはそう言ってドアから出ていった。

カチカはふたたびコンソールの端に立ち、床一面を覆う蟻の軍隊に向かって言った。

「全軍の兵士にわたしの言葉を迅速に伝えてくれ。リモートステーション付近の部隊はすぐにこの建物の地下室に退避せよ。遠方にいる部隊はその場で隙間や穴を探して隠れろ。蟻連邦政府は最後に市民に伝える。世界の終わりが来た。みな、元気で」

「執政官、元帥、いっしょに地下室に行きましょう！」ジョーヤ博士は言ったが、カチカはかぶりを振った。

「いや、博士は早く行ってくれ。われわれは文明史上、最大のあやまちを犯した。生きる資格はない」

「そうです、博士」ローリエが言った。「むずかしいとは思いますが、博士が文明の火種を守ってくださることを祈ります」

ジョーヤはカチカ執政官、ローリエ元帥と触角を触れ合わせた。蟻の世界の最高儀礼だ。そして向きを変えると、管制室から迅速に撤退していく蟻の群れに加わった。

蟻の軍隊が撤退し、室内は静かになった。カチカが窓に登ると、ローリエもそれにつづいた。二匹の蟻が窓の前まで来たとき、ちょうど不思議な光景が現れた。すでに夜が終わり、朝を迎えようとしている時刻で、空には残月が浮かんでいる。するとつぜん、半月の向きが瞬間的に変わり、それと同時に月の明るさが急激に増して、アーク放電のようにまばゆい銀色の光が地上のすべてを——逃げ惑う蟻を含めて——あまさず照らし出した。

「どうしたんでしょう。太陽の光が急に強くなったんでしょうか？」ローリエが不思議そうにたずねた。

「いや、元帥」カチカ最高執政官が答えた。「ふたたび新太陽が現れたのだ。月はその光を反射している。新太陽はローラシアに現れ、あの大陸を焼きつくしている」

「ゴンドワナの太陽もそろそろ現れるころですね」

「これじゃないか。来たぞ」

さらに強い光が西から射してきて、すべてを呑み込んだ。高熱で気化する直前、二匹の蟻は、強烈に輝く太陽が西の地平線からすばやく昇り、急激に膨張して空の半分を覆い、たちまち大地のすべてが燃え出すのを見た。対消滅が生じた海岸はここから千キロ以上の距離があり、衝撃波が届くまで数十分かかる。しかしその前に、すべてが烈火に焼きつくされ、終わりを迎えていた。

それが白亜紀最後の一日だった。

9　長い夜

厳冬は三千年つづいた。

すこしだけあたたかいある日の正午、ゴンドワナ大陸の中ほどで、二匹の蟻が深い巣穴から地面に這い出してきた。どんよりした灰色の空には、ただのハレーションのような太陽がぼんやり光っている。大地は厚い氷雪に覆われ、ところどころ雪の中から顔を出した黒い岩が目立つ以外は、見渡すかぎり、遠くの山脈までずっと真っ白だった。

蟻Aはうしろをふりかえって、巨大な骨を眺めた。こういう大きな骨は大地のあちこちに横たわっているが、色が白いので、雪にまぎれて、遠くからではなかなか見分けがつかない。しかし、この角度からだと、空をバックにくっきり見えた。

「恐竜という動物だそうだ」蟻Aが言った。

蟻Bもふりかえって、骨を見上げた。

「きのうの夜、あいつらが話していた驚異の時代の伝説を聞いたか？」

「聞いた。数千年前、蟻にも輝かしい時代があったとか」

「そうだな、あの時代の蟻は地下の洞窟(どうくつ)に棲(す)むんじゃなく、地上の大都市で生活して、女王蟻は子育てをしなかったそうだ。ほんとうに不思議な時代だ」

「伝説によると、その驚異の時代は、蟻と恐竜がいっしょになって築き上げたそうだ。恐竜には器用な手がないから、細かい仕事は蟻が担当した。蟻には柔軟な思考力がないが、恐竜は驚くべき技術を思いつく」

「謎に満ちた時代だな。蟻と恐竜は大きな機械をたくさんつくり、たくさんの都市を建設し、神のような力を持っていたらしい」

「世界の破滅に関する伝説の意味はわかったか？」

「よくわからなかった。すごく複雑みたいだな。恐竜の世界で戦争が起き、蟻と恐竜のあいだでも戦争が起きた……その次に、地球に新しい太陽が二つ現れた」

「まったく、いま新しい太陽があったらどんなにいいか！」蟻Aが寒風にふるえながら言った。

「おまえにはわからないんだ！　二つの太陽はほんとうに恐ろしい。陸地のすべてを焼き尽くすんだぞ！」

「じゃあどうしてこんなに寒い？」

「複雑な仕組みだ。だいたいこういうことらしい。新しい二つの太陽が現れてからしばらくのあいだ、世界はたしかにとても暑く、太陽の近くにあった大地はマグマになった。しかしその後、新太陽が爆発したときに舞い上がった塵が空を覆い、古い太陽の光を遮ってしまった。それで世界は冷え込んで、二つの太陽が現れる前よりも寒くなった。いまはその状態だ。恐竜はあんなに大きいが、恐怖の時代に死に絶えてしまった。しかし、一部の蟻は地下に潜って生き延びた」

「ちょっと前まで蟻は字が読めたそうだが、いま、おれたちはだれも字が読めない。古代から伝わってきた本も、だれも読まなくなった」

「われわれは退化している。このまま行けば、蟻はもうすぐ、穴を掘って食料を求めるだけの、なにも知らない、ただの小さな虫けらになるだろう」

「それがだめなのか？　こんなにきびしい時代にはなにも知らないほうが気楽だろう」

「それもそうだな」

＊＊＊

「いつか世界がまたあたたかくなったら、ほかの動物がまた驚異の時代を築くだろうか？」

「可能性はある。それはきっと、大きな脳みそがあって、手が器用な動物だろう」

「そうだな。しかし、恐竜のように大きくてはダメだ。恐竜は食べる量が多すぎて、生きるのに苦労する」

「われわれのように小さくてもダメだ。脳みそが足りない」

「ああ。しかし、そんな驚くべき動物が現れるだろうか？」

「現れるさ。時間はかぎりないんだ。どんなことでも起こる可能性がある。どんなことでも」

彼女の眼を連れて

プロローグ

二ヵ月以上も休みなく働いてへとへとになったので、気分転換にちょっと旅行にでも出かけよう。そう思って二日間の休みをくださいと掛け合ったところ、主任はＯＫしてくれたものの、ひとつ条件をつけてきた。その条件とは、眼を連れていくこと。ぼくはその条件を呑(の)み、主任のあとについて眼をとりにいった。

眼は管制センターの廊下のつきあたりにある小さな部屋に保管されている。見たところ、まだ十個以上残っていた。

主任はぼくに眼を渡すと、前方の大きなディスプレイを指さし、眼の主を紹介した。若い女の子だった。大学を出たばかりくらいの年齢だろうか。ぼんやりこちらを見ている。大きすぎる宇宙服のせいで、たぶん実際以上に華奢(きゃしゃ)に見える。うちひしがれたようすだった。宇宙は大学図書館で想像していたようなロマンティックな天国ではなく、場合によっては地獄よりもひどい場所だと思い知らされたばかりなのだろう。

「ご迷惑をおかけしてすみません。お世話になります」

彼女は何度もぼくに頭を下げた。いままで聞いたこともないくらいやわらかな声だった。そよ風に乗って宇宙を漂うその声に触れて、軌道上にある巨大で無骨な鋼鉄の構造体が粘土のようにやわらかくなってしまうところが目に浮かんだ。

「ちっとも。連れができてうれしいよ」ぼくはおおらかに言った。「どこに行きたい？」

「えっ？　どこに行くか、まだ決めてないんですか？」

彼女はうれしそうだった。しかし、ぼくはすぐに、おかしな点が二つあることに気づいた。

その一。ふつう、地上と宇宙の通信にはタイムラグがある。たとえ月にいたとしても、二秒のタイムラグが発生する。小惑星帯ならもっと長い。でも、彼女の応答にはほとんどタイムラグを感じなかった。つまり、彼女はいま、低軌道にいるということだ。それなら地上に戻るのに乗り換えは必要ないから、費用も時間も大してかからない。だれかに眼を託して休暇を過ごす必要なんかないはずだ。その二は、彼女が着ている宇宙服だ。宇宙装備エンジニアであるぼくは、その宇宙服がおかしいことに気づいた。放射線防護システムが見当たらないし、横に置いてあるヘルメットのフェイスプレートにもグレア防護シールドがついていない。それに加えて、断熱システムと冷却システムは異様に高度なものが搭載されている。

「彼女はどのステーションにいるんですか？」ぼくは主任のほうをふりかえってたずねた。

「まあ、それは訊くな」主任は暗い顔で言った。

「訊かないでもらえますか？」彼女のほうもディスプレイ越しに同じことを言った。つい情にほだされそうになるほど元気のない口調だった。

「監禁されてるわけじゃないよね？」ぼくは冗談を言った。彼女のいる船室はとても小さく、どう見ても宇宙艇の操縦席のようだ。航行システムの複雑な機器類があちこちで点滅している。窓も外部モニター用ディスプレイもなく、頭上でくるくると回転する一本の鉛筆だけが、彼女が無重力空間にいることを示していた。

彼女も主任も、その冗談を聞いてぎくっとしたみたいに見えたので、あわてて言った。

「わかった。訊いちゃいけないことは訊かないよ。で、どこに行きたい？　好きな場所を言ってくれ」

彼女は胸の前で両手を組み、目を伏せた。まるで、生きるか死ぬかの決断を迫られているかのような、それとも、この旅行のあと地球が爆発すると思っているかのような態度だった。ぼくは思わず笑い出した。

「わたしにとっては簡単なことじゃないの。『もし三日間だけ目が見えるとしたら』っていう、ヘレン・ケラーのエッセイを読んだ人ならわかると思うけど」

「ぼくらには三日もないよ、二日だけだ。時間に関しては、現代人はみんな、すごく貧乏だからね。でも、一九世紀に生まれたその盲目の人より幸運なのは、ぼくも、きみの眼も、三時間あれば地球のどこへだって行けるってこと」

「じゃあ、わたしが出航前、最後に行った場所に行きたい！」

彼女はその場所をぼくに告げた。そしてぼくは、彼女の眼を連れて出かけた。

1　草　原

　そこは、山々と平野、草原と森が重なるところだった。ぼくが勤務している宇宙センターから二千キロ以上の距離があるが、電離層ジェットを使えばたった十五分で着いた。目の前に広がるタクラマカンは、数世代にわたる努力によって砂漠から草原に変わり、さらに数世代にわたる厳格な人口規制を経て、いままた、人間がほとんど住んでいない地域になっていた。大草原は地平線まで広がり、遠くに見える新疆天山はダークグリーンの森に覆われ、山頂はまだ銀色の冠を戴いている。ぼくは彼女の眼をとりだして装着した。

　〝眼〟というのは、実際はセンサーグラスのことだ。この眼鏡をかけると、見たものすべてが高周波の無線シグナルで送信され、同じようにセンサーグラスをかけている遠方の人に届く。シグナルを受信した人は、送信側の人が見たものすべてを見ることができる。まるで自分の眼がそこにあるように。

　月や小惑星帯で一年じゅう働いている人たちは、もう百万人を超える。彼らが地球に戻って休暇を過ごすとしたら莫大な費用がかかるので、ケチな宇宙局はこんなものを考え出した。宇宙で働くすべての労働者が、地球にもうひと組の眼を持っている。地球で本物の休暇を過ごせる幸運な人たちがこの眼を連れて出かけることで、宇宙で故郷に思いを馳せる人たちと旅行の楽しみをシェアすることができる。最初は物笑いの種だったが、その後、このシステムを使って〝休暇〟を過ごす人にはかなりの補助金が出るようになり、一気に流行しはじめた。センサーグラスには最先端の技術が導入され、仮想体験は少しずつ精巧なものになっていった。いまでは、触覚や味覚まで、眼鏡をかけている人の脳波から自動的に抽出して送信できる。あるときから、眼を携えて休暇に出かけることは、宇宙開発関連企業で働く地上スタッフの社会貢献活動と見なされるようになった。もちろん、休暇中のプライバシーが侵害されるなどの問題もあり、すべてのスタッフが眼を連れて出かけることに積極的なわけではない。でも、ぼくは今回、他人の眼を連れていくことに抵抗はなかった。

ぼくは目の前に広がる光景に感嘆のため息をついたが、彼女の眼からは小さな泣き声が聞こえてきた。

「前に来て以来、ずっとこの場所のことを夢に見てきたの。いま、その夢の場所に戻ってきた！」ささやくような声が洩れてくる。「とっても深い水の底から水面に上がってきて、やっと空気を吸えたみたいな気持ち。閉じ込められているのがほんとうにもう耐えられなかったの」

実際に彼女が深呼吸する音が聞こえてきた。

「でも、きみのまわりの宇宙とくらべたら、この草原なんか、すごくちっぽけじゃないか」

彼女は黙り込んだ。呼吸すら止まったようだった。

「ああ、もちろん、宇宙にいる人間だって閉じ込められてるけどね。チャック・イエーガーっていう、二〇世紀のパイロットが、マーキュリーに搭乗した宇宙飛行士のことをこう呼んでる。彼らは……」

「缶詰の肉だ」

ぼくらは笑い出した。すると彼女がとつぜん叫んだ。

「あ、花！　花よ！　前に来たときは咲いてなかった！」

その言葉どおり、果てしなく広い草原のあちこちに小さな花が咲いていた。

「もっと近くから花を眺めることはできる？」

彼女に言われて、ぼくは地面にしゃがみこんだ。

「わあ、なんてきれい！　匂いを嗅いでくれる？　だめ、抜かないで！」

ぼくはしかたなく、地面に半分うつ伏せになるようにして花の匂いを嗅いだ。淡く清々しい香りがした。

「ああ、いい匂い。繊細なセレナーデが遠くから流れてくるみたい！」

ぼくは笑いながら首を振った。流行が目まぐるしく変化するこの時代、女の子たちはたえず変化を求め、衝動に流されやすい。この子のように、花を見て涙を流す林黛玉（『紅楼夢』の主要登場人物）みたいな女の子はほんとうに珍しい。

「この小さな花に名前をつけない？　うーん……〝ゆめ〟にしましょう。ねえ、あの花を見てくれる？　なんて呼ぼうかしら。うーんと、〝きりさめ〟。次はあっちの花――あ、ありがとう――なんてきれいな水色。この子の名前は〝つきかげ〟ね……」

ぼくらはこうしてひとつずつ花を見て、匂いを嗅ぎ、名前をつけた。彼女はうっとりして、それ以外のことはすべて忘れてしまったかのように、いつまでもやめようとしなかった。でも、ぼくのほうはこの女の子の遊びにすっかり飽きてしまい、百を超える花に名前をつけたあたりでとうとう忍耐力が限界に達し、もうやめようと切り出した。

顔を上げてまわりを見て、ずいぶん遠くに来ていることに気づいた。置いてきたリュックをとりに戻り、草の上から持ち上げたそのとき、彼女が叫んだ。

「たいへん！　〝こゆき〟を踏んでる！」ぼくはその白い野花をあわててもとどおり立たせた。

それからちょっとした悪戯心を起こし、近くに咲いているべつの二輪の花を左右の手にそれぞれ隠してたずねてみた。

「これ、なんて名前だっけ？」

「気をつけてね。もう傷つけないように！　左のは〝はり〟。そっちも、色は白。茎の上に葉っぱが三枚、分かれて生えてる。右のは〝ほむら〟。ピンク色で、葉っぱは四枚、上の二枚は一枚ずつ、下の二枚はいっしょに生えてる」

ぜんぶそのとおりだったので、ちょっと感心した。

「ほら、わたしはもうその子たちと友だちになったから、これからの長い日々、その姿をいつでもくりかえし思い出せる。美しい童話を読むみたいにね。あなたの世界はほんとにすばらしい！」

「ぼくの世界？　ここはきみの世界でもあるんだよ。そんなに子どもみたいにセンチメンタルになってたら、粗探しばかりする宇宙精神科の医者から、永遠に地球にいろって言われるよ」

あてどなく草原を歩いているとき、草むらに隠れた小川を見つけた。またいで進もうとしたら、彼女がストップをかけた。

「小川に手を入れてみたいの」

　ぼくはしゃがんで手を伸ばし、小川の流れに触れた。清々しさが全身を駆け巡り、その感覚は彼女の眼を通して宇宙の彼方（かなた）にいる本人に高周波シグナルで伝わり、また感嘆の声が聞こえた。

「そっちは暑いんだろ？」せまい操縦室と、異様に高度な断熱システムを備えた宇宙服を思い出してたずねた。

「暑いわ、まるで……地獄みたい。ねえ、これはなに？　草原の風？」小川の水の中から引き上げたばかりでまだ濡（ぬ）れている手に、かすかな風がひんやり感じられた。「だめ、動かないで、ほんとに天国の風みたい！」

　ぼくは両手を草原の風の前に突き出し、乾くまでそうしていた。それから、彼女に求められるまま、また両手を小川で濡らし、風にさらして天国の感覚を伝えた。ぼくらはそうして長い時間を過ごした。

　ぼくはまた歩き出した。しばらく黙って歩いていると、彼女がそっとつぶやいた。

「あなたの世界はほんとうに素敵ね」

「そうかな。よくわからない。灰色の毎日のおかげで、感覚がすっかり麻痺（まひ）してるみたいだ」

「なんてこと言うの！　この世界はこんなにたくさんの感覚を与えてくれるのよ！　この感覚をひとつずつ言葉で表現するのは、豪雨のときに雨粒がいくつ降ってくるか数えるようなもの。

あの大きな白い雲を見て。きれいな銀白色。いまはカチカチの固体に見える。輝く翡翠(ひすい)でできた山脈みたい。草原は気体ね。ぜんぶの葉っぱが地面から飛び立って、緑色の雲海になったみたい。見て、あの雲！ あの雲が太陽を一瞬隠して、また離れていくのに合わせて、草原の光と影があんなに大きく変化していく！ これを見て、ほんとになにも感じないの？」

＊＊＊

ぼくは彼女の眼を連れて一日じゅう草原を歩きまわった。彼女は草原のすべての花、すべての野草、草の葉のあいだで躍る陽射し、草原で聞こえるすべての音を貪(むさぼ)るように吸収した。とつぜん現れるせせらぎや、水の中を泳ぐ小さな魚たち。彼女はそれらすべてに感動し、思いがけないそよ風や、風が運んでくる草の香りに涙した……この世界に対する彼女の感受性は、病的に思えるくらい豊かだった。

陽が沈む前に、ぼくは草原にひっそり建つ白い小屋へとやってきた。旅行者のための小さな宿泊施設だ。もっとも、長いあいだ客はひとりも来ていないようだった。ぼく以外には、この小屋を管理する動きの鈍い旧式のロボットが一台いるだけだった。ぼくは疲れていたし、空腹だった。しかし、夕食を半分食べたところで、また彼女が、いますぐ日没を見にいこうと言い出した。

「夕焼けがだんだん消えて、森に夜の帳(とばり)がゆっくり降りてくるの。宇宙でいちばん美しいシンフォニーを聴いてるみたいな気分になる」彼女はうっとりと言った。正直、ぼくとしては億劫(おっくう)

だったけれど、自分の不運を呪いながら、鉛のような足を引きずって、なんとか出かけていった。

　草原の日没はたしかにきれいだった。しかし、彼女がそれに対して注ぎ込む情熱が、すべてをべつの色に変えていた。

「きみはこんな平凡なものをとても大切にするんだね」

　帰り道、ぼくは言った。すでに夜も深まり、頭上には満天の星が輝いていた。

「あなたはどうして大切にしないの？　生きるってそういうことでしょ」

「ほとんどの人が同じだと思うけど、ぼくはそんなふうにはできないよ。この時代は、求めるものがなんでもすぐ手に入る。ものだけじゃなくて、青空や川の流れのような美しい環境も、田舎や孤島のような静かな環境も、なんの苦労もなく手に入る。昔はだれもがけんめいに探し求めていた愛だって、ヴァーチャルで簡単に体験できる——まあ、短いあいだだけどね。だからぼくらは、なにも大切にしなくなった。簡単に手に入るフルーツが目の前に山盛りになってるから、ひと口かじったら捨てちゃうんだよ」

「でも、目の前にフルーツがない人もいる」彼女は小声で言った。

　彼女を傷つけた気がしたけれど、なぜなのかわからなかった。宿に帰るまで、ぼくたちはなにもしゃべらなかった。

　その夜、彼女の夢を見た。

　あのせまい操縦室で宇宙服を着て、目に涙を溜(た)め、ぼくに向かって手を伸ばし、叫んでいた。

「早くわたしを連れ出して、閉じ込められてるのはもう耐えられない！」

ぼくは飛び起きた。彼女はほんとうにぼくを呼んでいた。彼女の眼をつけたまま寝てしまったのだった。

「連れていってくれない？　月が見たいの！　もう昇るころだから」

頭が重いし、ぼうっとしていたから、心底ベッドを離れたくなかった。外に出てはじめて、出たばかりの月が、草原に立ち昇る夜霧を赤く照らしていることに気づいた。月光のもと、草原は眠っていた。無数の蛍の光が海のような草原の上をおぼろげに揺れ、まるで草原が見ている夢がかたちをとって現れたかのようだった。

ぼくは伸びをして、夜空に向かって言った。

「ねえ、月がここを照らしているのが軌道から見えたのかい？　きみの宇宙船がどのへんにいるか教えてよ。もしかしたら見えるかもしれない。低軌道にいるんだろ？」

彼女は質問に答えず、なにかのメロディーをそっとハミングしていた。ひとしきり歌うと、「ドビュッシーの『月の光』よ」と言って、またハミングしはじめた。ぼくの存在などすっかり忘れてしまったかのようだった。『月の光』の旋律が月光とともに宇宙から草原に舞い降りた。ぼくは宇宙にいるたおやかな女の子を想像した——上には銀色の月、下には青い地球。小さな彼女はそのあいだを漂い、音楽は月光に溶けていく……。

一時間後、ベッドに戻ると、彼女はまだハミングしていた。ドビュッシーなのかどうかはわからない。やわらかな声はぼくの夢にずっと響いていた。

どのくらい経っただろう。ハミングが呼び声に変わり、その声がぼくを眠りから目覚めさせた。また出かけたいのだという。

「もう月は見ただろ」ぼくは腹を立てていた。

「でも、いまはまた違うのよ。覚えてる？　さっきは西に雲があったの。そろそろあの雲が流れてきて、月が見えたり隠れたりするころよ……草原の光と影、どんなに美しいかしら。もうひとつの音楽よ。お願い、わたしの眼を連れていって！」

ほんとうに頭に来ていたけれど、それでもぼくは出かけた。ほんとうに雲が流れて、月を隠していた。草原にまだらに落ちる光がゆっくり揺れ動き、大地の深いところから浮かび上がる太古の記憶のようだった。

「きみは一八世紀のセンチメンタルな詩人みたいだね。この時代には似合わないよ。ましてや宇宙飛行士なんて」ぼくは夜空に向かってそう言うと、彼女の眼をはずして、かたわらの御(ぎょ)柳(りゅう)の枝にかけた。「月を見てればいい。ぼくはもう寝なきゃ。あしたは宇宙センターに帰って、詩情なんてこれっぽっちもない生活に戻らなきゃいけないから」

彼女の眼から小さな声が聞こえてきたけれど、なにを言っているのかよくわからなかった。

ぼくはひとりで宿舎に帰った。

目が覚めると外はもう明るかったが、空を雨雲が覆い、草原は霧のような細い雨に包まれていた。彼女の眼は御柳の枝にかかったまま、レンズが雨に濡れていた。ぼくはレンズを丁寧に拭いて、センサーグラスをかけた。夜通し月を見て、いまはまだ寝ているだろうと思ったら、彼女の眼から小さな泣き声が聞こえてきた。ぼくはすぐに申し訳ない気持ちになった。

「ほんとにごめん、きのうはとても疲れてて」

「ううん、あなたのせいじゃない。午前三時半には曇ってきて、五時過ぎからまた雨が降り出して……」

「ひと晩じゅう起きてたの？」

「……雨が降ったら、もう、もう日の出が見られない。草原の日の出が見たかったの。ほんとに……ほんとに見たかったのよ……」

ぼくの心がなにかに溶かされた。彼女が涙を流しながら洟をすするようすが頭に浮かび、目が潤んだ。認めないわけにはいかない。この一昼夜で、彼女はぼくになにかを教えてくれた。はっきりこれだとは言えない、月夜の草原に浮かぶ光と影のようにおぼろげななにかを。ぼくの目に映る世界は、それまでとは少しだけ変わってしまった。

「夜明けはまた来るよ。きみの眼を、いや、きみ本人でもいい、かならずまた連れてきてあげるから。ね？」

彼女は泣きやんだ。それから、唐突にささやいた。

「聞いて……」

なにも聞こえなかったけれど、ぼくは神経を研ぎ澄ました。

「きょう最初の鳥の声。雨の中でも鳥は歌うのね」

彼女は、ひとつの時代の終わりを告げる鐘の音を聞くように、重々しい口調で言った。

2　落日6号

また灰色の生活と忙しい仕事に戻り、そんなことがあったことさえすぐに忘れてしまった。ずいぶん経ってから、旅行のときに着ていた服を洗濯したとき、ズボンに野草の種(たね)がいくつかついていることに気がついた。種はそれだけじゃなかった。ぼくの意識の奥深くにも小さな種が残っていて、心の中の寂しい砂漠で知らないうちに芽を出していたらしい。一日の仕事が終わり、ぐったり疲れているときも、夜風が顔をやさしく撫(な)でると、かすかな詩情を感じるようになった。鳥の声に気づくようになり、夕暮れ時に歩道橋の上に立って、夜の帳に包まれていく街を眺めるようにさえなっていた。……ぼくの目に映る世界はまだ灰色だったけれど、やわらかな緑の芽が少しずつ顔を出し、その数を増していた。そうした変化がだんだん積み重なって、はっきりその存在に気づいたとき、ぼくはまた、彼女を思い出した。

ぼんやりしているときや、さらには夢の中でまで、彼女の姿がたびたび脳裡(のうり)に浮かぶようになってきた。密閉されたせまい操縦室で、ぶかっこうな耐熱仕様の宇宙服を着たその姿は、やがてぼくの意識の底に沈んでしまい、ひとつだけが残った。無重力の操縦室の中、彼女の頭上でくるくると回っていた、あの鉛筆だ。まぶたを閉じると、なぜかいつもあの鉛筆が目に浮かぶ。

とうとうある日、宇宙センターの大きなホールに入ったとき、それまで何度も目にしていた巨大な壁画に目を奪われた。壁画は、宇宙からコバルトブルーの地球を撮影したものだった。宙を漂う鉛筆がまた目に浮かんで、その壁画と重なり、ふたたび彼女の声が聞こえた。〝閉じ込められてるのはもう耐えられない……〟そのとき、ぼくの頭に電撃が走った。

宇宙以外にもうひとつ、無重力の場所がある！

階段をしゃにむに駆け上がり、主任室のドアを必死で叩いた。主任は不在だったが、どこにいるのか、なぜかわかった。眼が保管されているあの小部屋へ、ぼくは飛ぶように走った。思ったとおり主任はそこにいて、大きなディスプレイを見ていた。画面の中の彼女は、あの密閉された操縦室で、あの〝宇宙服〟を着ていた。画面は一時停止していた。録画されたものらしい。

「彼女のために来たんだろ」主任はディスプレイを見つめたままで言った。

「どこにいるんですか？」大声でたずねた。

「もう気づいてるんだろう。彼女は、落日6号のパイロットだ」

すべてが腑に落ちた。体じゅうの力が抜けて、ぼくは絨毯にへたり込んだ。

もともと落日プロジェクトは、落日1号から落日10号まで、ぜんぶで十隻を送り出す計画だったが、落日6号の事故で頓挫した。

プロジェクトの基本的な手順は、宇宙センターの他の多くのミッションと変わらない。ひとつだけ違うのは、落日プロジェクトの探査船が宇宙に向かうのではなく、地中に潜るということだ。

最初の宇宙飛行から一世紀半が経ち、人類は反対方向への探検に着手した。落日計画の地中探査船(テラクラフト)は、この新たな探査の最初の試みだった。

四年前、テレビの生中継で、落日1号が発進するところを見た。深夜、トルファン盆地の中央に、太陽のように輝く火球が出現した。火球の光芒(こうぼう)が新疆の夜空の雲をきらびやかな朝焼けの色に染めた。火球が暗くなると同時に、落日1号は地層に潜りはじめた。大地が広範囲にわたって赤く焼かれ、紅蓮(ぐれん)に輝く円の中央は溶融したマグマが沸き立つ湖となり、まばゆく光る波が立っていた。……その夜は、ウルムチから遠く離れていても、探査船が地層を穿(うが)つときに大地から伝わるかすかな振動を感じることができた。

落日プロジェクトの最初の五隻は成功裏に地層航行を終え、つつがなく地表に戻ってきた。中でも、落日5号はそれまでの人類の地層航行の深度記録を塗り替え、地下二千五百キロにまで到達した。落日6号は、この記録の更新を目指してはいなかった。地球物理学によると、地下およそ二千九百キロの深度にはマントルと核(コア)の境界面があり、学術的にはグーテンベルク不連続面と呼ばれている。この境界を抜けると鉄とニッケルが液状化したコアに到達するが、密度は大幅に増大する。落日6号の設計強度では、そのような密度の中を航行することはできない。

落日6号の航行は、はじめは順調だった。探査船はわずか二時間で地殻とマントルの境界——モホロビチッチ不連続面——を通過し、ユーラシアプレートの表面に五時間滞在したのち、マントルの中を千五百キロ以上もゆっくり航行した。

　宇宙旅行は孤独な旅かもしれないが、宇宙飛行士（アストロノート）は果てしない宇宙と壮麗な星野を見ることができる。しかし、地中探査船の地層航行士（テラノート）は、探査船のまわりを上へと移動していく高密度物質を感じるしかない。探査船のホログラフィック後方モニターに映るのは、灼熱（しゃくねつ）のマグマがぎらぎら輝きながら煮えたぎる光景だ。探査船が前進するごとに船尾にはマグマが押し寄せ、探査船が通過したあとの空間を埋めていく。

　ある地層航行士は、目を閉じるといつもマグマが凝集し圧迫してくるのが見えると述懐している。この幻覚から、彼らが上方で厚みを増しつづける巨大な物質の圧迫感をつねに意識していたことがわかる。地上の人間には想像もつかない抑圧が地中探査船のクルーひとりひとりをさいなみ、全員が閉所恐怖症を患った。

　落日6号はさまざまな研究をみごとにやり遂げた。探査船は時速約十五キロで航行している。あと二十時間で目標深度に到達するだろう。しかし、十五時間四十分が経過した時点で警報が鳴った。地層レーダーが探知したところでは、航行中の地層の物質密度が、一立方センチメートルあたり六・三グラムから九・五グラムにとつぜん増加した。物質成分が珪酸（けいさん）塩から鉄ニッケルを主とする金属に変わり、物質状態も固体から液体に変化した。落日6号はそのときまだ深度千九百キロメートルにしか到達していなかったが、残酷にも、すべてのデータが、船がコアに進入したことを告げていた。

　のちに明らかになることだが、このとき落日6号は、不運にも、マントル層に生じた亀裂（きれつ）に遭遇したのだった。この亀裂はコアまで達していたため、高圧で液状化した鉄とニッケルがコアからあふれだし、亀裂に充満していた。この割れ目のおかげで、落日6号は、本来より千キロメートルも浅い深度でグーテンベルク不連続面に出くわすことになったのである。探査船はそくざに方向転換し、この亀裂からの脱出を試みたが、ちょうどそのとき不幸な事故が起きた。

中性子素材で作られた船体は、一平方センチあたり千六百トンも急増した巨大な圧力に耐えた。しかし、地中探査船は、前部の融解エンジン、中部の主船室、後部の推進エンジンの三つの区画に分かれている。探査船の設計限界よりはるかに大きい密度と圧力を持つ液体鉄ニッケル合金の中で方向転換を試みたさい、融解エンジンと主船室の結合部が断裂した。落日6号から送られてきたニュートリノ通信の画面には、船体と分離した融解エンジンが赤く光る液体鉄ニッケルに一瞬で呑み込まれる模様が映っていた。地中探査船前部の融解エンジンは、超高温ジェットを噴射して、前方の物質にトンネルを穿つ。推進エンジンだけでは、落日6号は地中を一メートルたりとも進めない。コアの密度は驚くほど高いが、探査船に使われた中性子素材の密度はもっと高く、液体鉄ニッケル合金が探査船に及ぼす浮力は探査船の自重よりも小さいため、落日6号は地球の中心に向かって沈んでいった。

人類は月に降り立ってから一世紀半もかかって、ようやく土星まで到達した。地中探検においても、同じくらい時間をかけなければ、マントルからコアまで到達できないだろう。ところがいま、地中探査船は誤ってコアに入ってしまった。アポロ時代の月ロケットが針路をはずれて宇宙をさまよいはじめた場合と同様、助かる望みはまったくなかった。

さいわい、落日6号の主船室は頑強で、ニュートリノ通信システムは地上の管制センターと良好な通信環境を保っていた。それから一年にわたり、落日6号のクルーは探査作業を続行し、コアから得た貴重なデータを大量に地上に送りつづけた。

探査船は厚さ数千キロにも及ぶ地層にくるまれている。空気や生命どころか、空間すらない。あるものといえば、炭素を一秒以内にダイヤモンドに変えてしまうほどの圧力を持つ、摂氏五千度の鉄ニッケル合金だけ。ニュートリノしか通過できないほど密度の高いこの物質が落日6号を包み、圧迫しつづけていた。落日6号は、巨大な熔鉱炉の中にいるようなものだった。それとくらべれば、『神曲』の地獄篇さえ天国に思える。こんな世界で、生命にどんな意味があるだろう？　もろくはかないとしか言いようがない。

重い精神的ストレスが、落日6号クルーの神経を毒蛇のように蝕んだ。ある日、眠っていた地質エンジニアがだしぬけに飛び起き、船室の断熱ハッチを開けた。四つある断熱ハッチのひとつだったが、一瞬で熱波が押し寄せ、彼はあっという間に炭になった。船長がべつの船室から飛んできてハッチを閉め、落日6号は消滅を免れたが、そのさい重度のやけどを負った船長は、航行日誌の最後の一ページを書いて息絶えた。

それ以後、この惑星のいちばん深い場所にいる落日6号には、彼女ひとりが残された。いま、落日6号の内部は完全な無重力状態にある。探査船は深度六千三百キロメートルまで沈んだ。そこは地球の最深部であり、彼女は史上はじめて地球の中心に到達した人間だった。

彼女が生きている世界は、床面積が十平方メートルにも満たない蒸し暑い操縦室だけだった。探査船に備えられたニュートリノ通信センサーグラスのおかげで、地上世界との心のつながりはかろうじて保たれている。しかし、この生命線も長くは保たない。ニュートリノ通信装置のエネルギーはまもなく尽きようとしている。現状の残存エネルギー量ではセンサーグラスの超高速データ通信を維持できない。ついに接続が断たれたのは、いまから三カ月前だ。そのときぼくは、あの草原から宇宙センターに戻る飛行機の中にいた。ぼくは彼女の眼をはずし、旅行かばんの中にしまった。

雨のそぼ降る、日の出が見えない草原の朝が、彼女が最後に見た地上の世界だった。

それ以後、落日6号と地上世界のあいだをつなぐのは音声通信とデータ通信だけになった。しかし、ある深夜、この接続さえも断たれ、彼女は永遠の孤独とともに地球のコアに閉じ込められた。

落日6号の中性子素材の船殻は地心の巨大な圧力にじゅうぶん耐えられる。探査船の生態循環システムはあと五十年から八十年は稼働できる。彼女はあの十平方メートルに満たないコアの中の世界で、残りの人生を過ごすことになる。

彼女が地上の世界と最後の別れを告げるようすを想像する勇気がぼくにはなかったが、主任が聞かせてくれた録音は、思いがけないものだった。コアから届くニュートリノ・ビームはとても弱かったが、とぎれとぎれに聞こえる彼女の声はしごく落ち着いていた。

「……送っていただいた最後のアドバイスを受信しました。研究計画に沿って仕事を進めていきます。将来――何世代もあとのことでしょうけれど――コア探査船が落日6号を発見してドッキングし、ふたたびここにだれかが入ったとき、わたしが残したデータが役に立てばいいなと思います。安心してください。わたしはここで生きていきます。この世界にも、もう慣れました。せまいとか、閉じ込められているとか思うことはありません。世界はわたしのまわりにあるんですから。目を閉じれば地上の大草原が見えるんです。わたしが名づけた小さな花々もはっきりと見えます。さようなら」

3 透明な地球

それからの年月、ぼくはいろんな場所に行った。出かけるとかならず地面に横たわった。海南島のビーチで、アラスカの雪原で、ロシアの白樺林(しらかば)で、灼熱のサハラ砂漠で……。地面に横たわると、地球はぼくの中で透明になった。この巨大な水晶玉の中心、六千三百キロメートルの深さに停泊する地中探査船(テラクラフト)落日6号がはっきりと見える。深度六千三百キロメートルの地球の中心から伝わってくる彼女の鼓動を感じることができた。ぼくは金色の陽光と銀色の月光が、この星の中心を照らすのを想像した。彼女がハミングする『月の光』が聞こえてきた。そして、あのやわらかな声も。

「……どんなに美しいかしら。もうひとつの音楽よ」

ある思いがぼくを慰めてくれる。たとえ地の果てまで行こうと、彼女からいま以上に離れることはけっしてない。

地球大砲

プロローグ

資源の枯渇と環境悪化にともない、世界の目は南極に向けられた。突如おもて舞台に躍り出た南米の二大強国が、世界政治の場でもサッカーと同じくらい重要なプレーヤーとなってピッチを支配し、南極条約は紙くずとなった。しかし、人類の理性はべつの面で勝利を得た。世界は核兵器を完全に廃絶するための最終段階に入った。世界から核兵器が減るにつれて、南極大陸争奪戦が熱核戦争にまで発展するリスクもいくらか小さくなった。

1　新固体

巨大な洞窟(どうくつ)の中に入ると、沈華北(シエンホアベイ)は星の見えない夜の暗い平原にいるような気がした。足の下は、核爆発の高温で溶けた岩石が冷えてかたまっているが、断熱効果があるはずの靴底を通してなおも熱が伝わってくるため、沈は足の裏に汗をかいていた。洞窟の奥の壁ではまだ冷えていない部分が赤い輝きを放ち、暗い平原の果てに見える朦朧(もうろう)とした朝陽のように見えた。沈華北の左側を歩いているのは妻の趙文佳(ジャオウェンジア)で、前を行く八歳の息子、沈淵(シエンユエン)は、子どもにとっては重くて動きにくい防護服を着ているにもかかわらず、元気に飛び跳ねている。周囲にいるのは国連の調査隊メンバーで、彼らが着ている防護服のヘルメットに装着されたヘッドランプが暗闇で長い光の柱をつくっている。

最終的な核廃絶のために、二つの方法が採用された。核兵器の解体と、地下での爆発処理。ここは、中国における地下爆発ポイントのひとつだった。

調査隊のリーダーを務めるカヴィンスキーがうしろからやってきた。そのヘッドランプが親子三人を照らし、長い影を落とす。

「沈博士、どうして家族全員で来たんだい？　ピクニック向きの場所じゃないだろう」カヴィンスキーが言った。

沈華北は足を止め、ロシアの物理学者が追いつくのを待った。

「妻は廃棄プロジェクト推進センターの地質エンジニアなんです。息子のほうは、こういうところが好きらしくて」

「うちの子は、おかしなものや極端なことが好きだから」妻の趙文佳が夫に向かって言った。防護服のヘルメット越しにのぞく妻の表情は、沈には心配そうに見えた。

男の子は踊るように飛び跳ねながら言った。「最初、この洞窟はうちの野菜蔵くらいのサイズだったのに、二回爆発してこんなに大きくなったんだよ！　原子爆弾の火の玉がどんなにでかかったか想像してみてよ。たぶん、巨人の赤ん坊がかんしゃくを起こして、泣いたり叫んだり、手足をバタバタさせたりするみたいな騒ぎだよね。すごかっただろうなあ！」

沈華北と趙文佳はたがいに目を見交わした。沈は笑顔だが、趙の表情は不安の色がさらに濃くなっていた。

「坊や、今回は巨人の赤ん坊八人分だぞ！」カヴィンスキーは笑いながら沈淵に向かってそう言うと、今度は沈華北の方を向いた。「沈博士、まさにその件で、ひとつ訊きたいことがある。今回のミッションで、潜水艦発射弾道ミサイル〈巨浪〉八基の核弾頭が爆発処理された。一基あたり十万トン当量。八基の核弾頭はそれぞれ立方体の頂点をなす場所に配置されていた……」

「なにか問題でも？」

「起爆前、核弾頭がかたちづくる立方体の中に、白い球体があった。監視カメラにはっきり映っている」

沈華北はふたたび足をとめると、カヴィンスキーのほうを向いて言った。

「博士、廃棄条約では地下に置くものが足りないことは許されないが、多く置く分には問題ないと理解しています。爆発の当量は五種類の観測方式で確認がとれている。それ以外のことは問題にならないのでは？」

カヴィンスキーはうなずいた。「だから爆発後に訊こうと思ってたんだ。たんなる好奇心だよ」

「〝糖衣〟のことはご存じでしょう」

沈華北の言葉は、洞窟の中のすべてを呪文のように凍りつかせた。全員がぴたっと立ち止まり、あちこちを照らしていたヘッドランプも動きをとめた。会話は防護服の無線通話システムを使用していたので、離れた場所にいたメンバーも全員、沈華北の言葉をはっきり聞いた。しばしの静寂のあと、調査隊のメンバーが集まってきた。さまざまな国籍をもつ彼らは、ほとんどが核兵器研究のエリートだった。

「ほんとうに存在するんですね？」ひとりのアメリカ人が沈華北を見つめて質問すると、沈はうなずいた。

前世紀の半ば、中国初の核実験が成功したと聞かされたとき、毛沢東（もうたくとう）が発した最初の質問は、「核爆発が起きたのか？」だったという伝説がある。毛沢東にそのつもりがあったのかどうかはともかく、これは核心を突く質問だった。

原子爆弾の鍵（かぎ）となる技術は圧縮だ。原子爆弾が爆発するとき、核分裂物質は、自身を包む通常爆薬の爆発力によって超高密度の球体に圧縮され、それが臨界に達すると激しい連鎖反応がはじまり、核爆発が起こる。このすべては百万分の一秒以内に起こる。そのため、核分裂物質にかかる圧力は完璧（かんぺき）に均等でなければならない。わずかな不均衡でも、それによって核分裂物質が臨界に達しない可能性がある。もし臨界に達しないと、その爆発は核爆発ではなく通常の化学爆発になってしまう。核兵器が誕生してから、研究者たちは複雑な数理モデルを使ってさまざまな形状の圧縮爆薬をつくってきたが、近年、また新たな技術で正確な圧縮を実現しようと試みている。〝糖衣〟はその技術的アイデアのひとつだった。

〝糖衣〟とはナノマテリアルの一種で、核爆弾の爆薬を包むために使用される。〝糖衣〟の外側には、さらにもうひとつ、通常の爆薬の層がある。〝糖衣〟にはまわりの圧縮応力を自動的に均等に配分する機能があり、外側の爆薬が炸裂(さくれつ)したときにかかる力がもし均等でなかったとしても、〝糖衣〟に包まれた核分裂物質は正しく圧縮される。

「ビデオに映っていた、八つの核弾頭がつくる立方体の中心の白い球体は、〝糖衣〟で包まれた一種の合金素材です」沈華北(シェンホアベイ)は言った。「この球体は、爆発時に非常に強い圧縮応力を受けたはずです。これは、核兵器廃棄プロセスのあいだにわたしたちが進めている研究の一環です。なんといっても、得がたい機会ですからね。核爆弾がすべて失われてしまえば、これほど巨大な圧縮応力が地球上にふたたび生まれることは当分ない。この巨大な圧力のもとで実験素材がどう変化するのか、いったいなにが起こるのか、われわれはたいへん興味がある。この研究を通して、〝糖衣〟技術の民間転用に明るい未来が開けると期待しています」

国連職員のひとりが口を開いた。

「〝糖衣〟には黒鉛(グラファイト)を包んでおくべきでしたね。そうすれば、爆発のたびに巨大なダイヤモンドが手に入って、莫大(ばくだい)なコストがかかるこの廃棄プロジェクトを黒字にできたかもしれない」

ヘッドフォンから笑い声が聞こえた。理系の素養がない事務系のスタッフは、こういうときいつもジョークのタネにされる。

「ええっと……八十万トン級の核爆発の圧力は……」ある技術系のメンバーが言った。「黒鉛をダイヤモンドに変えるのに必要な圧力にくらべて、何桁(けた)大きいかな」

沈淵(シエンユエン)の子どもらしいかん高い声が、とつぜん、全員のヘッドフォンに響いた。

「この大爆発が生むのはダイヤモンドなんかじゃないよ。教えてあげようか。ブラックホールさ！　小さなブラックホールだ！　ぼくたちはみんなそれに吸い込まれるし、地球もまるごと吸い込まれる！　そして、もっとすてきな宇宙に行くんだ！」

「ははは、坊や、この核爆発の圧力は、それには小さすぎるよ……。沈博士、息子さんの頭の出来は、ほんとうにふつうじゃないね！」カヴィンスキーは言った。「で、実験の結果は？　問題の合金はどうなった？　見つからなくなったんじゃないか？」

「わたしもまだ結果を知らない。行って、見てみましょう」沈華北は前を指さして言った。核爆発はこの巨大な洞窟を幾何学的な球体に変えたため、洞窟の床は小さなすり鉢状の凹みになっている。その鉢の底にあたる中央付近で、いくつかのヘッドランプが動いているのが遠くに見えた。「〝糖衣〟実験プロジェクトのスタッフです」

すり鉢の底まで歩いていくのは、山の長い斜面を降りていくような感覚だった。すると、カヴィンスキーがとつぜん立ち止まり、しゃがみこんで両手を地面につけた。「地下で振動が起こっている！」

ほかのメンバーも振動を感じた。「核爆発に誘発された地震じゃないでしょうね？」

趙文佳（ジャオウェンジア）が首を振った。

「廃棄地点付近の地質構造は何度も調査しています。地震を誘発することはありえません。この揺れは地震ではありません。揺れは爆発後にはじまって、いまもつづいています。鄧伊文（ドンイーウェン）博士が言うとおり、〝糖衣〟実験と関連があるのではないかと。具体的なことはわかりませんが」

すり鉢の中心に近づくにつれて、地層深くから伝わる揺れはますます強くなり、足の裏の感覚が麻痺(まひ)してきた。まるで大地の奥深くにある巨大な車輪が猛烈な勢いで回転しているかのようだった。中心までたどりつくと、そこにしゃがみこんでいた実験チームのひとりが立ち上がった。先ほど趙文佳(ジャオウェンジア)が名前を出した鄧伊文(ドンイーウェン)博士だった。ナノマテリアル原爆圧縮実験プロジェクトの責任者だ。

「なんですか、それは？」沈華北(シェンホアベイ)は鄧伊文が手にしている白く丸いものを指さしてたずねた。

「釣り糸です」鄧博士は言った。彼のまわりで、すり鉢の底に輪を描くようにしゃがんでいるのはプロジェクトのスタッフたちだった。彼らは中心にある小さな穴を覗(のぞ)き込んでいる。穴は、核爆発の熱で溶けたあとまた固まった岩石層に穿(うが)たれている。直径十センチメートルほどの真円で、穴の縁はとてもなめらかだった。鄧伊文は、ボーリングマシンで掘削したようなその円形の穴の中に、手にした釣り糸を少しずつ垂らしているところだった。「ほら、見てください。もう一万メートル以上、糸をくりだしているのに、まだ底に着かない。レーダーで探索したところ、この穴の深さは三万メートル以上あり、さらに深くなりつづけているようです」

「どうやってできたんですか？」だれかがたずねた。

「圧縮された実験合金が地層に穴を穿ったんですよ。海に落とした石が水中に沈むように、地球内部に沈み込んでいる。実験合金が稠密(ちゅうみつ)な地層を通過するさいに生じる衝撃が、地上に揺れとなって伝わってくる」

「すごいな、まるで奇跡だ！」カヴィンスキーは驚嘆の声をあげた。「合金は核爆発の高温で蒸発するだろうと思っていたのに」

「〝糖衣〟に包まれていなければそうなったでしょう」鄧伊文が応じた。「しかし今回は、合金が蒸発する前に、〝糖衣〟が爆発による圧力を均等に再配分した。その結果、物質の新たな形態が生まれたんです。固体を超えた物質という意味では〝超固体〟という名前がふさわしい気がしますが、その名で呼ばれる物質はすでに存在するので、ここでは〝新固体〟と呼ぶことにしましょう」

「つまり、地球の地層にとって、その〝新固体〟の密度は、水にとっての石ぐらい大きいと？」

「それよりもずっと大きな差があります。石が水中に沈んでいく主な理由は、水が液体だからです。水が氷になると密度はいくらか小さくなりますが、氷の上に石を置いても、石が氷の中に沈んでいくことはありません。しかし、新固体物質は、固体の岩の上に置いても、岩の中に沈んでいきます。驚くほど密度が高い」

「つまり、中性子物質みたいなものになった？」

鄧伊文は首を振った。

「正確な密度はまだ測定できていませんが、フェルミ縮退を起こしている中性子星内部の物質とくらべてかなり密度が小さいことは、地層の中に沈んでいく速度を見ればわかります。もしほんとうに中性子物質だったら、沈む速度は隕石が大気圏を貫く速度と同じくらいになって、火山の噴火や大地震を招くでしょう。通常の固体と縮退物質との中間に位置する物質形態だと思いますね」

「地球の中心まで沈んでいくの？」沈淵がたずねた。

「たぶんそうなるだろうね。ある程度まで沈んで、地殻の岩石層やマントル層を抜けると、液状の外核に到達する。そうなれば、もっと沈みやすくなる！」
「すごいね！」

ほかのみんなが穴に気をとられているあいだに、沈華北(シエンホアベイ)一家三人はこっそりその場を離れ、暗闇の中を歩いていった。足もとの地面の揺れをべつにすれば、そこはとても静かで、ヘッドランプの光もすぐに暗闇に呑(の)み込まれてしまう。自分たちが果てしない虚空にいる抽象的な存在になってしまったかのようだった。三人は無線のチャンネルをプライベートに設定し、沈淵(シュンユエン)はそこで、一生を左右する選択をした。この先、父親と暮らすか、それとも母親と暮らすか。

沈淵の両親は、離婚よりも悪い状況にあった。父親は白血病の末期だった。自分が専門としている原子力工学と関係があるのかどうか、沈華北自身にもわからないが、あと半年も生きられないことはわかっていた。しかし、さいわいなことにいまは人工冬眠技術が成熟している。沈華北は、白血病を治癒する医療技術が登場するまで冬眠して待つことにした。沈淵は父といっしょに冬眠して、同時に目覚めることも可能だし、このまま母と暮らしつづけてもいい。さまざまな角度から考えると、やはり後者が賢明な選択のようだが、まだ子どもである沈淵にとって、父親といっしょに未来に行くという選択には抗(あらが)いがたい魅力があった。そのため、沈華北と趙文佳(ジャオウエンジア)はいままた、息子を自分の側につけようと説得を試みていた。

「母さん、ぼくは母さんといっしょに残るよ。父さんと眠るのはやめる！」沈淵は言った。

「やめるの？」趙文佳は有頂天で言った。

「うん、未来に行かなくても、いまがじゅうぶんおもしろいと思うから。さっきの地球の中心に沈んでくやつとか。おもしろいよね！」

「決めたのか？」沈華北がたずねると、趙文佳は夫をにらんだ。子どもがまた意見を変えるのを心配しているのだ。

「もちろん！　ぼく、あの穴見てくるよ！」沈淵はそう言うと、ヘッドランプの群れが輝いている鉢の底のほうへ走っていった。

趙文佳は息子の背中を見ながら、不安そうに言った。

「わたしにあの子がきちんと育てられるかしら。ほんとうにあなたとよく似てる。一日じゅう夢の中で生きてるみたい。あの子には未来のほうが合ってるのかも」

沈華北は妻の肩を抱き寄せた。

「未来がどうなるかなんて、だれにもわからないよ。ぼくに似てるのはダメなのかい？　夢を見るのが好きな人間もいるんだよ」

「夢の中で生きることは怖くない。だからわたしはあなたを愛したんだもの。でも、あの子のべつの一面を知らないわけじゃないでしょ。学校で、同時に二つのクラスの学級委員長になったのよ！」

「それはぼくもさっき知ったよ。いったいどんな手を使ったんだろう」

「あの子の権力欲はナイフのように鋭いの。しかも、それを実現する能力と手段を持っている。

あなたとはそこがぜんぜん違う」

「そうだね。二つの性質は正反対なのに、いったいどうやってそれがひとつに融合してるんだろう」

「その融合が将来なにを引き起こすか、それが心配なのよ」

そのとき、子どもの影はすでに、遠くのヘッドランプの群れの中に溶け込んでいた。二人は視線を戻し、ヘッドランプを消して、完全に闇にまぎれた。

「いずれにしても、人生はつづく」沈華北は言った。「ぼくが待っている医療技術は、来年実現するかもしれないし、一世紀かかるかもしれない。もしかしたら……永遠に現れない可能性もある。きみはあと四十年は生きられる。ひとつだけ、願いを聞いてくれ。いまから四十年後、もし技術が実現していなくても、かならずぼくを起こしてくれ。きみとあの子にもう一度会いたい。これを永遠の別れにしないでほしい」

暗闇の中で、趙文佳はさびしげに笑った。

「未来に行って、おばあさんになった妻と、あなたより十歳も年上の息子に会うの？　でもそうね、あなたの言うとおり、人生はつづく」

彼らは核爆発が形成した巨大な洞穴の中で、いっしょにいられる最後の時間を黙って過ごした。沈華北はあした、夢を見ない長い眠りに入る。趙文佳は夢の中で生きている子どもといっしょに、予測のつかない人生という道を、未知の未来に向かって歩むことになる。

2　蘇生

沈華北はまる一日かけて目覚めた。意識が戻りはじめたとき、世界は真っ白な霧のようだった。十時間後、霧の中からぼんやりした影が現れた。それも白かった。さらに十時間が過ぎ、ようやくその影が医師と看護師だと見分けられるようになった。人工冬眠中の人間は、時間経過の感覚がまったくない。そのため、沈華北は、眠っていたのはこの朦朧とした一日だけと思った。自分が意識を失ってすぐ、冬眠システムになにか不具合があったのだろう。視力がさらに回復してくると、沈華北はあらためて病室を見渡した。まわりはごくふつうの白い壁で、壁の照明からやわらかい光が投げかけられている。見慣れた感じのする部屋だ。やはり、システムの不具合にちがいない。しかしすぐに、自分がまちがっていたことがわかった。病室の白い天井がとつぜん青く光り、白い文字が浮かんだのだ。

おはようございます。お客さまの冬眠サービスを担当していたアース生命低温保存株式会社が２０８９年に倒産したため、サービスはすべてグリーンクラウド社に移管されました。お客さまの冬眠ナンバーはＷＳ３６８２００４０２―１１８です。アース生命との契約に基づくすべての権利が保障されています。治療プログラムはすでに終了し、お客さまのあらゆる疾病は覚醒前にすべて完治しました。グリーンクラウド社はお客さまの新しい人生をお祝い申し上げます。

冬眠時間は74年5カ月7日13時間でした。費用の超過はありません。

本日は、2125年4月16日です。わたしたちの時代へようこそ!


さらに三時間経つと、聴力がじょじょに回復し、言葉もしゃべれるようになった。沈華北(シェンホアペイ)は、七十四年の眠りから醒(さ)めて最初のひとことをつぶやいた。

「妻と息子は?」

ベッドサイドに立っていた、痩(や)せて背の高い女医が折りたたんだ白い紙を渡した。

「沈さん、これは奥さまからのお手紙です」

わたしの時代にはもう紙に手紙を書く人なんかほとんどいなかった……そう思ったが口には出さず、沈華北はいぶかしげな目で医者を一瞥(いちべつ)した。しかし、まだ感覚が戻りきっていない手でその紙を広げると、自分が時を超えた二つめの証拠が現れた。紙は真っ白だったが、すぐに青い光が上から順に文字を綴(つづ)りはじめ、たちまちページを埋めたのである。

冬眠に入る前、沈華北は何度となく想像をめぐらせて、目覚めたとき、妻はいったいどんな言葉をかけてくれるだろうと考えていたが、手紙の内容は彼のもっとも大胆な想像すら超えていた。


愛する華北。あなたはいま、危険のまっただなかにいる。

あなたがこの手紙を読むころ、わたしはもうこの世にいない。あなたにこの手紙を渡したのは郭（グオ）先生。信頼できる人よ。もしかしたら、この世界であなたが信頼できるただひとりの人かもしれない。彼女の指示にしたがってください。

約束を破ったことを許して。わたしはあなたを四十年後に覚醒させなかった。わたしたちの淵（ユエン）は、想像を超えた人間になってしまった。あの子はあなたには想像もできないようなことをしてしまったの。母親として、あなたに顔向けができない。胸が張り裂けそう。わたしの人生は無駄だった。どうか、お元気で。

「息子は？　沈（シエン）淵は？」沈華北はやっとのことで上半身を起こしてたずねた。

「五年前に死にました」医師の答えは冷淡そのものだった。その情報が父親の心にどれほどの傷を与えるかなど、まるで気にかけていない。そのことに気づいたのか、郭医師は慰めるようにつけ加えた。「息子さんは七十八歳まで生きました」

郭医師は一枚のカードをポケットから出して沈華北に手渡した。

「あなたの新しいＩＤカードです。そこに保存されているデータはすべて手紙に書いてあります」

沈華北は何度も紙をたしかめたが、そこには趙文佳（ジャオウエンジア）の短いメッセージ以外、なにも書かれていなかった。紙を裏返したとき、折り目の部分から波紋のようなものが浮かんだ。彼の時代のもので言うと、液晶ディスプレイを指で押したときのような現象だった。郭医師はその紙をとって、右下の角を押した。すると、紙に表示されていた画面が一枚めくれて、スプレッドシートが現れた。

「ごめんなさい。植物の繊維でつくる本物の紙はもう存在しないの」

沈華北（シェンホアベイ）はもの問いたげな表情で医師を見上げた。

「森はもうなくなってしまった」医師は肩をそびやかせて言うと、スプレッドシートのデータをひとつずつ指さしながら説明した。「あなたのいまの名前は王若（ワンルオ）。二〇九七年生まれで、両親はすでに他界。親戚（しんせき）はだれもいない。生まれはフフホトだけど、現在の居住地はここ――寧夏の辺鄙（へんぴ）な山村。見つけられた中ではベストの場所よ。ここならだれにも気づかれない。……でも、そこに行く前に、整形しなきゃいけない。それと、なにがあろうと、息子さんのことはだれにも話してはいけない。興味があるような態度を示すのもダメ」

「でもぼくは北京生まれで、沈淵（シェンユエン）の父親だ！」

郭（グオ）医師は立ち上がり、また冷淡な口調で言った。

「もし外でそんなことを言ったら、人工冬眠もせっかくの治療もすべて無駄になる。一時間と生きていられないから」

「いったいなにがあったんだ？」

医師は笑って言った。「この世界でそれを知らないのはたぶんあなただけね。……さあ、急がないと。まずはベッドから降りて歩く訓練をしましょう。できるだけ早くここを離れなくては」

まだ訊きたいことはあったが、そのときとつぜん、ドアに体当たりする大きな音が響いた。

ドアが荒々しく突き破られ、雪崩れ込んできた六、七人の人間が沈華北のベッドを囲んだ。彼らは年齢も着ている服もさまざまだった。共通点は、おかしな帽子をかぶるか持つかしていること。昔の農民が農作業中にかぶっていた麦わら帽子のように、肩幅くらいまである丸いつばがついている。もうひとつの共通点は、全員が透明なマスクをつけていることだった。何人かは、病室に入ったところでそれを外していた。彼らはそろって暗い顔で沈華北を見つめた。

「これが沈淵の父親か?」そうたずねたのは、いちばん年長に見える、長く白い髭を生やした男だった。八十歳を超えているように見える。医師の返事を待たず、男はまわりに向かってうなずくと、「息子に似ている」と言った。それからまた郭医師のほうを向いて、「先生、あんたはもう、この病人に対する責任を果たした。この男はもう、われわれのものだ」

「ここにいることがどうしてわかったんですか?」郭医師は冷静にたずねた。

老人の返事を待たずに、病室の片隅にいた看護師のひとりが言った。「あたしよ。あたしが連絡した」

「病人を密告したのね?」郭医師はふりかえって看護師をにらみつけた。

「ええ、喜びいさんでね」看護師はそう言うと、美しい顔を歪めて悪辣な笑みを浮かべた。

ひとりの青年が沈華北の服を摑んで、ベッドから床に引きずり落とした。まだ体に力が入らない沈が床で動けずにいると、若い女性が腹を蹴った。尖った靴の先が腹にめり込み、沈は激痛でエビのように体を折り曲げた。白髭の老人が沈の襟を摑んでひっぱり、竹竿を地面に立てるようにして床に立たせようしたが、無理だとわかって手の力をゆるめた。あおむけに倒れた沈は床に後頭部を打ちつけ、目の前に火花が散った。だれかが話す声が聞こえた。

「ざまあみろ。あの畜生が社会につくった借りを、ちょっとは返してもらったぞ」

「あんたたちはだれなんだ？」沈華北は力なくたずねた。床に倒れたまま仰ぎ見る彼らの姿は、凶悪な巨人たちのようだった。

「少なくともわたしのことは知っているはずだ」と言って白髭の老人が冷たい笑みを浮かべた。下から見上げると、とても奇異な顔に見えて、沈はぞっとした。「鄧伊文の息子、鄧洋だ」

懐かしい名前を聞いて、沈華北ははっとした。体の向きを変えて老人のズボンの裾を摑むと、興奮に声を大きくした。

「きみのお父さんはぼくの同僚で、親友だった。洋くんは息子のクラスメートだった。忘れたのか？　まさか、きみが鄧伊文の息子？　ほんとうに信じられない、あのとき……」

「その汚い手を離せ！」鄧洋が叫んだ。

沈を床に引きずり落とした男がしゃがみこみ、凶悪そうな顔を近づけて言った。

「よく聞けよ、きさま。冬眠してるあいだは年をとらないんだ。この人は、いまはおまえより年長だ。目上の人間への礼儀を忘れるな」

「もし沈淵がまだ生きていたら、おまえの父親と言ってもおかしくない年齢だな！」鄧洋が大声で言うと、みんな大笑いした。すると鄧洋は、まわりの人間をひとりずつ指さしながら説明しはじめた。「彼は四歳のときに両親をコア断裂事故で亡くした。彼女の両親はボルト落下災害の犠牲になった。彼女は当時まだ二歳だった。ほかの連中は、全財産を投資して、一文なしになったとわかった時点で、自殺を試みたり、精神を病んだりした人間たちだ……わたしは、クソ野郎に騙(だま)されて、青春と才能のすべてをあのいまいましいプロジェクトに捧(ささ)げてしまったおかげで、いまでは世間からつまはじきにされている！」

　床に横たわったままの沈華北は途方に暮れて首を振り、さっぱり事情がわからないことを身振りで伝えた。

「これは裁判だ。原告はわれわれ、南極裏庭化プロジェクトの被害者だ。この国のすべての人民が被害者だが、この場であんたを裁く喜びはわれわれが独占させてもらう。本物の法廷は、もちろんこんなに簡単じゃない。実際、あんたの時代の裁判よりもっと複雑だ。だから、あんたを本物の法廷に引き渡すつもりはない。裁判所と弁護士とで一年もごちゃごちゃやったあとに無罪が言い渡されるかもしれんからな。あんたの息子のように。われわれは本物の審判を下す。一時間後、刑が執行されるときには、七十年前に白血病で死んでいたらどんなにしあわせだったか思い知るだろう」

　周囲の人々が、また声を揃えてヒヒヒと笑い、そのうちの二人が左右から沈華北の脇を抱えて、病室の外へと引きずっていった。沈は両足に力が入らず、抗う気力もないまま運ばれていった。

「沈さん、わたしもできるだけのことはしたのよ」病室を出るとき、郭(グオ)医師が沈華北に声をかけてきた。この冷酷な時代にあって信頼できるただひとりの人だと妻が保証した人物の顔を最後にもう一度だけ見たかったが、床を引きずられているのでふりかえることもできず、声だけを聞いた。「でも、あまり悲しまないで。この時代、ただ生きることさえ簡単じゃないんだから」

病室の外に出たところで、医師の大声が響いた。

「早くドアを閉めて。空気清浄機を〈強〉にしてちょうだい。窒息させるつもり？」沈の運命にはもう明らかに関心がないような口ぶりだった。

病棟を出たとき、医師の言葉の意味がわかった。空気には鼻を刺すようなにおいが充満し、ほとんど呼吸ができない。病院の廊下を引きずられて建物の玄関までやってくると、沈の両脇を抱えていた二人が今度は腕を肩に担いで沈を立たせ、両側から支えて歩き出した。建物の外に出ると、沈はほっとした気分で深呼吸したが、想像していたのと違って、入ってきたのは新鮮な空気ではなく、病院の中よりもさらに濁った、むせ返るように濃密な気体だった。肺が熱くなり、激しい咳が止まらなくなる。咳で窒息しかけたころ、横から声が聞こえた。

「呼吸フィルムをつけてやれ、じゃないと刑を執行する前に死んじまうぞ」

すると、べつの人間が沈の口と鼻を覆うようになにかを装着した。いやな臭いが別のいやな臭いに変わっただけだが、少なくともスムーズに呼吸できるようになった。またまだれかの声が聞こえた。

「防護ハットはいらないだろう。こいつが生きてるあいだに、紫外線で二度めの白血病になる心配はないからな」

その言葉を聞いて、ほかの人々が悪意のこもった笑い声をあげた。呼吸困難で涙が出ていた目がどうにか見えるようになり、息が落ち着くと、沈は顔を上げて、未来の世界をはじめて見渡した。

まず、道行く人々の姿が目に入った。みんな、呼吸フィルムと呼ばれる透明なマスクと、防護ハットと呼ばれるつば広の大きな帽子をかぶっている。気温はかなり高いが、だれもが長袖(ながそで)に長ズボンで、肌を出している人はいない。次に、まわりの景色を見た。そこはまるで深い谷の中のようだった。雲を衝(つ)く高層ビル群が切り立った山をなしている。雲を衝くというのは言葉のあやではなく、すべてのビルのてっぺんが灰色の雲の中に消え、そのうしろにぼんやりしたハレーションとなって浮かぶ太陽がビルの隙間から見えた。陽光の手前を黒い靄(もや)がよぎるのを見て、沈はようやく、空を覆っているのが雲ではなく煙塵(えんじん)だと気づいた。

「すごい時代だと思わないか？」鄧洋(ドンヤン)がそう言うと、こんなに楽しいことは久しぶりだというように、仲間たちが大声で笑い出した。

沈は、そう遠くない場所に駐車されていた車まで運ばれてきた。以前の自動車といくらかかたちが変わっているものの、車だということはひと目でわかった。大きさは昔のマイクロバスくらいで、全員が座れるサイズだった。そのとき、二人の人間が彼らを追い越し、向こうのほうへ歩いていくのが目に入った。二人ともヘルメットをかぶっている。着ているものは昔とはかなり違うものの、その職業は見違いようがない。沈は二人に向かって大声で叫んだ。

「助けてください！　誘拐されたんです！　助けて！」

二人の警官がさっとふりかえり、こちらに走ってきた。沈の患者着に目をやり、両足がはだしなのを確認すると、片方が質問した。

「冬眠から目覚めたばかりのかたですか？」

沈華北（シェンホアベイ）は弱々しくこっくりした。「この人たちに誘拐されたんです……」

もうひとりの警官がうなずいて言った。「最近よくあるんですよ。このところ冬眠から目覚める人間が多くてね。そのケアに多くの社会保障コストが割かれていることから、しばしば敵視されたり攻撃されたりする」

「そういうことじゃなくて……」と沈華北は言いかけたが、警官は手を振ってさえぎった。

「だいじょうぶ、もう安全です」それから鄧洋（ドンヤン）たちのほうを向いて、「この人はどう見てもまだ治療が必要だ。あんたたちのうちだれか二人がつきそって、病院へ送り届けなさい。彼が同行して状況を調べます。そののち、あなたたち七人を誘拐の現行犯で逮捕します」そう言うと、腕を上げて通信機で救援を呼ぼうとした。

鄧洋は警官に駆け寄り、それを制止した。

「ちょっと待ってください。われわれは冬眠者を迫害する暴徒ではありません。彼をよく見てください。見覚えありませんか？」

二人の警官は、よく見えるように呼吸フィルムをしばらく外して、沈華北をじっくり観察した。

「この人は……もしかして米西西（ミーシーシー）か！」

「米西西じゃない。沈淵（シェンユエン）の父親です！」

警官二人は目を見開き、まるで幽霊でも見たかのように鄧洋と沈華北にかわるがわる視線を注いだ。コア断裂事故の孤児が警官二人を少し離れた場所に連れていき、なにやら小声で話しはじめた。話を聞いているあいだ、警官たちは沈華北のほうをちらちらふりかえり、そのたびに目つきが変わっていった。最後に沈を見たその目で、彼らも鄧洋の仲間になったことを悟り、沈華北は絶望にかられた。

警官は戻ってきたが、沈を一瞥することもなく、ひとりがそのまま周囲を警戒する見張り役になり、もうひとりが鄧洋の前までやってくると、声を低めて言った。

「われわれは見なかったことにします。絶対に気づかれないようにしてください。じゃないと大騒ぎになりますから」

沈華北が恐怖を感じたのは、警官の話の内容のみならず、彼が話をするときの態度だった。まるで沈華北が生命のない置物ででもあるかのような口ぶりで、彼に話を聞かれることをまったく気にしていなかった。

沈が車に押し込まれ、つづいて全員が乗り込んできた。車が走り出すと同時に、窓ガラスが不透明になった。車は自動運転で、運転手はおらず、操縦レバーのようなものも見当たらなかった。だれも口を開かない。息がつまるような沈黙を破るためだけに、沈華北は口を開いた。

「米西西って？」

「映画俳優よ」となりに座っている、ボルト落下災害の遺族が言った。「あんたの息子を演じて有名になった人。沈淵と宇宙人ホラが、いまのメディアの二大悪役」

沈華北（シェンホアベイ）はもじもじと体を動かし、彼女とのあいだに隙間をつくろうとしたが、その拍子に腕が窓ガラスの下にあるボタンを押してしまい、ガラスが一瞬で透明になった。外に目を向けると、車は巨大で複雑な環状陸橋を走っているところだった。陸橋の上は車で埋まり、車間距離は二メートルもなさそうに見える。この景観が恐ろしいのは、車が渋滞しているわけではなく、渋滞しているときにしかありえない車間距離にもかかわらず、すべての車が猛スピードで走っていることだった。おそらく、時速百キロ以上だろう。そのため、環状陸橋はいかれたルーレットのように見える。沈たちの車は、ぞっとするような速度で道路の合流点にさしかかり、車の流れを無視して車線を変更しはじめた。ほかの車にぶつかると思ったそのとき、車の列にちょうど一台分の隙間ができて、彼らの車を迎え入れた。よく見ると、合流しようとする車一台ごとに同じような隙間ができて、その車を吸収している。動きがあまりにも速くてなめらかなので、二つの車線がひとつに溶け合っているかのようだ。この車が自動運転なのはわかっていたが、すべての車が人工知能に制御されているおかげで、道路の利用率が極限まで高まっているらしい。

うしろからだれかが手を伸ばし、窓をまた暗くした。

「なにがどうなっているのか、ぼくにはさっぱりわからない。そんな状態のまま、ぼくを殺す気なのか？」沈華北はたずねた。

フロントシートに座っていた鄧洋（ドンヤン）がふりかえって沈を一瞥すると、めんどくさそうに言った。

「では、簡単に説明しよう」

3　南極裏庭化プロジェクト

「想像力が豊かな人間は、たいていの場合、現実社会ではほとんど無力だ。反対に、歴史を左右するような実社会の強者は、その多くが想像力を欠いている。あんたの息子は、豊かな想像力がありながら実社会で強大な力を持つという、歴史上希有（けう）な人物だった。彼にとって、現実とは、幻想の大海原に浮かぶ孤島でしかなかったが、もし望めば、いつでもその関係を逆転させて、幻想を小島に、現実を大海に変えることができた。その両方の海において、彼はもっとも優秀な船乗りだった……」

「息子のことはわかっている」沈華北は鄧洋の話をさえぎった。「そんな話で時間を無駄にしないでくれ」

「しかし、沈淵（シエンユエン）が実社会でどこまで成り上がったか、あんたには想像もつかないだろう。あいつは大きな権力を手に入れて、自分のもっとも野放図な妄想を実現できるようになった。残念なことに、社会はそのリスクにすぐには気づけなかった。もしかしたら、歴史には彼のような人間がほかにもいたかもしれない。しかし、彼らはみな、地球をかすめ去る小惑星のように、この世界で自分の能力を解放することがないまま、茫漠（ぼうばく）たる宇宙の彼方（かなた）に消えていった。あんたの息子は不幸な例外だった。歴史は彼に、いかれた妄想で災厄を引き起こすチャンスを与えたんだ。

あんたが冬眠に入った五年後のことだ。南極大陸をめぐる争奪戦はとりあえずの決着を見た。南極大陸は全世界が共同開発すると定められたが、大国はこの協定を巧妙にかいくぐって、広いエリアを自分たちの排他的経済特区として奪いとった。こうした国々は、南極大陸にある自国の経済特区を繁栄させて、そこからすみやかに資源を採取しようとした。大国にとってそれは、環境問題と資源の枯渇がもたらした経済的衰退から抜け出す唯一の希望だった。〝未来は地球の底にある〟が当時のスローガンだった。

あんたの息子があのいかれた構想を打ち出したのは、ちょうどそのころだった。その構想が実現すれば、南極大陸を中国の裏庭にできる。北京から南極へ行くのは、北京から天津に行くより簡単になる。これは比喩(ひゆ)じゃない。れっきとした事実だ。所要時間も天津に行く場合より短く、エネルギーコストも、移動がもたらす汚染も、天津に行く場合より少なくて済む。テレビであの有名なスピーチがはじまると、全国の視聴者はみんなコメディを見ているみたいに大笑いしたが、ほどなく笑い声がやんで静かになった。その構想に可能性があると気づいたからだ。これが南極裏庭化構想の原点だ。そして、その構想に基づいて、のちに、あの大災害とも言うべき南極裏庭化プロジェクトがスタートした」

そこまで言うと、鄧洋(ドシャン)はなぜか黙りこくった。

「それでどうしたんだ？　南極裏庭化構想とはなんなんだ？」沈華北(シェンホアベイ)がせっついた。

「すぐにわかる」鄧洋は冷たく言った。

「じゃあ、これだけは教えてくれ。そのすべては、ぼくとなんの関係がある？」

「簡単な話だ。あんたは沈淵（シェンユエン）の父親だ」

「血統論（血筋や出身家庭で政治的な立場が決まるという考え方。出身血統主義。文化大革命当時、中国共産党が唱導した）がまた流行しているのか？」

「もちろんそうじゃない。しかし、あんたの息子の言葉どおり、このプロジェクトに関しては、親子の縁が大きな意味を持つ。あいつが世界的に有名になったとき、はっきりこう公言したんだ。自分の思想と人格のほとんどは八歳までに父親の影響で形成された。それ以降は、ただ細かい知識を補ったに過ぎない。そればかりか、南極裏庭化構想を最初に考えついたのは父親だとも言っている」

「なんだって？　ぼくが？　南極……裏庭化!?　それじゃまるで……」

「最後まで聞くんだ。あんたは南極裏庭化プロジェクトの技術的基盤も提供している」

「なんの話だ？」

「もちろん、新固体素材だ。あれがなければ、南極裏庭化構想などただの寝言にすぎなかった。しかし、あれがあったから、いかれた妄想はすぐに現実になった」

沈華北は困惑して首を振った。あの超高密度の新固体素材がどうやって南極大陸をこの国の裏庭にするというのだろう。まったく想像もつかなかった。

そのとき、車がとまった。

4　地獄の門

車を降りると、前方に、錆(さ)びた鉄の色をした奇怪な山が見えた。山肌は禿(は)げて、草木一本見当たらない。鄧洋(ドンヤン)は山のほうにあごをしゃくり、「あれは鉄の山だ」と言った。沈華北(シェンホアベイ)のけげんそうな顔を見て、もうひとことつけ加えた。「大きな鉄だ」

あたりを見まわすと、鉄の山は近くにいくつかあった。奇怪な色彩が広い平原に忽然(こつぜん)と現れ、エキゾチックな景色をつくりだしている。

なんとか歩ける程度に体力が回復した沈華北は、彼らのあとについて、少し離れたところにある大きな建築物に向かってよろよろと進んでいった。かたちは幾何学的な円柱で、高さは百メートルを超え、表面に光沢がある。ドアや窓はどこにも見当たらない。近づくと、重い鉄の門が音をたてて開き、入口が現れた。一行が通過すると、背後で門がぴたりと閉ざされた。

薄暗い明かりのもと、周囲を見まわして、密閉されたキャビンのような場所にいることがわかった。なめらかな白い壁には宇宙服みたいな防護スーツがずらりと並んでいる。一行は、ひとりずつそれを手にとって着はじめた。沈も二人に手伝ってもらって防護スーツを着た。着ているあいだにあたりを観察すると、正面にはぴったり閉まった扉があり、その上にある赤いランプが点灯している。ランプの横のモニターには気圧とおぼしき数字が表示されている。重いヘルメットをかぶり、ストラップを締めると、フェイスプレートの右上に透過型のディスプレイ・エリアが現れた。数字と図形がめまぐるしく変化している。防護スーツ内部のさまざまなシステムをチェックしているらしい。次に、ウォンウォンという低い音が外から響いた。なんらかのシステムが起動したようだ。すると、正面の扉の上のモニターに表示された気圧の数値がすぐに減少し、三分ほど経つとゼロになった。となりの赤いランプが緑に変わり、扉が開く。扉の向こうに、この密閉された建築物の真っ暗な内部が見えた。沈華北の予測が証明された。この部屋は、空気のあるエリアと真空のエリアとの往き来を可能にするエアロック室だ。だとすれば、この巨大な円柱の内部は真空だろう。

一行がエアロックを抜けると、背後で扉が閉じられた。彼らは漆黒の闇の中にいた。何人かがスーツのヘルメットについているランプを点けた。暗闇に光のすじが現れたが、遠くまでは見渡せない。沈華北は既視感に襲われ、背すじにさむけが走った。正体のわからない恐怖を感じる。

「前に進め」

イヤフォンから鄧洋の声が響いた。ヘッドランプの光が前方の小さな橋を照らしている。橋の幅は一メートルもないくらいだが、暗闇の中へと延びているため、長さはよくわからない。橋の下は漆黒の闇だった。沈華北は震える足で橋の上を歩きはじめた。防護スーツの重い靴が薄い鉄板でできた橋の表面を踏むたびに、ぺこんぺこんとうつろな音がする。数メートル歩いたところでふりかえり、うしろの人たちがついてきているかどうかたしかめようとしたが、その瞬間、すべてのヘッドランプが消えて、なにもかも暗闇に呑み込まれた。だがそれはほんの数秒のことで、だしぬけに橋の下から青い光が放たれた。沈(シェン)がふりむくと、橋の上にいるのは自分だけで、ほかの人々は全員、橋のたもとに集まってこちらを見ていた。下から青い光に照らされ、彼らの姿は亡霊のように見えた。橋の手すりを支えに下を見て、沈華北(ホアベイ)は体じゅうの血が凍りつくような恐怖に鷲掴(わしづか)みにされた。

　彼は、深い穴の上に立っていた。

　穴は直径約十メートル。穴の内壁には一定の間隔を置いてぐるりとまるく照明が設置され、それがつくる光の輪が闇の中で穴の深さを示している。沈が立っているのは、その穴を横断するように架けられた橋の中央だった。そこから見ると、穴は底が見えないほど深い。壁の照明がつくる光の輪が下に向かって少しずつ小さくなり、最後は点になっていた。まるで、青い光を発する大きな標的を真上から見下ろしているかのようだ。

「いまから判決を言い渡す。息子が犯したすべての罪を償え！」鄧洋(ドンヤン)は大声でそう叫ぶと、口の中でなにかつぶやきながら、橋のたもとにあるハンドルを回しはじめた。「浪費されたわが青春と才能のために……」

　橋が少し傾き、沈華北は反対側の手すりを掴んでなんとか体のバランスを保った。次に、コア断裂事故の孤児が鄧洋と場所を交代し、力を込めてハンドルを回しはじめた。

「溶けてしまった父と母に……」橋の傾斜がさらに大きくなった。

　次にハンドルを握ったのはボルト落下事故の孤児だ。怒りに満ちた目で沈華北をにらみながら、彼女は力いっぱいハンドルを回した。

「蒸発した父と母のために……」

破産して自殺を試みた男が、ボルト落下事故の孤児からハンドルを奪いとった。

「おれの金と、ロールス・ロイスとリンカーン、海辺の別荘とプールに、あの失われた日々のために。それから、救済物資を受けとるため、寒い街角で並んでくれた妻のために……」

橋の傾斜は九十度になり、沈華北は上の手すりを摑んで、下の手すりに座るようなかっこうになった。

全財産を失い心を病んだ男が突進してきて、自殺未遂の男といっしょにハンドルを回した。心の病がまだ癒えていないのか、なにも言わず、ただ穴を覗いて笑っている。橋は完全に裏返しになった。沈華北は両手で手すりを摑んで底なしの井戸の上にぶら下がった。

状況とは反対に、恐怖はいくらかやわらいでいた。足の下にある底なしの地獄の門を見下ろしていると、長くない一生が走馬灯のように脳裡をかすめていった。幼少期と少年時代は灰色の日々だった。楽しかったことや幸福な記憶はあまりない。社会に出て、学界で成功し、〝糖衣〟技術を発明したが、それでも実生活が彼を受け入れてくれることはなかった。人間関係がつくる蜘蛛の巣の中でもがき苦しみ、もがけばもがくほど窮屈にからめとられた。本物の愛情も味わったことがない。結婚は、しかたなくしただけで、永遠に子どもはいらないと決心したとき、妻が子どもを授かった……。沈華北は、自分の思考や夢の世界に生きる人間で、多くの人と馴染めない、いわゆる変人だった。ほんとうの意味で友人の輪に溶け込めたためしがなく、いつも仲間から離れて孤独に日々を過ごしていた。つねに流れに逆らって舟を漕ぎつづけているようなものだった。未来に希望を託していたが、これが未来なのだ。妻はすでにこの世を去り、息子は人類共通の敵となり、都市は汚染され、歪んだ恨みを抱えた人々に囲まれている。自分が目覚めたこの時代と、自分自身の人生とに対する失望に、彼は押し潰されそうになっていた。どうせ死ぬならすべての事情を知ってからにしたいと前は心に決めていたが、そんなことはもうどうでもよくなった。彼は疲れ切った旅人で、唯一の望みは死の休息だった。

穴のまわりの人々が歓声をあげるなか、沈華北は両手を離し、青い光を発する運命の標的に向かって落ちていった。

目を閉じて落下の無重力に身をゆだねていると、体が透明になっていくような気がした。それとともに、存在の耐えられない重みも消えていく。人生の最後の数秒間、とつぜん、ある歌が聞こえた。それは父に教わった古いソ連の歌で、冬眠する前の時代、すでに歌える人がいなくなっていた。その後、客員研究員としてモスクワに行き、そこで同じ歌を知る心の友を得られるかと思ったが、この歌を知っている人はロシアにもいなかった。そのため、その歌は彼自身の歌となった。穴の底に着くまでの時間で、一節くらいは心の中で歌えるだろう。魂が体を離れても、べつの世界でこの歌を歌いつづけるだろう。……知らず知らず、リズムのゆったりしたその歌を心の中で半分ほど歌い終えていた。かなり時間が経ち、ふいにはっと悟った。目を開けると、青い光の輪を次々に通過していた。

落下はまだつづいている。

「はははは……」イヤフォンに鄧洋の狂ったような笑い声が響いた。「もうすぐ死ぬ人間よ、どうだ、いい気分だろう?」

下を見ると、青い光の同心円が次々とこちらに向かってくる。彼は次々にいちばん大きい輪をくぐり抜けるが、その輪の中心には新しい小さな輪が次々と現れては大きくなる。上を見ると、そこにも無数の同心円があり、下方の輪を鏡に映したように、上に行くにつれて小さくなっている。

「どれだけ深いんだ?」沈は訊いた。

「安心しろ。いつかは底に着く。底は硬くて平らな鋼板だ。ベチャッと潰れて、紙より薄いハンバーグみたいになるだろうな!　わははは……」

そのとき、フェイスプレートの右上にふたたびディスプレイ・エリアが現れ、赤い光を発する文字列がそこに表示された。

深度100キロメートルに到達しました。
現在の速度は秒速1・4キロメートルです。
モホロビチッチ不連続面はすでに通過しました。
地殻を抜けて、マントル層に入っています。

沈華北はふたたび目を閉じた。頭の中にもうあの歌はなく、高速かつ冷静に計算するコンピュータのように思考しはじめた。三十秒ほど経ってふたたび目を開けたとき、すべてを理解していた。これこそが南極裏庭化プロジェクトなのだ。硬く平らな底など存在しない。この穴に底はない。

これは、地球を貫くトンネルだ。

5　大トンネル

「接線を進むのか、それとも地心(コア)をまっすぐ突き抜けるのか？」沈華北(シェンホアベイ)はたずねたが、それは頭の中の思考が知らず知らず声になって発話されたものだった。

「さすがだな。もうそこまで考えたのか」鄧洋(ドンヤン)は驚いたように言った。

「息子によく似ている」だれかがつづいて言った。コア断裂事故の孤児かもしれない。

「コアを通過する。中国の最北端、黒龍江省の漠河市から地球を突き抜けて、南極大陸の西の端、南極半島に着く」鄧洋が答えた。

「さっきの町は漠河だったのか？」

「そうだ。地球トンネルの起点として繁栄した」

「ぼくの知る限りでは、あそこから地球を突き抜けて出る先はアルゼンチン南部のはずだ」

「よく知っているな。しかし、トンネルは少し曲がっている」

「トンネルが曲がっているなら、ぼくは壁にぶつかるはずでは？」

「トンネルがまっすぐアルゼンチンまで突き抜けるとしたら、たしかにぶつかるだろう。しかし、完全に一直線に地球を突き抜けるトンネルがトンネルとして機能するのは、北極と南極をつなぐ地軸に沿って貫通する場合だけだ。地軸に対して角度がある、こういうトンネルの場合は、地球の自転という要素を考慮しなければならない。湾曲しているからこそスムーズに通過できる」

「すばらしい。このトンネルは歴史的な成果だ！」沈華北は心の底から称賛した。

深度３００キロメートルに到達しました。
現在の速度は秒速２・４キロメートル。
流動性が高い上部マントルの岩流圏（アセノスフェア）を通過中です。

光の輪を通過する頻度が前より上がっていることに沈華北は気づいた。上と下の同心円も、前より密になっている。

「地球を貫くトンネルを建造すること自体は、新しいアイデアではない」鄧洋が言った。「一八世紀に、この構想について語っている人物が二人いる。ひとりはモーペルテュイという数学者、もうひとりは世界的に有名なヴォルテールだ。その後、フランスの天文学者フラマリオンがふたたびこの計画について述べ、地球の自転についてもはじめて考慮に入れた……」

沈華北が話をさえぎった。「じゃあなぜ、このアイデアがぼくから来ていると？」

「なぜなら、彼らのアイデアはたんなる思考実験に過ぎなかったからだ。あんたの構想はひとりの人間に影響を与えた。のちに彼は、その狂ったアイデアを悪魔のような才能で実現に導いた」

「しかし……沈淵（シェンユエン）にそんなことを話した記憶はない」

「ほんとうに忘れっぽい人間だな。人類の歴史を変えるようなアイデアを思いついたくせに、それを忘れてしまうとは」

「ほんとうに覚えてない」

「だとしても、ベカルドという名のアルゼンチン人は覚えているだろう。それに、彼があんたの息子に渡した誕生プレゼントも」

深度１５００キロメートルに到達しました。
現在の速度は秒速５・１キロメートル。
剛性が高い下部マントルのメソスフェアに入りました。

沈華北（シェンホアベイ）はようやく思い出した。あれは沈淵の六歳の誕生日だった。沈は、北京に住むアルゼンチンの物理学者、ベカルド博士を自宅に招待した。当時すでに南米の二大強国が台頭し、アルゼンチンは南極大陸の広大なエリアを自国の領土だと主張して、大量の移民を送り込んでいた。同時に、ハイスピードで核兵器を開発し、全世界が青ざめた。その後、世界の非核化が進むなか、アルゼンチンは核保有国として、当然のように国連核廃棄委員会に加入した。沈華北とベカルドは委員会の技術チームのメンバーだった。

あの日、ベカルドは沈淵のバースデープレゼントとして、最新のガラス素材でつくられた地球儀を持参した。ガラスの屈折率が空気とまったく同じなので、ガラス球は目に見えない。このガラス素材こそ、アルゼンチンの技術レベルがものすごい速さで発展している証拠だった。ガラスが見えないので、その地球儀は、両極のあいだに大陸が浮いているかのようだった。沈淵はこのプレゼントをたいそう気に入った。

夕食のあとで雑談しているとき、ベカルドは中国の大手新聞をとりだし、そこに載っていた風刺漫画を沈華北に見せた。それは、アルゼンチンの人気サッカー選手が地球を蹴っている絵だった。

「どうかと思うね、これ」ベカルドは言った。「中国人がアルゼンチンについて知っているのは、サッカーが強いことだけだ。その乏しい理解が国際政治にまで影響して、アルゼンチンを攻撃的な国だと思い込んでいる」

「アルゼンチンは、地球でいちばん中国から遠い国ですからね、博士。ちょうど地球の反対側なのよ」趙文佳（ジャオウェンジア）は微笑みながら、息子の手からプレゼントの地球儀をとって持ち上げた。完全に透明なガラス球をはさんで、中国とアルゼンチンが重なり合っていた。

「両国間のコミュニケーションを推進するいい方法がある」沈華北は地球儀をとって言った。

「中国からアルゼンチンまで、地球の中心を貫くトンネルを掘ればいい」

「トンネルだと一万二千キロ以上の長さになる」ベカルドが言った。「航空路線の距離とくらべても、たいして変わらない」

「でも、時間は相当短縮される。想像してみてくれ。スーツケースを持ってトンネルのこちら側から飛び降りるんだ」

話題を政治から遠ざけたいだけだったが、沈華北(シエンホアベイ)の目論見(もくろみ)は図に当たって、ベカルドが話に乗ってきた。

「沈、きみの考えかたはほんとに独特だね。ええと、ちょっと考えさせてくれ……その穴に飛び降りたら、たえず加速しつづける。落下深度が増すにつれて加速度は減少するが、地球の中心に達するまでは確実に加速がつづく。中心を通過するとき、速度は最大に達する。このとき、加速度はゼロだ。そこから先は、減速しながら上昇する。減速の度合いは上昇するにつれて増えつづけ、地球の反対側のアルゼンチンに到達するとき、速度はぴったりゼロになる。もし中国に戻りたかったら、そこからまた飛び込めばいい。そうしたければ、南半球と北半球のあいだで永遠に単振動を続けられる。うん、すばらしい。しかし、移動時間が……」

「計算してみよう」沈華北はパソコンを開いた。

計算結果はすぐに出た。地球の平均密度をもとに計算すると、中国から地球トンネルに飛び込むと、直径一万二千七百キロメートルあまりの地球を貫いてアルゼンチンに到達するまでに、四十二分十二秒かかる。

「これならスピード旅行と呼べるな！」ベカルドはうれしそうに言った。

深度2800キロメートルに到達しました。

速度は秒速6・5キロメートル。

まもなくグーテンベルク不連続面を通過し、コアに入ります。


沈華北は落下しながら鄧洋(ドンヤン)の声を聞いた。

「あの夜、あんたは気づかなかっただろうが、息子は活力に満ちた目を大きく見開き、父親の話をひとことも聞き洩(も)らすまいと耳をそばだてていた。その夜、枕もとの透明な地球儀を見つめたまま、息子が一睡もしなかったことも、あんたは知るまい。息子の考えにあんたが与えた影響はとてつもなく大きい。長年のあいだに、あんたは沈淵(シェンユエン)の心に無数の妄想の種を蒔(ま)いた。そして、たまたまその中のひとつが花を咲かせ、実を結んだ」

沈華北は、四、五メートル先の、猛スピードで上昇していく壁を見つめた。次々と通過する光の輪のせいで、壁の表面はすこしぼやけて見えた。

「この壁は新固体素材でできてるのか？」沈は訊いた。

「決まっているだろう。ほかのどんな素材でこのトンネルのような強度を実現できる？」

「こんな大量の新固体物質をいったいどうやって製造した？　地層に沈むくらい高密度の素材をどうやって運んできて加工したんだ？」

「簡単に説明しよう。新固体物質は小規模の核爆発が連続して起こることで生成される。鍵となるのは、もちろん、あんたの〝糖衣〟技術だ。製造には長く複雑なプロセスを要するが、さまざまな密度の新固体素材をつくりだせる。密度が比較的ひくい素材は地層に沈まない。それを使って面積の大きな基礎をつくり、圧力を分散させることで、もっと密度の高い素材をその上に載せても沈まなくなる。同様にして新固体素材の運搬も可能になる。新固体素材の加工については、さらに複雑な技術だから、あんたの知識では理解できないだろう。いずれにしろ、新固体素材はすでに巨大産業となり、その経済規模は鉄鋼を超えている。南極裏庭化プロジェクトにだけ使われているわけではない」

「じゃあ、このトンネルはどうやってつくったんだ？」

「まず第一に、トンネル構造の基本は管状のパーツだ。ひとつが長さ約百メートル、トンネルはおよそ二十四万本の管をつないでできている。具体的な施工方法については……あんたは利口だから、自分で考えつくだろう」

深度４１００キロメートルに到達しました。
速度は秒速７・５キロメートル。
液体金属から成る外部コア（外核）を通過中です。

「オープン・ケーソンか」

「そうだ。ケーソン工法を使って、まず中国から南極まで管を地層に沈下させ、それをつなぎ合わせて地球を貫通する一本の管をつくる。次に、つないだ管の中から地層物質を掻（か）き出す。

それで完成だ。トンネルの入口で見た鉄の山の正体は、コアまで沈めた管の中から掻き出した鉄とニッケルの合金だ。実際に管を継ぎ合わせる作業は〝地中船〟が担当する。新固体素材で建造された船で、複数の地層間を往き来できる。コアの中で作業できるタイプもある。こうしたマシンを使って、地層に沈んだ管のパーツを操作した」

「その工法なら、ぼくの計算だと、管の数は十二万本で済むはずだ」

「超固体物質は、地球深部の圧力や高温に問題なく耐えられる。しかし、深部には多くの流動体があり、浅い場所にはマグマが流れている。さらに危険なのは、コアの液体ニッケル流だ。それらはトンネルが切断されてしまうような巨大な衝撃を与えることがある。新固体素材はこうした衝撃に耐えられるが、管の継ぎ目は無理だ。そのため、トンネルは二層の管からできている。内側の管は外側の管に密着し、二層の管は継ぎ目の位置をずらしてある。そうすることで、トンネルは衝撃に耐えられる強度になった」

深度５１００キロメートルに到達しました。

速度は秒速７・７キロメートル。

固体金属から成る内部コア（内核）に接近しています。

「次は、南極裏庭化プロジェクトで起こった災厄について話してくれるんだろう？」

6　災厄

「南極裏庭化プロジェクトの最初の事故は二十五年前に起こった。プロジェクトは最終実地調査の段階に入り、大規模な深部航行が必要だった。ある調査航行に際し、落日6号という深部探査船がマントルで事故を起こし、コアに沈んだ。三名のクルーのうち二人が犠牲となり、若い女性航行士ひとりが生き残ったが、彼女はいまも地球のコアに閉じ込められ、せまい探査船の中で余生を送っている。船上のニュートリノ通信設備は送信機能が失われてしまったが、受信はできるはずだ。彼女の名は沈静(シェンジン)。あんたの孫だ」

沈華北(シェンホアベイ)の心がつかのま痙攣(けいれん)を起こした。

いまの猛烈なスピードでは、光の輪がひとつにつながって、穴の内壁全体が刺々(とげとげ)しい青い光を発しているように見えた。その中を高速で落下しつづける沈華北は、まるでタイムトンネルを抜けて、遠くはないけれど自分が体験することのなかった過去へと落ちていくような気がした。

深度5800キロメートルに到達しました。

速度は秒速7・8キロメートル。

内部コアに進入し、地球の中心に近づいています!

「南極裏庭化の工程が六年目に入ると、凄惨なコア断裂事故が起きた。さっきも言ったとおり、トンネルは二層の管が入れ子になっている。内側の管のパーツを挿入する際は、まず隣接する外側の管から地層物質をすべてとりだし、二層のあいだに異物が入らないようにしなければならない。密着度に影響が出るからだ。工事では外側の管を空にして内側の管を挿入する工法が採用されたが、この場合、タイミングが重要になる。コアでの工事においてはとくにそうだ。コアの中で外側の管の二つのパーツが接合されたあと、内側の管が挿入されるまでのあいだは、接合されたばかりの外側の管だけで、ニッケル流の衝撃に耐えなければならない。二つのパーツの接合部にはじゅうぶんな強度のあるリベット継手が採用されていて、設計上はかなりの長期間にわたってニッケル流の衝撃に耐えられるはずだった。しかし、コア深度四百九十キロメートル地点で、空になったばかりの外管の接合部が、異常に強いニッケル流に襲われた。流速は、過去に膨大な量の実地調査で観測された最大値の五倍に達した。その激しい衝撃で二つのパーツがずれて、断裂部から高温高圧のコア物質が一瞬でケーソン内部に流れ込み、すさまじい速さで地上に向かって逆流してきた。

断裂の発生を知ると、工事の総監督を務めていた沈淵（シエンユエン）は、グーテンベルク不連続面にある緊急ハッチ、通称グーテンベルク・ハッチをただちに閉めた。トンネルの全長のうち、ハッチの下にある部分の長さは五百キロメートル。このとき、その部分では二千五百人を超える工事関係者が働いていた。断裂が起きたことを知ると、彼らはトンネル内の高速エレベーターを使って上に避難した。百三十基あまりあるエレベーターの最後の一基と、トンネルを逆流してくるニッケル流とのあいだには、このときまだ三十キロ程度の距離があった。しかし、グーテンベルク・ハッチの閉鎖に間に合ったのは、百三十基あまりのうち六十一基だけだった。残りのエレベーターすべては、ハッチが閉じたあと、摂氏四千度以上のコア物質の激流に呑まれ、千五百二十七人が地中深くで命を失った。

コア断裂事故は世界を震撼(しんかん)させ、沈淵(シエンユエン)は激しい非難の的になった。非難には、大きく分けて二種類あった。ひとつは、すべてのエレベーターが通過してからグーテンベルク・ハッチを閉めればよかったというもの。さっき言ったとおり、事故が起きたとき、ニッケル流と最後のエレベーターとのあいだには、まだ三十キロメートルの距離があった。きわどいところだが、ぎりぎり間に合ったはずだ。もしハッチを閉じるのが間に合わなかったとしても、その上にはまだもうひとつ緊急ハッチがある。地殻とマントルの境界にあたるモホロビチッチ不連続面に設置された、通称モホロビチッチ・ハッチだ。激怒した被害者遺族は沈淵を殺人罪で訴えた。あのタイミングでグーテンベルク・ハッチを閉めた理由を問われて、沈淵はメディアの前でひとことだけ言った。『洩れが怖かった』

たしかにそのとおりだった。南極裏庭化プロジェクトをテーマにした災害映画は多数つくられているが、その中でもいちばん有名な作品のひとつ、『鉄泉』では、コア物質が地表にあふれだす悪夢のような光景が描かれる。溶けたニッケルや鉄が柱のようになって成層圏まで噴き上がり、その高度から巨大な死の花を撒(ま)き散らす。ニッケルの柱が放つまばゆい白い光が北半球の夜を白昼に変え、大地には灼熱(しゃくねつ)の鉄溶液の豪雨が降り注ぐ。アジア大陸は熔鉱炉(ようろうこ)となり、人類は最終的に恐竜と同じ運命をたどる……。この描写はまったく誇張ではない。まさにそのとおりのことが起こる可能性があった。そのため、沈淵は正反対の非難を浴びることになった。もっと早くグーテンベルク・ハッチを閉じるべきだった、六十一基のエレベーターを待つ必要などなかったという非難だ。この主張を支持する人のほうが多く、世論は彼に〝人類に対する犯罪的業務上過失〟という罪名をかぶせた。法的根拠に乏しいこの訴えは最終的に退けられたが、沈淵はそのために辞職を余儀なくされ、南極裏庭化プロジェクトを指揮する立場を離れた。彼は提示された他のポストをすべて断り、その後ずっと、現場のエンジニアとしてトンネルの中で働きつづけた」

壁から出ていた青い光がとつぜん赤に変わった。

深度6300キロメートルに到達しました。
速度は秒速8キロメートル。
まもなく地球の中心を通過します。

イヤフォンから鄧洋(ドンヤン)の声が聞こえた。

「地球を脱出できる速度に到達したが、あんたはいまちょうど地球の中心にいる。地球はあんたの周りをまわっている。すべての海と大陸、すべての都市とすべての人々が、あんたのまわりを回っている」

荘厳な赤い光を浴びて、沈華北の脳内にまた音楽が鳴り響いた。今度は壮大な交響曲だった。彼は第一宇宙速度で地球の中心を通過しているところだった。周囲の赤く輝くトンネルの壁のせいで、地球という巨大な生きものの血管の中に浮かんでいるような気がした。興奮に胸が高鳴る。

また鄧洋の声がした。

「新固体素材には高い断熱性があるが、いま、あんたの周囲の温度は摂氏千五百度を超えている。防護服の冷却システムがフルパワーで稼働している」

赤い光は十数秒だけつづき、また静かな青い光にもどった。


地球の中心を通過しました。

上昇に転じ、減速しはじめています。

５００キロメートル上昇しました。

速度は秒速７・８キロメートル。現在、固体コアにいます。


青い光で沈華北は冷静になった。無重力に慣れてきたので、ゆっくりと体を回転させ、頭を進行方向に向け、上昇する感覚を摑んだ。

「三つめの災厄もあったような気がするが」沈は鄧洋に訊いた。

「ボルト落下災害はいまから五年前に起きた。南極裏庭化プロジェクトはすでに完了し、地球トンネルは正式な運用がはじまっていた。地心列車が四六時中トンネルを通過していた。地心列車の車両は、直径八メートル、長さ五十メートルの円柱形で、最大二百両を一度に連結できる。二万トンの貨物か一万名近い乗客を運搬可能で、片道四十二分で地球の反対側まで行ける。必要な動力は地球の重力だけ。いかなるエネルギーも消費しない。

当時、始発駅の漠河で、ひとりの保守作業員が直径十センチにも満たないボルトをうっかりトンネルに落としてしまった。そのボルトは電磁波を吸収する新素材でつくられたものだったため、安全監視システムのレーダーに検知されなかった。ボルトはトンネルを落下し、地球を貫いて南極駅に到達すると、またそこから反対向きに落下して、地心に到達しかけたとき、南極に向かって上昇しようとしていた地心列車に正面衝突した。ボルトと列車の相対速度は秒速十六キロメートルに達していた。これだけのスピードになると、その運動エネルギーは爆弾と変わらない。ボルトは先頭二車両を突き抜け、通過した場所にあったもののすべてを瞬時に蒸発させた。二車両の爆発によって列車は秒速八キロメートルのスピードで壁をこすり、一瞬で粉々になった。大量の破片がトンネルを行き来した。地球を何度も往復したものもあるが、大部分は衝突によって速度を落とし、コアの近辺をただ漂っていた。一カ月かけてようやくトンネル内の破片がかたづけられたが、列車に乗っていた乗客三千名の遺体は見つからなかった。コアの高温で焼失したのだ」

地球の中心から２２００キロメートル上昇しました。
速度は秒速７・５キロメートル。
ふたたび外部コアの液体金属エリアに進入しています。

「しかし最大の災害は、この巨大工事そのものだ。南極裏庭化プロジェクトは、技術的に言えば人類史上に類を見ない快挙だが、経済的な愚かさにおいても空前絶後だ。これほど莫迦げたプロジェクトがなぜ実施されたのか、いまに至るまで、だれも答えを出せずにいる。沈淵の悪魔のような才能はもとより、根本的な原因は、新大陸開発に対する熱狂と、技術に対する盲信にあったのかもしれない。経済学の視点から言えば、南極裏庭化プロジェクトは、工事が完了した日に死んだようなものだった。地球トンネルの輸送はきわめて迅速で、エネルギーもほとんど消耗しない。当時の人々は〝トンネルに投げ込むだけ〟とか〝トンネルに飛び込むだけ〟とか言ったものだが、プロジェクトに巨額の投資がなされていたため、地心列車の利用料金はとてつもなく高くなり、スピードという長所があるにもかかわらず、コストの観点から、従来の交通手段に太刀打ちできなかった」

地球の中心から３５００キロメートル上昇しました。
速度は秒速６・５キロメートル。
グーテンベルク不連続面を通過し、まもなくふたたびマントルに進入します。

「人類の南極ドリームはあっという間に潰え去った。押し寄せた工業化の波と行き過ぎた開発が、地球上に唯一残されていたこの清浄な世界をたちまち破壊し、南極大陸はほかの大陸と同じように煤煙漂うゴミ捨て場と化した。南極上空のオゾン層は完全に破壊され、その影響は全世界に波及した。北半球でも、強烈な紫外線のために、防護服などの対策なしには外出できず、南極の氷床が溶けるスピードが加速して、世界の海面は急速に上昇した。つらい経験を経て、人類はふたたび理性をとりもどした。国連のすべての加盟国が新たな南極条約に署名し、人類は南極大陸から全面的に撤退した。南極の環境がゆっくりと回復していくことに期待して、人間が立ち入らない場所とするよう定めたのだ。

ボルト落下災害以降、南極輸送需要が激減したのにともない、地心列車は運行を完全にストップした。地球トンネルが封鎖されてからもう八年になる。しかし、南極裏庭化プロジェクトがもたらした経済的な影響はずっと残っている。南極裏庭化プロジェクト社の株を買った無数の人々は財産を失い、大きな社会不安を引き起こした。投資のブラックホールが国家経済を崩壊の危機に追い込み、いま、われわれはこの奈落の底を苦しみながらさまよっている。……以上が南極裏庭化プロジェクトの物語だ」

速度が下がるにつれて、なめらかにつながっているように見えていたトンネル内壁の青い光がふたたび瞬きはじめた。光の輪がひとつずつばらばらに過ぎ去っていくのが判別できる。上を見ても下を見ても、またあの同心円の的が現れた。

地球の中心から４８００キロメートル上昇しました。
速度は秒速５・１キロメートル。
剛性が高い下部マントルのメソスフェアを通過しています。

７　沈淵の死

「息子はそれからどうなった？」沈華北(シェンホアペイ)は訊いた。
「トンネルが封鎖されてから、沈淵(シェンユエン)は使われなくなった漠河駅の保守要員として勤務していた。ある日、わたしが電話すると、『娘といっしょにいる』とだけ言った。その後わかったことだが、彼は、密閉された防護服を着て地球トンネルを往復するという信じられない毎日を数年にわたってつづけていた。寝るのもトンネルの中で、駅に戻るのは食事と防護服の充電のときだけ。彼は一日に三十回も地球を縦断していた。来る日も来る日も、漠河と南極のあいだで、一回八十四分間、振幅一万二千七百キロメートルの単振動をくりかえしていた」

地球の中心から６０００キロメートル上昇しました。
速度は秒速２・４キロメートル。
流動性が高い上部マントルの岩流圏(アセノスフェア)を通過しています。

「永遠につづく落下のあいだに沈淵がなにをしていたのか、だれも知らない。同僚によれば、毎回、コアを通るたびにニュートリノ通信設備で娘に声をかけ、よく長話をしていたという。もちろん、彼のひとり語りだ。しかし、ニッケル流に乗ってコアを流れている落日6号の沈静(シエンジン)には聞こえていただろう。
　彼の体は長時間、無重力環境にあったが、食事と防護服の充電だけは駅でしなければならなかったため、毎日、二、三回は、地上で通常の1Gの重力にさらされていた。その無理が祟(たた)って老いた心臓に限界が来たのか、ある日、彼は落下中に心臓発作で死亡した。だれも気づかなかったため、遺体はトンネルを二日間往復し、防護服のエネルギーが切れて冷却が止まって、地球トンネルが彼の火葬炉となった。最後に地心を通過したとき、焼かれて灰になったよ。あんたの息子はこの結末にきっと満足しているだろう」

地球の中心から6200キロメートル上昇しました。
速度は秒速1・4キロメートル。
モホロビチッチ不連続面を通過し、地殻に入ります。
南極駅が近づいています。ご注意ください。

「それはぼくの結末でもあるんだろう、違うか?」沈華北は静かにたずねた。

「あんたも満足するはずだ。死ぬ前に見たかったものを見られたんだからな。ほんとうは着の身着のまま放り込もうかと思ったが、やはり防護服を着せることにした。だから、息子がつくったものをすっかり見られたはずだ」

「そのとおりだ。とても満足している。じゅうぶんな人生だった。みなさんに心から感謝する」

返事はなかった。イヤフォンの音がとつぜん消えた。地球の反対側にいる復讐者たちが通信を切断したのだ。

沈華北は上方の同心円がまばらになっていることに気づいた。輪と輪の間隔が劇的に長くなり、光の輪をひとつくぐるのに二、三秒かかる。やがてヘルメットにビープ音が鳴り、フェイスプレートのディスプレイに、『**地球トンネルの南極頂点に到着しました**』という文字が表示された。

残る光の輪はあとひとつしかない。それが少しずつ大きくなり、ついに最後の青い光の輪をくぐり抜けると、トンネルの入口にかかっていたのと同じような、トンネルの出口を横断する橋に向かってゆっくり昇っていった。橋の上には防護服を着た人間が何人か立っている。沈華北が穴のてっぺんまで来たとき、その中のひとりが手を伸ばして彼を捕まえ、橋の上にひっぱりあげた。

南極駅の内部は暗く、トンネル壁の光の輪が下から青く照らしているだけだった。沈華北が顔を上げると、真上に巨大な円柱が吊り下がっているのが見えた。直径はトンネルよりも少し小さい。橋のたもとまで行ってからもう一度見上げると、似たような円柱が一列に連なっているのがぼんやり見てとれた。四つまで数えられたが、それ以上は闇にまぎれて見分けられない。すぐに気づいた。あの円柱は、運行停止した地心列車だ。

8　南極

三十分後、沈華北は、自分を救出してくれた数名の警官といっしょに、地球トンネルの南極駅を出た。積雪が消えた南極平原に立つと、遺棄された都市が遠くに見えた。地平線上に低くかかる太陽が生気のない広大な大陸を弱々しい光で照らしている。ここの空気は地球の反対側よりはきれいで、呼吸フィルムを装着する必要はなかった。

警官のひとりが教えてくれたところでは、彼らは南極の廃墟（はいきょ）の警備にあたっていて、郭（グオ）医師の通報を受け、すぐに南極駅に駆けつけたのだという。トンネルの出入口が封鎖されていたので、地球トンネルの管理部門に緊急連絡を入れて蓋（ふた）を開けさせたところ、ちょうど沈華北が、深海から浮上するように、青い光の中で上昇してくるのが見えたそうだ。もしあと数秒遅かったら、トンネルの蓋にさえぎられて、ふたたび北半球へ落下しはじめるところだった。そして、またコアを通過するまでのあいだに防護服のエネルギーが尽き、息子と同じようにコアの熔鉱炉で灰になっていただろう。

「鄧洋（ドンヤン）をはじめとする数名は逮捕されました。殺人未遂で起訴されるでしょう。しかし」警官は冷たく沈華北を見つめて言った。「彼らの気持ちは理解できます」

沈華北(シエンホアベイ)はまだ落下時に無重力状態を経験した名残りの眩暈(めまい)に悩まされながら、空に浮かぶ太陽を見上げて長いため息をつき、もう一度言った。「じゅうぶんな人生だった――」

「それなら、これからの運命も容易に受け入れられるでしょう」べつの警官が言った。

「運命？」沈華北は、その警官の方をふりかえった。ようやく眩暈がおさまってきた。

「あなたがこの時代で暮らしていれば、いつかまた今回のような事態が起こるでしょう。ちょうどいま、政府は時間移民計画を推進しています。人口の削減によって環境に対する負荷を減らすべく、一部の人々を強制的に冬眠させ、未来で生活してもらおうというプロジェクトです。あなたはその時間移民の一員に選ばれました。ふたたび冬眠してもらうことになりますが、今回は何年後に蘇生(そせい)するのか、わたしにもわかりません」

沈華北はしばらく経ってようやく話の意味を理解し、警官に向かって深々と礼をした。

「ほんとうにありがとうございます。ぼくはどうしてこんなに幸運なんだろう」

「幸運？」警官がいぶかしげに沈を見返した。「現代人でも、冬眠移民したあと、未来社会の生活にうまく適応できるとはかぎりません。あなたのように過去から来た人はなおさらですよ」

沈華北は笑みを浮かべて言った。「そんなことはどうでもいい。肝心なのは、地球トンネルがふたたび人類の誇りとなるのをこの目で見られるということです！」

警官は声をあげて笑った。「ありえない。これは完全に失敗した巨大プロジェクトですよ、あなたたち親子の永遠の恥として記憶されるだけです」

「はっはっは……」沈華北は大笑いした。無重力の後遺症で足に力が入らず、体がふらついたが、精神は興奮の極にあった。「万里の長城もピラミッドも、完全に失敗した巨大プロジェクトだ。長城は北方騎馬民族の侵入を防ぎきれず、ピラミッドはファラオのミイラを復活させられなかった。しかし、時間とともにそんなことはどうでもよくなった。そこに凝縮された人類精神が、人々を永遠に照らしつづける！」沈はうしろにそびえる地球トンネルの南極駅を指した。「この偉大な地心の長城と比べたら、あなたたちのような孟姜女（もうきょうじょ）（その涙によって万里の長城を崩したとされる伝説の女性）がなんと哀れなことか！　はっはっは……」

沈華北は両手を大きく開き、南極の寒風に身をさらして、「淵（ユエン）、ぼくらはじゅうぶんな人生を生きたな――」と、しあわせそうにつぶやいた。

エピローグ

沈華北がふたたび蘇生したのは半世紀後のことだった。目が覚めると、五十年前に蘇生したときとほとんど同じようなことが起きた。見知らぬ人たちによって車に乗せられ、地球トンネルの漠河駅に入り、防護服を着せられて（不可解なことに、防護服は五十年前よりもかなりかさばり、重くなっていた）、ふたたび地球トンネルに落とされて、長い落下がはじまった。あれから五十年経っても、地球トンネルは見たところなにひとつ変わらず、無数の青い光の輪が底の見えない深さを示していた。

しかし今回は、落下につき添ってくれる人がいた。きれいな若い女性で、ガイドだと自己紹介した。

「ガイド？　そうだ、ぼくの予感が当たったんだ。地球トンネルはほんとうに万里の長城やピラミッドのようになったんだ！」落下しながら沈華北は興奮して言った。

「違います。地球トンネルは万里の長城やピラミッドになったのではなく――」ガイドの女性は沈華北の手をとり、無重力のもと、注意深く落下速度を合わせた。

「なんになったんだ？」

「地球大砲になったんです」

「なんだって？」沈華北は驚いて、飛ぶように過ぎていくまわりの壁を見渡した。

「あなたが冬眠されてから、地球環境はさらに悪化しました」と、ガイドが説明しはじめた。

「環境汚染とオゾン層破壊によってすべての大陸から植物が消失し、呼吸できる空気は商品となりました。……地球の生態系を救うには、人類がすべての重工業とエネルギー工業を停止するしかなくなったのです」

「そんなことをしたら、生態系は回復するかもしれないが、人類文明が滅亡してしまう」沈華北は口をはさんだ。

「それもしかたないことだと多くの人々が考えました。しかし、べつの道を探し求める人々もいました。もっとも有望だったのは、地球上の工業を宇宙や月に移転するという方法です」

「ということは、軌道エレベーターを建設した？」

「いいえ、試してみた結果、地球トンネルを掘るより困難だと判明しました」

「ということは、反重力宇宙船を発明した？」

「ありえません。理論上、不可能であると証明されました」

「原子力ロケット？」

「存在はしますが、輸送コストは従来のロケットとたいして変わりません。もしそのような手段で宇宙に工業を移転したら、地球トンネルと同じような経済的惨事となるでしょう」

「それじゃあ、なにも移送できないじゃないか」沈華北は苦笑した。「この世界は……ポストヒューマン時代に入ったのか？」

ガイドは答えなかった。二人は黙ったまま底の見えない深淵に向かって落ちていった。周囲をかすめ過ぎていく光の輪は少しずつ間隔がせまくなり、やがてトンネルの内壁はつねに青い光を発しているなめらかな面となった。それからまた十分が過ぎ、青い光は赤い光に変わった。二人は黙ったまま秒速八キロのスピードでコアを通過し、トンネルの壁はすぐまた青い光に戻った。ガイドの女性は器用に体を百八十度回転させ、頭を上にした上昇体勢をとった。沈華北もなんとかそれにならった。

「あっ――」沈華北はとつぜん叫んだ。視界右上のディスプレイには、『秒速8・5キロメートル』と表示されていた。

コアを通過したのに、まだ加速している！

沈華北を驚かせたことがもうひとつあった。重力を感じたのだ。地球を貫いて落下していく過程では、最初から最後まで無重力のはずだった。しかしいま、体に重さを感じている！　科学者の直感から、それが重力ではなく、推力だと気づいた。重力にひっぱられて減速していて しかるべきなのに、なんらかの推力が彼らの体を上に向かって押し上げ、さらに加速させている。

「ジュール・ヴェルヌの『月世界旅行』を読まれたことはありますか？」ガイドが唐突に質問した。

「子どものころにね。いままでに読んだ中でいちばん莫迦げた本だったよ」沈華北はうわのそらで答えた。周囲を見渡しながら、自分に働いているこの未知の推力はなんなのかと考えていた。

「少しも莫迦げてはいません。宇宙への大量輸送手段として、大砲は迅速かつ理想的な方法です」

「発射時の加速に圧されて砲弾の中でぺちゃんこになりたいならね」

「圧されてぺちゃんこになるのは加速度が大きすぎるからです。加速度が大きすぎるのは砲身が短すぎるからです。じゅうぶんな長さの砲身があれば、砲弾はわずかな加速度で発射することができます。いま、あなたが感じている程度の加速度で」

「つまり、ぼくたちはヴェルヌの大砲の中にいるのか？」

「先ほど申し上げたとおり、これは地球大砲と呼ばれています」

沈華北は青い光を発するトンネルを仰ぎ見て、それが砲身だと想像しようとしたが、上昇速度が速すぎて壁と光は渾然一体となり、なんの運動感覚も感じられなかった。まるで青い光がつくる巨大な管の中に微動だにせず浮かんでいるかのようだった。

「あなたが冬眠されてから四年めに、新しいタイプの新固体素材が開発されました。新固体素材のもともとの性質に加えて、すぐれた導電性を備えています。この新固体素材でつくられた太いケーブルが、地球トンネルの全長の半分にわたって、外壁に巻かれています。つまり、地球トンネルの半分は、長さ六千三百キロにおよぶ電磁コイルとなっているのです」

「コイルを通る電流はどこから来るんだ？」

「コアには強力な電流が豊富にあります。地球の磁場のもとになる電流です。われわれはコア船にケーブルを曳（ひ）かせて、それぞれ全長数千キロに及ぶ巨大なループをコア内に百以上つくりました。このループがコアの電流を集めてトンネルのコイルに流し、トンネル内部を強い電磁場で満たします。防護服の肩と腰に二つの超電導コイルがあり、コイルを流れる電流が反発する磁場を生み出しています。こうして推力がつくられているのです」

　加速をつづけているため、早くも上昇部分が終わろうとしていた。壁がふたたび赤く光った。

「ご注意ください。秒速十五キロに達しました。第二宇宙速度を超えました。砲口を飛び出します！」

　地球トンネルの南極口では、地心列車を繋留（けいりゅう）していた大きな建物がとり壊され、円形の開口部は空に向かって直接ひらいていた。いまはその上に蓋がかぶせられている。拡声器の音声が聞こえた。

「お客さま、ご注意ください。地球大砲は本日四十三回目の発射を実施します。視力と聴力が損なわれるおそれがありますので、防護眼鏡と耳栓を装着してください」

十秒後、トンネル口の蓋が片側にスライドして、直径十メートルの円形の開口部が露出した。真空のトンネルに空気が流れ込み、ビュービューとかん高い音をたてる。大音響とともに、トンネル口から長い炎が噴き出した。そのまばゆさは、南極の空に低くかかる太陽も輝きが褪(あ)せるほどだった。蓋がまたすばやくもとの位置に戻ってトンネル口をふさぎ、同時にトンネル内の排気ポンプが低いうなりをあげはじめた。さっき蓋が開いていた三秒間にトンネル内に入った空気を抜いて、次の発射に備えるためだ。人々は空を見上げ、炎の尻尾(しっぽ)を曳く二つの流星が急速に上昇し、あっという間に南極の深い紺色の蒼穹(そうきゅう)に消えるのを見送った。

スピードが速すぎたため、想像と違って、沈華北(シェンホアベイ)はトンネルの出口が近づくのを見ることはできなかった。無限の高みにつづくかのように思えた赤く輝くトンネルは一瞬で消え失(う)せ、かわって南極の青空が現れた。その交替には中間段階がまったくなく、スクリーン上で二つの画像が切り替わるときのように瞬間的だった。急いで下を見ると、足もとの大地が急速に遠ざかるところだった。南極都市が見えたが、それもすぐにバスケットボール・コートくらいの長方形にしか見えなくなった。上を見ると、空の色が青から黒へと、まるでディスプレイの輝度を下げるときのように急速に変化しつつあった。ふたたび下を見ると、細長く湾曲した南極半島と、半島を囲む海が見えた。沈のうしろには炎の尻尾が長く伸びていた。自分の体を見下ろして、防護服の表面が燃えているのがわかった。体が薄い炎に包まれている。

十数メートル離れた空中でいっしょに上昇しているガイドに目を向けると、彼女の体も炎に包まれ、燃える尻尾がついた小さなモンスターのように見えた。沈華北は、大きなてのひらで頭と肩を圧迫されているような強い空気抵抗を感じた。だが、空の色が暗くなるにつれて、その巨大なてのひらはもっと強大なべつの力に制圧され、圧迫感はじょじょに和らいだ。

下を見下ろすと、南極大陸はすでにその全体を視界に収めることができた。沈華北は、大陸がふたたび白色をとり戻していることに気づいて安堵(あんど)した。彼方では地平線が弧を描き、カーブした地球のへりから上がってきた太陽が、薄い大気層にきらびやかな朝の光を散乱させている。ふたたび上を見ると、満天の星座が見えた。こんなにもクリアにまばゆく輝く星々を見るのははじめてだった。

大気圏を抜けたところで防護服表面の炎は消え、沈華北は静かな宇宙を漂った。ツバメのように軽くなった気がする。そのとき、自分の防護服――宇宙服――がかなり薄くなっていることに気づいた。表面をコーティングしていた散熱素材が大気との摩擦で焼け落ちたのだ。空電障害のために途絶した通信が、大気圏を抜けたことで回復し、イヤフォンからふたたびガイドの声が聞こえてきた。

「大気圏通過時の空気抵抗で減速しましたが、現在もまだ、脱出速度を上回るスピードを保っています。わたしたちは地球を離れようとしています。あれを見てください――」

ガイドはすっかり小さくなった南極半島を指さした。地球トンネルの出入口付近で閃光(せんこう)がきらめく。やがて、炎の尻尾をつけた流星が半島からゆっくりと上昇してきた。大気圏を通過すると、その火が消えた。

「いまのは地球大砲が発射したばかりの宇宙船で、わたしたちはあれに乗って帰還することになります。地球大砲の砲身の中は、つねに五個か六個の〝砲弾〟が運行していて、八分から十分おきにそれらが発射されます。そのため、宇宙へ行くのは地下鉄に乗るのと同じように簡便になりました。発射頻度がもっとも高かったのは、工業の大移転がはじまった二十年前です。当時は同時に二十数個の〝砲弾〟が砲身を往き来し、地球大砲は二、三分おきに宇宙めがけて砲弾を発射し、たくさんの宇宙船が逆向きの流星雨のように空に向かって上昇していきました。運命に対する人類の果敢な挑戦を象徴するその光景は、まさに壮観でした！」

星空を見上げると、静止している星座を背景に、高速で移動する星々がいくつも見つかった。きっと、地球の軌道上を周回しているのだろう。よく見ると、さまざまなかたちが見分けられた。リング状のもの、円柱形のもの。ほかにも多くの形状を組み合わせたものがあり、漆黒の宇宙を飾る美しい装飾品のように見えた。

「あれは宝山鋼鉄です」ガイドが光るリング状のかたちを指して言った。それから、ほかの光を順番に指し示しながら説明した。「あちらのいくつかは、中国石油化工集団のものです。もちろん、いまは石油を扱ってはいませんが。あのへんに見える円柱は欧州冶金共同体。あっちはマイクロ波で地球に電力を供給している太陽エネルギー・ステーションです。もっとも、光っているのはコントロール・センターだけで、ソーラーパネルと送電設備はここからは見えません……」

沈華北（シェンホアベイ）はその光景に酔いしれた。ふたたびコバルトブルーの地球に視線を戻すと、涙があふれてきた。いまの彼の最大の願いは、南極裏庭化プロジェクトに参加したひとりひとりに――死んだ人にも健在な人にも――この光景を見せることだった。とりわけ強く見せたいと願った相手は、ひとりの若い――すべての人々の心の中で、いつまでも永遠に若いままの――女性だった。

「ぼくの孫は見つかった？」沈華北はたずねた。

「いいえ。わたしたちにはまだ、コアで遠距離探索を行う技術がありません。あそこは広大なエリアです。ニッケル流が彼女をどこに運んでいったのか、だれもわかりません」

「ぼくたちが見ているこの光景を、ニュートリノ通信で地心に送ることはできないかな」

「ずっとそうしています。彼女もきっと見ているに違いありません」

訳者あとがき

古市　雅子

本書は、劉慈欣（リウツーシン）が主に二〇〇〇年代に発表した作品を収録した短編集である。『流浪地球』と二冊同時発売という形になった。翻訳をやってみないかと声をかけていただいた時に、劉慈欣、そして「流浪地球」と聞いて胸が躍り、二つ返事で引き受けた。映画「流浪地球」は、ついに中国にもSF大作が現れたと、封切り後すぐに満席の映画館まで見に行っていた。

中国で初めて有人宇宙飛行が実現したのは二〇〇三年である。ガガーリンが宇宙に行った一九六一年はまだ大躍進政策による飢餓にあえいでいたし、アポロ一一号が月に着陸した一九六九年は、文化大革命の真（ま）っ只中（ただなか）だった。これらのニュースは報道されなかったであろうし、されたとしても、それどころではなかった。その後、改革開放の大号令のもと、ようやく生活が安定して、経済が発展するとともに科学技術も進化し、二〇〇三年、中国は初めて有人飛行を実現させた。

神舟五号から降りてきた宇宙飛行士、楊利偉（ヤンリーウェイ）の姿が今も目に焼き付いている中国人は多いだろう。多くの人がその時初めて宇宙の存在を身近に感じ、その年、小学生がなりたい職業ナンバーワンは宇宙飛行士となった。ほとんど映画のなかでしか見たことのなかったロケットに乗り、宇宙服に身を包み、地球に帰還した中国人の姿と、それを単独で実現させた自国のテクノロジーに興奮し、我が国もついにここまで来たという万感の思いに胸を高ぶらせたのである。それから今日に至る約二十年間は、宇宙事業がますます発展し、おそらく中国において、歴史上、宇宙をもっとも近く感じた時間であった。

そしてまた、この二十年は、インターネットが普及し、中国経済を牽引（けんいん）する重要なプラットフォームとなるに至った二十年でもあった。若年層のインターネット普及率が八〇パーセントを超えるのは二〇一〇年代も半ばに入ってからである。山西省の水力発電所でエンジニアとして働いていた劉慈欣は、仕事のおかげで、おそらく中国でもっとも早い時期からインターネットに触れることができた人間の一人だったろう。二〇〇〇年前後はまだ、劉慈欣のようなエンジニアか、清華大学や北京大学を始めとする重点大学の教員や学生といったインテリ層、そして一部の富裕層くらいしか、自由にインターネットに触れる環境にはなかった。ダイヤルアップで接続し、BBSを中心に文字でやり取りする時代（当時はまだ閲覧制限も検閲もなかった）から、携帯電話が急速に普及することで多くの人がネットに接続できる端末を手に入れて、二〇一〇年には、中国版ツイッターと言われる微博（ウェイボー）を中心に、ネットスラングが社会的な流行として認識されるまでになった。

インターネットが普及したことで、エンタメ系コンテンツが発展した。中国のエンタメはインターネットをベースに発展している。それまで、中国全土に点在し、街の新聞スタンドで売られる数少ない専門誌を頼りに細々と生存していたマニアたち——SFファン、アニメファン、ゲームファンなど、その多くがインテリ層だった——が、インターネットによって距離を超えてつながり、コミュニティを形成し、作家も読者も一緒になって、活発な活動を始めた。国土が広大な中国では、どこかでイベントを行うにしても、全国から集まるには相当な労力と資金が必要となる。同好の士と低コストにリアルタイムでつながることができるようになり、情報量が圧倒的に増えた。その高揚感と、ユーザー同士の仲間意識は、その時代のネットユーザー特有のものだった。『流浪地球』に収録されている「呪い5・0」を読んでいただければ、その空気感が少しは伝わるかもしれない。その後、それぞれのコミュニティが次第に広がり、それぞれのジャンルのBBSだけではなく、小説や動画などさまざまなプラットフォームができて、近年、それらが国産エンタメを生み出す場として中心的な役割を果たすようになった。

その結果、それまで限られた人たちが閉鎖的なコミュニティで楽しんでいたジャンルが可視化されるようになり、ジャンルの裾野(すその)が加速度的に広がって、最近、「小衆文化」という言葉を聞くようになった。

「小衆文化」とは、「大衆文化」の対義語として位置づけられ、多くの人が楽しむのではなく、限られた少数の愛好者が小さく閉鎖的なコミュニティで楽しむ文化といった意味を持つ。そして時には、「大衆」にまで広がらなかった、あるいは広げることを認められなかったというニュアンスも含まれる。直近の例でいうと、BL(ボーイズ・ラブ)に大きな影響力を持つ作品が現れ、若い女性を中心に圧倒的な支持を受け、日本でも人気を獲得したが、昨年、規制されることとなった。「小衆文化」であったBLが、「大衆文化」になることは認められなかったわけである。BLの作品は今後しばらく、水面下に潜ることになるだろう。しかしそれでも、この「小衆文化」という言葉ができたおかげで、存続することは認められた、と言えるかもしれない。二〇〇〇年代、SFは紛れもなくこの「小衆文化」であった。

「小衆文化」だったSFは、「大衆文化」を一足飛びに飛び越え、今や純文学を中心としたメインストリームである「主流文学」の一部となった。それはひとえに「小衆文化」の壁をぶち破るほどの力をもった『三体』の、そしてそれを生み出した劉慈欣の功績であるし、それが中国の宇宙事業の発展と、インターネット、そして国産エンタメの発展という時代の流れと運命的に嚙み合った結果でもある。むしろ「小衆文化」という言葉自体、主流文学となったSFの歴史を語るために、『三体』以前のSFを定義づける必要性があって生まれたのではないかと考えてしまうほど、SFは現代中国文学の顔となった。本書に収録されている「老神介護」は、中国でもっとも歴史と伝統のある国家一級文学雑誌、『人民文学』に掲載されている。

作家として活動しながら二〇一四年まで発電所に勤務していた劉慈欣は、いまや中国でもっとも知名度があり、もっとも影響力をもち、もっとも稼ぐ国民作家となり、「中国的想像力」の代表として讃えられている。創作活動以外にも、国の火星探査プロジェクト名称募集キャンペーンのイメージキャラクターや、テンセント・ゲームスのイマジネーション・アーキテクト、米IDGキャピタルの首席思索家に就任するなど、ジャンルや国を超えた幅広い活動を行っている。

本書は、劉慈欣が国民作家となる以前、SFがまだ「小衆文化」だった頃の作品集である。

元となる中国語原稿は、多くのSF作家のマネージメントを行う未来事務管理局を通して渡されたWORDファイルを元にしている。原文には誤字脱字等があったが、著者の意向に従い、書籍を参考にしながら、できるだけデータに沿って翻訳を進め、大森望（おおもりのぞみ）さんが英語訳も参照しながら、読みやすい日本語に全面的に手直ししてくださった。小説の翻訳は初めての経験で、SFに詳しいわけでもなく、海外生活が長いため日本語の表現に不安もあったが、なんとか形にすることができたのはすべて大森さんのおかげであるし、多くのものを学ばせていただいた。その分、原文の解釈には細心の注意をはらったつもりである。また、編集の郡司珠子さんとは原文の扱いや細かいバージョンの確認など、細かいことまで相談にのっていただき、遅れがちな作業に忍耐をもって並走していただいた。訳稿の丁寧な確認は郡司さんから学んだものである。なお、劉慈欣の作品集にはいくつものバージョンがあるが、参考にした書籍は未来事務管理局から指定された四川科学技術出版社、中国科幻基石叢書『帯上她的眼睛』（二〇一五）、『梦之海』（二〇一五）、中国工人出版社『信使』（二〇一七）の三冊である。

●老神介護（赡养上帝）二〇〇四年十月二四日脱稿《科幻世界》二〇〇五年第一期

原題は「神を扶養する」という意味であるが、言葉馴染（なじ）みを考えて「老神介護」という題名となった。「扶養人類」の姉妹編となる。二〇一二年、「ミクロ紀元」（『流浪地球』収録）、「詩雲」（早川書房『円』収録）、「梦之海」（未訳）とともに『人民文学』に掲載された。人類を創造した神の老後の面倒を見るという奇想天外でユーモアに富んだストーリーで、下品で口汚いけれど根は優しい家族の姿にリアリティがあり、中国人が大切にする「孝」の精神がテーマのひとつとなっている。日本語訳では、家族の罵り合いはかなりマイルドになっています。二〇一二年『人民中国』第一回柔石小説賞受賞。

●扶養人類（赡养人类）二〇〇五年九月四日脱稿　《科幻世界》二〇〇五年第一一期

「老神介護」の続編。「老神介護」の神の予言が悪い方にあたり、兄文明に地球を占領されることとなり、その直前の日々を描いた作品である。しかし「老神介護」とは打って変わって、冷たく残酷な世界が殺し屋を通して描かれる。富の不均衡が一つのテーマとなっていて、占領後の生活を考えて動く資産家と、教育によって格差が極限までひらいた兄文明の姿に考えさせられる。この作品を書いたときには、すでに『三体』の第一部は完成していたという。「老神介護」と並んで人気作のひとつ。二〇〇五年度中国科幻銀河賞受賞。

●白亜紀往事（白垩纪往事）二〇〇四年六月二二日脱稿　初出媒体記載なし

短編と長編が存在し、「当恐龙遇上蚂蚁」（恐竜が蟻と出会った時）という別名も存在するが、今回収録したのは「白垩纪往事」と名付けられた短編である。恐竜と蟻が共存していた白亜紀、究極の抑止力に手を出した恐竜と蟻の生存をかけた戦いを描く「小衆文化」らしいストーリー。

こんな設定を書ききる作家のパワーは驚嘆に値する。

●彼女の眼を連れて（帯上她的眼睛）脱稿日記載なし《科幻世界》一九九九年第一〇期

劉慈欣にはめずらしい、読後に余韻の残る切ないストーリー。中国でも人気が高く、二〇二一年には中学校の国語の教科書に採用された（ちなみに国語の教科書に載っている外国人作家として有名なのは星新一(ほししんいち)である）。しかし劉本人は、この作品が発表された翌年、これは作品がなかなか掲載されない葛藤(かっとう)から、どんな作品を書けば読者に受けるのか、『科幻世界』を分析して書いたものであり、決して自分の書きたいSFではなかったと述べている。一九九九年度中国科幻銀河賞一等賞受賞。

●地球大砲（地球大炮）二〇〇三年六月六日二稿《科幻世界》二〇〇三年第九期

未来事務局から届いたのは二稿であったが、おそらく最終稿ではなく、登場人物の名前に多少混乱があったため、書籍版を参考に訳文を完成させた。百年以上かけて展開される、地球トンネルにまつわる親子の物語。「彼女の眼を連れて」に出てくる少女を彷彿(ほうふつ)とさせる人物も現れる。時間的にも、地理的にも、著者のスケールを感じさせる作品。

本書を翻訳しているあいだに、世界は大きく変化し、中国もまた大きく変化した。日本の民間人が宇宙旅行に行ったニュースや、中国で初めて女性飛行士が宇宙ステーションに「長期出張」したというニュースを横目に翻訳をする時間は、日常とフィクションがリンクするような不思議な時間だったが、二〇〇〇年代の空気を感じながら訳した「白亜紀往事」は、核の脅威をちらつかせるロシアによって新たな現実味をおび、なかば政治運動となりつつあるゼロコロナ政策の只中、ＰＣＲ検査を促す拡声器の音を聞きながら作業をしていると、日常が消失し、フィクションの世界に生きているような不思議な感覚に陥った。

収録された五つの作品は、いずれも『三体』以前の劉慈欣を代表する佳作である。そっけないほどシンプルでおおらかな文章から、鮮烈なビジュアルが立ち上がる感覚は、他では味わえないエンタテインメントだ。

『流浪地球』と合わせて、劉慈欣をより深く味わうために欠かせない短編集である。

文庫版への付記

『流浪地球』、『老神介護』の文庫版を出版するにあたり、あとがきになにか新しい風を吹き込みたいと編集の郡司さんから相談を受け、『老神介護』には自著解説のような文章を入れようと、劉慈欣のエッセイを翻訳収録することとした。

中国側からもいくつか提案を受けたが、結局、私の手元にあるエッセイ集に掲載されていた

『われわれはＳＦファンである』を収録した。これは本書に掲載されている作品たちが発表されたのとほぼ同時期に書かれたエッセイで、当時の中国ＳＦを取り巻く環境、そして作者のＳＦに対する思いがよくわかる文章だったからである。

中国中央電視台のあるインタビューで、劉慈欣は「自分はＳＦファンの第一世代だ」「ＳＦファンからＳＦ作家になった」と述べている。このエッセイは、まだＳＦが冷遇されていた時代、世界を揺るがす衝撃を与えた『三体』の執筆に入る数年前に書かれたものである。

現代中国ＳＦを築き上げた作家の思いを感じていただければ幸いである。

われわれはSFファンである

劉　慈　欣

われわれは大衆の中から現れた風変わりな異類である。過去と未来を蚤のように軽々と飛びまわり、星雲を漂う霧のように一瞬にして宇宙の果てに到達する。クォークの内部に入り込み、恒星の核の中を泳ぐ……。いまはホタルのように弱く小さく、知られざる存在だが、春の雑草のように、あちこちに広がっている。

一九五〇年代と八〇年代、中国SFには二度のブームが訪れた。しかし当時はSFと主流文学の境界が曖昧だったため、ほんとうの意味でのSFファンダムが生まれることはなかった。八〇年代のあの大包囲討伐のあと（文革が終わり改革開放に向かう七〇年代末から八〇年代初頭にかけて、SFは「精神を汚染する」と大バッシングを受けた）、SFは科学と文学の捨て子となり、瀕死の状態だった。しかし不思議なことに、まさにこのとき、SFファンダムがひっそりと誕生した。われわれは、SFという死にかけた捨て子を拾い、生き永らえさせただけでなく、文学と科学というへその緒を切り、独立した存在にした。これは、SFファンがまだ珍しかった九〇年代初期のことだった。

いま、中国のSFは三度めのブームを迎えている。われわれは急激に膨張しているが、ほかのジャンルのファンと比べると、まだまだその数は少ない。ほぼすべてのSFファンが読む月刊誌〈科幻世界〉の毎月の部数は四十万から五十万、読者は百万から百五十万で、一般読者を除くと、全国のSFファンは五十万から八十万の規模だと推測される。中には還暦近いシニアも少なからずいるが、高校生、大学生が圧倒的多数を占める。

われわれは中国のSF業界のことを気にかけ、それが大きく繁栄することを願っている。SFファンの多くは、SF小説を読むことがまるで自分の責務であるかのように、作品の質に関係なく、国内で発表される新作に先を争って飛びつく。これは、ほかのジャンルの小説ではあまり見られない現象である。

その点において、われわれはサッカー・ファンに似ている。しかし、サッカー・ファンがみずからピッチに降りてボールを蹴ることはめったにないのに対して、SFファンは、あるレベルになると、ほとんどがみずからペンをとるようになる。出版という幸運を勝ちとるのはごく少数で、ほとんどの作品はネット上で公開されるに留まる。われわれは薄暗いネットカフェで、ときには『戦争と平和』くらい長いSF大作を、一文字一文字打ち込んでいる。われわれは、電子時代の吟遊詩人である。

しかし、このコミュニティが真に意味しているのは、SFとはたんなる文学の形式ではなく、ひとつの完結した精神世界であり、生きかたであるということだ。われわれは精神世界の探検家であり開拓者であり、一般の人々に先んじて、さまざまな未来世界を旅している。それらの世界には、予見できるものもあれば、人類の発展の可能性をはるかに超えるものもある。われわれわれは、この現実から放射状に広がるさまざまな可能性を体験する。われわれは複雑な分岐点の前に立つアリスに似ている。アリスはチェシャ猫にたずねる。

「どの道を行けばいいの？」

「おまえはいったいどこへ行きたいんだい？」

「わからない」

「だったらどの道でも関係ないね。どこへ行きたいのかわからないなら、どの道を行っても同じことさ」

クローン技術が耳目を集めるより二十年も早く、SFの世界では、二十四人の年若いヒトラーたちを追跡していた。そしていま、われわれが注目する生命は、力場と光のかたちをとっている。ナノテクノロジーが広く知られるより二十年も早く、SFの世界では、ナノ潜水艇が人体の血管の中で長い旅をしていた。そしていま、われわれが頭を悩ませているのは、ひとつひとつの素粒子が何兆個もの銀河に満ちているのか、それともわれわれの宇宙はひとつの素粒子に過ぎないのかという問題だ。

われわれがニューススタンドの前に立ち、朝食をとるか、一冊五元の〈科幻世界〉をとるかで悩んでいるとき、精神の中では、すべての家庭が惑星をひとつずつ所有するような、かぎりなく豊かな世界に入り込んでいる。われわれが期末試験のために丸暗記をしているとき、精神の中では、百億光年彼方（かなた）の宇宙を探検している。

SFファンの精神世界は科学者の世界とは違う。哲学者の世界とも違う。科学のアンテナはそんな遠いところまで届かない。われわれの世界は、神話の世界はもちろんのこと、哲学者の世界よりももっと生き生きしている。ＳＦファンの世界にあるものすべては、将来現実になるかもしれないし、すでに宇宙のはるか彼方に存在しているかもしれない。

しかし、われわれは異類の集団だ。人々から好かれてはいない。早々にキャンパスをあとにして社会に出た者は、すぐさま好奇の視線にさらされる。ますます現実的になるこの世界では、空想が好きな者は心の底から嫌われる。ＳＦファンは、一般人の皮をかぶって、奥深くに自分を隠しておくしかない。

われわれは、いまは弱く小さい。しかし、この集団を軽んじれば、死を見ることになるかもしれない。このコミュニティの子どもと若者は成長のさなかだ。仲間には、北京大学の修士号や清華大学の博士号を持つ者もいる。もっと重要なのは、われわれはこの社会において思考がもっとも生き生きと躍動している者たちだということだ。ふつうの人にとっては驚天動地の新しい発想も、われわれにはありきたりで新鮮味のない話でしかない。未来のアイデアの衝撃を受け入れる備えは、だれよりも整っている。

われわれはいま、人々のはるか先頭に立ち、世界が追いつくのを辛抱強く待っている。われわれは、世界を揺り動かすような衝撃を与えるものをさらに創造していく。

これがわれらＳＦファン、未来から来た人間である。

（〈異度空間〉二〇〇三年三月号）

本書は二〇二二年九月、小社より刊行された
単行本を文庫化したものです。

老神介護（ろうしんかいご）

劉慈欣（りゅうじきん）
大森 望（おおもり のぞみ）　古市雅子（ふるいちまさこ）＝訳

令和6年 1月25日　初版発行

発行者●山下直久

発行●株式会社KADOKAWA
〒102-8177　東京都千代田区富士見2-13-3
電話　0570-002-301（ナビダイヤル）

角川文庫 24004

印刷所●株式会社暁印刷
製本所●本間製本株式会社

表紙画●和田三造

●お問い合わせ
https://www.kadokawa.co.jp/（「お問い合わせ」へお進みください）
※内容によっては、お答えできない場合があります。
※サポートは日本国内のみとさせていただきます。
※Japanese text only

ISBN 978-4-04-114558-6　C0197

◇◇◇

角川文庫発刊に際して

角川源義

第二次世界大戦の敗北は、軍事力の敗北であった以上に、私たちの若い文化力の敗退であった。私たちの文化が戦争に対して如何に無力であり、単なるあだ花に過ぎなかったかを、私たちは身を以て体験し痛感した。西洋近代文化の摂取にとって、明治以後八十年の歳月は決して短かすぎたとは言えない。にもかかわらず、近代文化の伝統を確立し、自由な批判と柔軟な良識に富む文化層として自らを形成することに私たちは失敗して来た。そしてこれは、各層への文化の普及滲透を任務とする出版人の責任でもあった。

一九四五年以来、私たちは再び振出しに戻り、第一歩から踏み出すことを余儀なくされた。これは大きな不幸ではあるが、反面、これまでの混沌・未熟・歪曲の中にあった我が国の文化に秩序と確たる基礎を齎らすためには絶好の機会でもある。角川書店は、このような祖国の文化的危機にあたり、微力をも顧みず再建の礎石たるべき抱負と決意とをもって出発したが、ここに創立以来の念願を果すべく角川文庫を発刊する。これまで刊行されたあらゆる全集叢書文庫類の長所と短所とを検討し、古今東西の不朽の典籍を、良心的編集のもとに、廉価に、そして書架にふさわしい美本として、多くのひとびとに提供しようとする。しかし私たちは徒らに百科全書的な知識のジレッタントを作ることを目的とせず、あくまで祖国の文化に秩序と再建への道を示し、この文庫を角川書店の栄ある事業として、今後永久に継続発展せしめ、学芸と教養との殿堂として大成せんことを期したい。多くの読書子の愛情ある忠言と支持とによって、この希望と抱負とを完遂せしめられんことを願う。

一九四九年五月三日

角川文庫

流浪地球

著：劉慈欣

訳：大森 望　古市雅子

四百年後、太陽は爆発、地球は滅亡する──。
人類は太陽系脱出を計画、地球ごと宇宙に旅立った。

ISBN 978-4-04-114557-9